MW01259845

Creepypastas

HISTORIAS DE TERROR 2.0

Manuel Jesús Palma Roldán

ISBN: 1516928709
ISBN-13: 978-1516928705

www.creepypastas.es
mjpalma1987@gmail.com

A todos aquellos que luchan contra sus miedos
Porque solo ellos son verdaderamente libres.

ÍNDICE

NOTA DEL AUTOR

Este libro incluye historias de terror que han sido creadas y expandidas en Internet. Por razones de autoría, he revisado dichas historias y he creado mi propia versión de ellas, dramatizándolas como si se tratasen de pequeños relatos. La idea de cada historia, así como los personajes que participan en ella, son obra de sus respectivos creadores.

Las imágenes que aparecen en este libro son igualmente obras de sus respectivos autores, y son utilizadas aquí con el mero propósito de ilustrar las historias correspondientes. Al final del libro se incluye un apéndice con los nombres de cada autor.

El libro ha sido escrito con el murmullo de fondo en la música de Enya, Sopor Aeternus, Pepe Herrero, Nightwish, Danny Elfman, Sergei Rachmaninov, Pyotr Tchaikovsky, Emilie Autumn, Michael Giachinno, James Horner, Howard Shore, Luar Na Lubre, Jean Michel Jarre, J.S. Bach, Vangelis, Mike Oldfield, Haylie Westenra, Enigma, Váli, Adrian Von Ziegler, 2 Steps From Hell, Sergei Prokofiev, Raflum, Endless Melancholy…

PRIMERA PARTE

ANALISIS DEL TERROR 2.0

¿QUÉ SON LAS CREEPYPASTAS?

La palabra creepypasta es una conjunción de dos vocablos ingleses, "creepy", que significa tenebroso o siniestro, y "pasta", alteración de paste, que se traduce como pegar. Se trata de una vertiente del género conocido en Internet como copypasta, es decir, copiar-pegar. A través de este género, diversas historias, textos, vídeos o fotografías se iban copiando y pegando en foros, webs y redes sociales, compartiéndose de esta forma hasta convertirse en virales, conocidos por muchos usuarios de la propia red.

Las creepypastas son la vertiente escabrosa o siniestra de este género. Se trata de historias normalmente cortas, que se copian y pegan en los foros y se comparten en las redes sociales, y que suelen tener un tema oscuro, como un crimen, un episodio paranormal, extraño o perturbador, con la intención de causar terror, impacto o desasosiego en el lector. Aunque se cuentan como historias totalmente reales, nacen de la imaginación de sus autores, como si de modernas leyendas urbanas se tratasen. En ocasiones toman como base algún suceso cierto para luego desviarse y crear una historia oscura y terrorífica que no es real, pero tiene una base auténtica.

Estas historias surgen y se expanden a través de Internet, aunque algunas de ellas alcanzan tanto éxito que acaban siendo tomadas como referencia para películas, series, canciones o incluso literatura de terror. Se traspasa así la barrera entre el mundo virtual y el real, aunque estas creepypastas sigan manteniéndose en la parte de ficción. Como podrás comprobar en este libro, todas ellas tienen un origen bien claro, y en la mayoría de casos incluso se conoce a su autor, sus influencias, lo que le llevó a crear la historia... Es algo novedoso que hace perder cierta intensidad a estas historias de terror, al demostrarse que no son auténticas experiencias reales. Y es que muchos, al leerlas por primera vez y no saber qué es esto de las creepypastas, lo toman como un suceso paranormal en toda regla.

En la era de Internet, donde abundan los foros de discusión sobre muchos temas, con millones de usuarios tratando de destacar y ser el más popular, donde cualquier puede inventarse una historia y, con un poco de mañana y los programas adecuados, incluso crear las pruebas que la corroboren, las creepypastas han surgido de forma espontánea a medio camino entre la leyenda urbana y la literatura de terror. Y cabe destacar esto, porque muchas de ellas, si no la mayoría, se crean de manera natural, con el único cometido de asustar. Cierto es que, como veremos más adelante, guardan parte de ese concepto de advertencia o moraleja que las leyendas urbanas tenían, pero aquí se relega a un segundo plano. El principal y más importante objetivo a la hora de crear una creepypasta es aterrorizar al lector, impactarle, hacerle sentir miedo, horror, disgusto…

A pesar de la definición obligada que hemos dado anteriormente, no podemos encasillar del todo a las creepypastas porque muchas de ellas, tal vez las mejores, quedarían fuera de esa descripción. No todas tienen que ser historias cortas. Algunas, como Ben Ahogado (Ben Drowned en su inglés original) son extremadamente largas, e incluyen pruebas como vídeos, archivos de notas, etc… Otras no ha surgido exactamente en Internet, como ocurre con La Pandilla Sangre, pero es cierto que su versión cibernética ha sido imprescindible para convertirlas en lo que son hoy en día, historias que todo el mundo conoce. Eso sí, todas ellas son terroríficas e impactantes, y además casi nunca van firmadas.

Es cierto que, con el tiempo y la popularización de estos escritos, muchos usuarios los colgaban en sus blogs o páginas webs aludiendo a su propia autoría. Dar este paso supone reconocer desde el primer momento que la historia es falsa, rompiendo ese juego que se crea entre el lector y el autor para que este le intente mostrar una historia que pudo ser cierta. De hecho, la mayoría de grandes creepypastas surgen sin autor, son textos que suelen comenzar con frases del tipo "Esto le ocurrió a un amigo" o "Esta historia se cuenta desde hace tiempo en mi ciudad", otorgándolo ese matiz de ser algo aparentemente real. Las que se cuentan en primera persona no suelen ir firmadas, y aquellos que las suben a la red, a cualquier blog o plataforma de recopilación de estas historias, lo hacen aclarando que no es suya, todo para seguir sembrando la duda del origen de la misma. A más misterio, más interesante, desde luego.

El factor de la autoría es muy importante dentro del mundo de las creepypastas, ya que estas historias pueden mutar, como también lo hacen sus personajes, que son utilizados por otros autores para crear nuevas historias, que a la vez sirven de base para seguir construyendo todo un universo terrorífico, a veces originado por unas simples imágenes retocadas, como ocurre con la figura omnipresente de Slenderman. Según el periodista y escritor británico Ian Vincent, «el elemento colectivo es vital, ya que el ser, la criatura, la historia, no se crea con un solo ego dándole forma, sino como una acción colectiva». De esta manera, no es una sola persona la que crea un personaje y una historia cerrada, sino que se puede ver como una creación 2.0, con derechos de atribución pero con posibilidades de modificación por todo aquel que lo desee. Cada persona aporta su granito de arena a la hora de construir al personaje, rellenando los huecos que el primitivo autor dejó vacíos, como su origen, o yendo más allá en la historia, con secuelas y continuaciones.

Un poco de historia

Tratar de localizar la primera creepypasta que se subió a Internet es realmente complicado, sobre todo por el hecho de que el término y su definición son posteriores y nacen de la necesidad de clasificar un fenómeno que ya en ese momento (mediados de la década de 2000) empezaba a ser bastante popular, sobre todo en Estados Unidos. En la mayoría de foros y sitios de referencia, desde TV Tropes a Know Your Meme, siempre se habla de Ted el Espeleólogo (Ted the Caver en su inglés original) como un ejemplo primigenio de una creepypasta creada y extendida desde la misma red. En esta historia, narrada desde la perspectiva del espeleólogo Ted, seguimos sus andanzas en revisando el interior de una misteriosa cueva junto a su amigo Brad. La historia se relataba a través de los post del supuesto Ted en su propio blog, que todavía sigue online, catorce años después.

La historia cogió fama y de hecho se estuvo discutiendo su veracidad en el propio foro de la National Speleology Society (Sociedad Nacional de Espeleología) en 2004. Ese mismo año se lanzó la historia Fear of Darkness (Miedo a la Oscuridad) firmada por Thomas Lera, en la que se recogían sucesos muy similares a los que se describen en la creepypasta de Ted. Sería el propio Ted quien, en 2005, confirmaría que el blog original había nacido de una experiencia real en una cueva de Utah, aunque añadiéndole ciertos toques sobrenaturales y narrada en forma de historia para darle más emoción. Dada su extensión, hemos decidido no incluir la creepypasta de Ted en el libro, pero es todo un referente en el género y como tal debía aparecer.

Otro de los pioneros en el género de las historias de terror falsas que se presentan como auténticas en la red es Dionaea´s House (La Casa Dionaea), una serie de relatos publicados en una misteriosa página web a lo largo de 2004. La historia trataba sobre una mansión encantada y como afectaba a las personas que la habitaban, en diferentes periodos, ocultando un horrible secreto... Durante unos meses, la historia se dio como verdadera en muchos foros, aunque siempre hubo quien la catalogó de "leyenda urbana" (todavía no existía el género creepypasta). Su autor es Eric Heisserer, un joven escritor y cineasta norteamericano que consiguió con esta historia llamar la atención de Warner Bros, quien compró los derechos ya en 2005. Desde entonces, Heisserer ha conseguido ganarse un hueco en el mundo del terror en Hollywood, sobre todo como escritor, realizando los guiones para películas como el remake de Pesadilla en Elm Street en 2010 o la quinta película de la saga Destino Final, en 2011.

Durante esos primeros años de siglo, algunas historias comenzarían a circular por la red ya con un formato muy similar al de las actuales creepypastas. Hablamos, por ejemplo, de Polybius, cuyo nacimiento es anterior a la popularización de la red, pero que debe su expansión a la misma (por eso nos hemos tomado la licencia de incluirla aquí) o la leyenda del Hombre Conejo, un cuento de terror que parece haber nacido en el estado de Virginia, pero que fue trasladado ya en 1998 a la web, volviéndose bastante popular en esta versión cibernética.

Sin embargo, es a partir de 2005 cuando de verdad las creepypastas comienzan a crearse de forma masiva, apareciendo ya por entonces personajes como Zalgo o The Rake que se volverían tremendamente virales. El caso de The Rake es uno de los prototípicos en la formación de las creepypastass, ya que aúna todos los componentes: la creación grupal, la intención de asustar e impactar al lector, y también la de ubicar la historia en un entorno cercano y cotidiano, aunque dotándola de ese toque sobrenatural.

No sería hasta mediados del año 2007 cuando el termino creepypasta comenzaría a hacerse popular, como no, a través del gran foro de los foros, 4Chan, uno de los vehículos imprescindibles para la expansión y popularización de este tipo de historias, como veremos más adelante. La conceptualización de este tipo de historias, marcándose de forma natural sus propias reglas más o menos definidas, hizo que empezarán a surgir muchas más creepypastas, convirtiéndose en el fenómeno que son hoy.

Expandiendo el terror por la red

El miedo es una sensación que ha acompañado al ser humano durante toda su existencia. A veces de forma inconsciente, otras totalmente consciente, sentir miedo es algo desagradable, ya que se supone que esa emoción se activa cuando podemos estar en peligro u ocurre algo malo. Sin embargo, a lo largo de estos últimos siglos, el ser humano se ha sentido también atraído por esa emoción, porque puede llegar a ser casi adictiva. Hay personas a las que les gusta pasar miedo. Desde el que se siente al lanzarse en paracaídas hasta el que nos crea una historia horripilante llena de monstruos y fantasmas.

El folclorista estadounidense Jeff Tolbert, profesor de la universidad de Indiana y experto en mitos y leyendas sobrenaturales, comenta que «en una disciplina etnográfica, como el folclore, tratamos de encontrar porque los individuos se ven envueltos, que significados encuentran en estos textos en sus propias vidas, y como esos significados tienen que ver con procesos mucho más amplios en sus comunidades. Por eso los individuos del foro Something Awful donde Slenderman fue creado, por ejemplo, encontraban divertido crear un hombre del saco, que encarnara miedos y ansiedades compartidas por todos. Un miedo controlado puede ser entretenido para alguna gente, de lo contrario el género de terror no existiría». La idea de controlar esa sensación de terror no solo nos hace más valientes, sino que nos permite disfrutar de ella de una manera nueva y diferente. Ian Vincent va un poco más allá cuando afirma que «a la gente le gusta leer historias de terror para enfrentarse a sus miedos en un espacio seguro (siempre puedes cerrar el libro o apagar la televisión. También hay mucho de exploración de temas tabúes, como la muerte, el dolor o lo desconocido».

La literatura, y luego la radio, el cine y la televisión han servido para contar estas historias de terror que algunos detestan y que a tantos otros les encantan. Y por supuesto, el nuevo medio multiplataforma de la era contemporánea no iba a ser menos. Con el tiempo, cada medio de comunicación ha encontrado sus propias fórmulas para hacer suyas estas historias de terror, adaptándolas a su propio formato. La literatura es solo texto, mientras que la radio utilizaba la voz y los efectos sonoros para crear una ambientación más inquietante. El cine y la televisión llegaron para aportar la imagen y hacer reales las pesadillas de muchos. Con Internet, donde acaban desembocando todos estos soportes, las posibilidades han aumentado de forma increíble.

Las creepypastas son el resultado natural de tener que contar historias de terror en un medio como Internet, hiperveloz, totalmente masificado, donde para sorprender tienes que llamar la atención, noquear al lector desde el primer momento, ya sea con un título atrayente, con una imagen terrorífica o con un vídeo que ponga los pelos de punta. El impacto sobre el lector es lo primordial a la hora de hacer creepypastas, y su corta extensión es el fruto de la propia dinámica de lectura en la red, donde por norma general los usuarios no suelen estar más de cinco minutos leyendo ningún texto. Esto propicia las condiciones tan específicas que poseen estos relatos de terror, que logran transmitir con toda su fuerza esa sensación de auténtico horror en apenas unos pocos párrafos. Existe también mucho debate sobre si considerar a estas historias como literatura de terror o como un arte menor, al haber surgido en la red, fuera de los circuitos literarios habituales. Carlos Ramírez, autor del ensayo Maestros del terror interactivo, opina que «aunque por Internet también consigas visibilidad y público, el reconocimiento no es el mismo. Es injusto, pero son muchos siglos de cultura de publicación en papel a nuestras espaldas. Por suerte, el reconocimiento no tiene nada que ver con la calidad de la obra». Esa diferenciación tan importante es la que lleva a muchos a sacar en claro que, sean consideradas o no literatura, las creepypastas son hoy en día uno de los mejores exponentes del terror moderno.

Diego Marañón, colaborador habitual de los programas Milenio 3 y Cuarto Milenio, no duda en calificar a las creepypastas de «cóctel perfecto entre los miedos más ancestrales que tenemos como especie y nuestra adaptación a las nuevas tecnologías. Mismo contenido, distinto continente. Lo que es seguro es que, al igual que ocurre con nuestros temores, estos relatos no tienen fecha de caducidad». Y es que a pesar de sentirnos tremendamente seguros delante del ordenador, rodeados de tecnología que supuestamente nos hace la vida más fácil, esos miedos primigenios que tenemos como seres humanos, y que llevan miles de años en nuestro ADN, siguen ahí. El profesor Javier Gómez Ferri, experto en antropología y sociología de la Universidad de Valencia, es muy claro al advertir que «los miedos no desaparecen, cambian. Y muchos tienen que ver con el propio aumento del conocimiento. Cuando aumentamos nuestro conocimiento, unos miedos desaparecen, pero surgen otros».

Así es como surgen las creepypastas, estas nuevas historias de terror 2.0 desarrolladas en el universo de Internet, que vienen a completar esa parte del folclore actual dedicado a los mitos y leyendas terroríficos. Han existido siempre, pero ahora tienen una nueva forma, y en este libro te vamos a desentrañar todos sus secretos…

EVOLUCIÓN TECNOLÓGICA DE LAS LEYENDAS URBANAS

Las leyendas urbanas han existido desde que el hombre es hombre, y forman parte de la tradición oral de todas las culturas. Son esas historias, mitad verdad mitad mentira, sobre sucesos fuera de lo normal. Algunas producen carcajadas, otras puro terror. Normalmente se suelen contar como moraleja para no incidir en comportamientos inadecuados (cuidar con quien nos acostamos, prestar atención en la carretera, no comer en determinados restaurantes exóticos…). Algunas de ellas tienen cierta connotación sexista o incluso racista, como vemos en el ejemplo traído a este libro de La Pandilla Sangre. Esta historia sirve de perfecto puente entre las leyendas urbanas "clásicas" y las creepypastas, que van camino de convertirse en esas leyendas urbanas de nuestra época moderna. De hecho, Diego Marañón afirma que «las creepypastas son la evolución natural, y la más inteligente, de estas leyendas urbanas, contando además con la tremenda ventaja de la rapidez en la que se viralizan, frente a los antiguos relatos que corrían de boca en boca».

En 1969, el folklorista estadounidense Richard Dorson acuña el término leyenda urbana para referirse a «esas historias que nunca han sucedido, pero que se cuentan como si fueran ciertas». Se recogen de la tradición oral desde hace generaciones, aunque van surgiendo nuevas en cada época, adaptándose a los nuevos tiempos. Su estudio en las últimas décadas, por parte de expertos folkloristas como Jan Harold Brunvand, ha permitido la divulgación de estos falsos mitos, logrando que la gente deje de ver como ciertas muchas historias que se daban como auténticas. Un buen ejemplo puede ser la creencia popular tan extendida de que Walt Disney fue criogenizado después de su muerte, a la espera de poder "revivir" en un futuro, gracias al avance de la ciencia. Esta historia es solo un mito, pero se ha contado tantas veces como cierta y ha logrado tanto reconocimiento que incluso hoy en día son muchos los que siguen pensando que es real.

Las leyendas urbanas no son más que la expresión contemporánea del folklore de los distintos pueblos. Javier Gómez Ferri las define como «una narración breve, y no muy elaborada, sobre un hecho concreto, que se halla muy próxima a la mera noticia o información sobre un suceso, el cual ronda lo extraordinario, y que se cuenta como un hecho cierto que, por lo general, le ha sucedido a un conocido de un conocido, pero que seguramente es falso o bastante falso». Aquí estamos dando con la clave del fenómeno que hace que las leyendas urbanas sean tan populares. La gente se las cree, aunque como dice el profesor Gómez Ferri, son relatos extraordinarios al borde de lo imposible en algunos casos. El hecho de haberle sucedido al amigo de un amigo trata de aportar verosimilitud al relato, ya que es algo que nos cuenta alguien relativamente cercano a quien lo ha sufrido. Sin embargo, si algo tienen en común todas estas leyendas urbanas es que cuando uno indaga un poco en esa fuente, al final nunca encuentra el verdadero origen del mito, la persona a la que le sucedió.

Gracias al trabajo de profesores como Brunvand, han sido estudiadas y clasificadas como parte de la cultura moderna, ganándose la visibilidad y el reconocimiento que merecen. De hecho, han alcanzado tal punto de internacionalización que se pueden encontrar diferentes versiones de la misma leyenda urbana, en distintos países, adaptándose a la realidad de cada uno de ellos. Existen otras que son regionales y entran más en el folklore popular de un lugar o país, pero otras son conocidas a nivel mundial. Casos muy célebres son, por ejemplo, Bloody Mary (María Sangrienta, cuya variante hispana se conoce como Verónica), No solo los perros lamen (ubicada originalmente en un campus norteamericano) o El riñon robado (popularizada en las últimas décadas por el auge del comercio de órganos).

El estudio de estas leyendas urbanas es un fenómeno de la segunda mitad del siglo XX, cuando gran parte de ellas ya existían y habían calado profundamente en las distintas sociedades en las que se contaban. De ahí que sea complicado encontrar el origen exacto de estas leyendas modernas. Algunas, como la de La Chica de la Curva (también conocida como La Autoestopista Fantasma) son una evolución moderna de un mito que puede datar de hace siglos. Se tienen evidencias de versiones muy similares a la actual, pero siendo la protagonista una dama que se sube a un carromato en una oscura encrucijada, allá por el siglo XVIII. La historia, en todo este tiempo ha ido evolucionando en su forma (ahora se la recoge en un coche, no en un carruaje) pero el fondo sigue siendo el mismo: una chica que es recogida por alguien en una carretera desolada advierte de una curva que se aproxima, pues es muy peligrosa. Después de pasar dicha curva (en la mayoría de versiones, sin ningún accidente), el conductor se da cuenta de que la chica acaba de desaparecer. Es el trasfondo de la historia subyace la necesidad de prestar atención a la carretera… antes de que sea demasiado tarde y acabes como la propia chica.

Esta leyenda urbana se ha convertido en uno de los cuentos de fantasmas más clásicos de la época moderna, y se ha transmitido de generación en generación, sobre todo a través del boca a boca, contándose en acampadas, reuniones de amigos o excursiones, para tratar de asustar a los demás. A pesar del componente sobrenatural más que evidente, y a que muchos siguen siendo escépticos ante la existencia de fantasmas o espíritus, esta historia ha calado muy profundamente en el imaginario colectivo de la sociedad occidental. Y es que su contexto en una situación tan real y cotidiana que llegamos a pensar que pueda ocurrir de verdad. Además, muchas de estas leyendas urbanas se cuentan como algo que le ha ocurrido a un conocido, o al típico amigo de un amigo, una persona lo suficientemente lejana como para que los oyentes no la conozcan directamente, pero lo suficientemente cercana como para dotar de credibilidad el relato. Si está bien construido, aunque la gente sea reticente a creerlo, el relato será expandido y se popularizará cada vez más, sobre todo en esta época donde con Internet la información viaja mucho más rápido.

Es así como, desde que se popularizó la red de redes, numerosas leyendas urbanas han corrido por la pólvora de ordenador en ordenador, de foro en foro, de correo en correo. Los llamados hoaxes (avisos falsos que suelen ser reenviados en cadena por los usuarios) son el mejor ejemplo de la primigenia forma que tuvo Internet de expandir estas falsas historias a la velocidad de la luz. Todos hemos recibido alguna vez uno de estos correos, hablándonos sobre un gran premio que nos ha tocado si lo reenviamos a cien contactos, o también alertándonos sobre un nuevo peligro, por ejemplo, una nueva droga que se les ofrece a los niños a la salida del colegio. La mayoría de estos correos en cadena sirven para conseguir direcciones de correos electrónicos con el fin de almacenarlas en bases de datos y utilizarlas para determinadas promociones. También están los más peligrosos, los que transportan un virus informático que puede hacernos perder el control sobre nuestro ordenador, dejando todos nuestros datos al alcance de cualquier maleante.

Se puede decir que estos hoaxes han sido la primera evolución de las leyendas urbanas tradicionales en el medio de Internet, y de hecho, algunas de las creepypastas que hemos escogido para este libro parten de estos hoaxes, como el caso de la Pandilla Sangre, que si bien no se originó propiamente en Internet, sí que alcanzó su máximo apogeo al evolucionar en uno de estos falsos avisos en cadena. En los últimos tiempos es cierto que la gente ya no se cree tan fácilmente todo lo que le mandan, y la efectividad de estos correos ha bajado muchísimo. Internet se ha convertido en un inabarcable depósito de información, y entre ella podemos encontrar también toda la verdad sobre estos falsos avisos o correos en cadena, con solo utilizar cualquier buscador.

Según afirma el experto Jon Harold Brunvard en su magnífico libro Tened miedo… mucho miedo (Alba Editorial, 2005) «De hecho, el papel de Internet en la transmisión de leyendas urbanas es probablemente mucho mayor en este momento que su efectividad a la hora de denunciar su falta de veracidad. Incluso cuando una historia ha sido identificada y señalada como pura leyenda, no impide que siga siendo reenviada y difundida; después de todo, como me gusta decir a mí, la verdad no puede interponerse en el camino de una buena historia». Y es que este tipo de historias tienen algo especial que hacen que, aunque no nos las creamos, las compartamos "por si acaso", como en el caso de esas supuestas maldiciones que todavía a día de hoy siguen poblando los cometarios de muchas webs, ya que según cuentan, si no las compartes algo horrible te pasará. Ya sea por superstición, por miedo o porque simplemente pensemos que son reales, estas historias siguen multiplicándose hoy en Internet, a pesar de que cualquier usuario podría desmentirlas fácilmente en apenas cinco minutos. Eso entronca perfectamente con la idea que el profesor Gómez Ferri destaca sobre el componente realista de las leyendas urbanas cuando afirma que «lo interesante, para mí, en ese juego entre lo real y lo que no lo es, las leyendas urbanas reflejan lo que gente considera real. Son lo que en términos sociológicos se llama "definiciones de la situación". Casi seguro que la mayoría de ellas son falsas, pero eso da igual, porque la gente la cree o las tiene presentes y se comporta como si fueran ciertas». Y es por ello que las leyendas urbanas, incluso las más inverosímiles, se comparten y se expanden ahora a la velocidad de la luz gracias a la red.

Convirtiéndose internet en el nuevo e hipereficaz método para la expansión de leyendas urbanas, no es de extrañar que estás se hayan adaptado al medio cibernético, especialmente en su vertiente terrorífica y aterradora, que suele ser la más impactante. Las viejas leyendas urbanas que viajaban de boca en boca, de ciudad en ciudad, ya han sido recogidas por varios libros, en muchos idiomas, y son bien conocidas por la gente. Sin embargo, Internet ha dado una segunda oportunidad a estas leyendas urbanas, permitiendo que se creen otras nuevas, igualmente aterradoras, actualizadas a estos tiempos, con un fuerte protagonismo de la tecnología en ellas. Se las conoce como creepypastas.

Herederas naturales de las leyendas urbanas tradicionales, las creepypastas tienen muchos puntos en común con estas. Su origen, para la mayoría, es bastante difuso. Su transmisión se hace de forma colectiva, en foros, webs o blogs. Atañen a sucesos extraños, inexplicables, aunque en un contexto de normalidad que nos hace pensar que puedan ser reales. Nos alertan de cierto peligro, subyace en su fondo un aviso, por ejemplo, el de la sobreexposición a la tecnología actual, algo que es común a muchas de estas leyendas. Como se puede comprobar, hay muchas similitudes entre leyendas urbanas y creepypastas, pero también bastantes diferencias, como veremos a continuación.

Para empezar, las leyendas urbanas surgen de manera espontánea, con la intención de advertir más que de asustar, y sin el menor atisbo de convertirse en algo viral o popular. Es la propia gente la que, compartiendo dicha leyenda de boca en boca, de ciudad en ciudad, hace posible esa popularización. Su autor nunca es reconocido, y existen diferentes versiones de la misma historia, una para cada lugar en el que sucede, ya que normalmente se sitúan en lugares muy concretos y específicos para darles mayor verosimilitud. Por el contrario, las creepypastas, como literatura que son al fin y al cabo, nacen ya con la firme intención de ser leídas por el mayor número de personas posibles, de expandirse y llegar a cuantos más lectores mejor. Aunque como hemos dicho anteriormente, también tienen su parte de aviso, su principal cometido es el de asustar, crear desasosiego en el lector a través de un suceso espeluznante. Alcanza la popularidad de la misma forma que la leyenda urbana, siendo compartida por cientos de usuarios, aunque con una rapidez mucho mayor, gracias al propio medio cibernético. Aunque en muchos casos su autor es desconocido, las creepypastas son un magnífico ejemplo para los folcloristas que deseen estudiar cómo se crean y se expanden este tipo de historias, tomándolas como folclore contemporáneo, ya que se puede rastrear cada paso que estas historias dan en el mundo de Internet desde su concepción hasta su éxito como meme viral.

Al igual que al principio costó incluir las leyendas urbanas dentro del folklore actual, por ser consideradas simples historietas con poca base, las creepypastas todavía no han alcanzado ese punto de consideración, si bien algunos expertos no dudan en colocarlas como parte del nuevo folclore contemporáneo. El escritor y periodista sueco Jack Werner, uno de los pocos autores que ha realizado un estudio completo sobre el tema de las creepypastas, es bastante claro: «No dudaría en clasificar a las creepypastas como folklore, ya que ellas pueden mostrarte mucho acerca de aquello con lo que no nos sentimos confortables en la sociedad de hoy». De la misma forma que las leyendas urbanas llevan siglos basándose en los miedos de la gente, las creepypastas apuntan a esos mismos miedos, actualizados y revisados.

La principal diferencia entre las leyendas urbanas y las creepypastas tiene que ver con su origen, naciendo estas últimas en Internet. Las creepypastas surgen en la red y se convierten en lo que son gracias a los usuarios de foros y webs que las copian una y mil veces, las expanden y las convierten en auténticos mitos, todo ello sin salir del ciberespacio. Es cierto que algunas han conseguido destacar y traspasar esa barrera, convirtiéndose en algo más que una simple historia que se comparte por la red. Pero lo que está claro es que estas creepypastas cuentan con un ADN definido en código binario, siendo Internet el mundo sobre el que giran, donde nacen, se reproducen y en muchos casos mueren. Si antes las leyendas urbanas se transmitían por tradición oral, de generación en generación, para luego empezar a aparecer en libros y artículos periodísticos, la vida de las creepypastas se ciñe al mundo cibernético, convirtiéndose Internet en el nuevo vehículo de transmisión del folklore moderno.

INTERNET COMO MEDIO DE TRANSMISIÓN

Calificado por muchos como el invento más revolucionario desde la imprenta, Internet solo ha tardado un par de décadas en convertirse en algo indispensable para la Humanidad, una red que nos permite acceder a todo el conocimiento que existe con solo un par de clicks. Algo inimaginable para nuestros antepasados, y que muchos todavía no acaban de entender en toda su magnitud. Hay generaciones enteras de jóvenes que han nacido prácticamente con un ordenador bajo el brazo, y están tan habituados a navegar por la red y a encontrar todo lo que desean en cuestión de segundos que ni siquiera pueden imaginar cómo era la vida antes del surgimiento de esta red de redes.

A finales de los años 60 nació la red ARPANET, en origen con utilidad militar, que conectaba distintos ordenadores de las universidades de Estados Unidos en una misma red para salvaguardar la información de importancia. Desde entonces, los protocolos, las páginas web, las aplicaciones, las redes sociales... Internet ha evolucionado a la velocidad de la luz y nos ha hecho evolucionar hacia una era de la sobreinformación, como la llaman los expertos, en la que tenemos tanta información a nuestro alcance que al final ese hecho juega en nuestra contra, ya que no podemos distinguir las noticias realmente importantes de las que no lo son. Internet mutila el filtro que hasta ahora tenían los medios de comunicación de masas, para bien y para mal.

Llegando a miles de millones de ordenadores en todo el mundo, Internet supone un hito en la historia del ser humano, en la manera en que lo interconecta de una forma jamás antes conocida. Para el profesor Gómez Ferri «supone una conectividad inimaginable y una capacidad de emisión o comunicación (oral y escrita) para los sujetos individuales que no es comparable a nada antes en la historia. Internet nos hace todos activos creadores-transmisores de cultura y de conocimiento a escala mundial». Es el alcance global e inmediato lo que hace de Internet una verdadera revolución, ya que como recuerda el antropólogo Jeff Tolbert, «la mayoría de las cosas que suceden en Internet ahora han sucedido siempre, solo que ahora cuentan con un nuevo contexto, donde ocurren mucho más rápido y acogen a mucha más gente en el proceso».

Todo se desarrolla en el mundo "virtual", dentro de la red, pero siendo objetivos, cuando nos pasamos tanto tiempo navegando o utilizando Internet prácticamente para todo, ¿cómo no pensar que ese mundo virtual es ya una parte totalmente asumida de nuestro mundo real? Conseguir seguidores en las redes sociales se ha convertido para muchos en el objetivo principal de sus vidas, como si todo se tratase del caché cibernético que tengamos. Internet vende al mundo una imagen de nosotros, y el hecho de que sea cierta o no es secundario, porque los demás, los que solo nos conocen a través de la red, nunca lo sabrán.

Internet nos ha permitido llegar a toda la información que deseemos, pero ahora nos asalta otra pregunta importante: ¿es toda esa información real? ¿Hasta qué punto podemos ser engañados a través de la red? Al igual que los propios medios de comunicación de masas tradicionales también se han aprovechado de la falta de información de la gente, Internet juega con esa misma idea, solo que multiplicando por mil su alcance, tanto en público como en rapidez. Lanzar un bulo en la red puede ser algo casi inocente, pero acabar en una bola de nieve imparable en cuestión de horas. Y hay muchas personas que se han aprovechado de eso para sus propios intereses, en ocasiones incluso criminales.

Pero también es la base sobre la que se crean las creepypastas, y es que Internet es el medio perfecto para lanzar una historia que tenga ciertos toques sobrenaturales pero se mantengo dentro de lo verosímil, y conseguir que cientos, miles de personas la compartan en apenas unos días, convirtiéndose en un auténtico fenómeno. ¿Buscan todas las creepypastas esta viralidad? Eso habría que preguntárselo a cada autor, aunque está claro que las más conocidas han llegado a donde están por simple aclamación popular, convirtiéndose en mitos gracias a la labor de miles de usuarios que se han encargado de expandirlas por los foros hasta lograr que llegasen a millones de personas.

En cuanto a la viralidad de las creepypastas, como cualquier otro fenómeno cibernético, se puede explicar a través de la teoría de los memes. Se trata de un concepto acuñado por el divulgador británico Richard Dawkins en su obra más célebre, El Gen Egoista (The Selfish Gen, 1976) en la que habla sobre una relación de similitud entre la replicación de genes y la replicación de ideas dentro de la sociología, dando como resultado la evolución social de la humanidad. En este sentido, se afirma que un meme es una idea que se replica de una a otra persona, y que se propaga hasta hacerse fuerte en entidades o colectividades extensas. Susan Blackmore añadiría años después que estos memes son cualquier idea que una persona copie de otra, y que funcionan al igual que los genes en el sentido de que la copia no es exactamente igual al original, sino que hay diferencias, a veces más sutiles, otras más importantes. En ese proceso de replicación hay una parte de selección y variación de la información, que da como resultado la propia evolución del meme.

Y es aquí donde entra otro de los conceptos más interesantes de esta teoría, la supremacía de unos memes sobre otros. ¿Por qué algunas ideas nos acompañan casi desde el principio de los tiempos, y otras apenas han encontrado cobijo en nuestras mentes, hasta el punto de desaparecer en una sola generación? Por ejemplo, la idea de la vida después de la muerte está fuertemente arraigada desde tiempos inmemoriales y probablemente fue uno de los primeros memes exitosos de nuestra especie, transmitiéndose de generación en generación y haciéndose incontestable en muchos dogmas religiosos.

Al igual que ocurre con los genes, cuya evolución se da, según siguiendo el darwinismo, por su fortaleza (solo los fuertes sobreviven), las ideas convertidas en memes triunfan por diferentes motivos. Pueden tocar una parte sensible del ser humano (el miedo al vacío, al fin, a la nada, como ocurre en la idea de la vida después de la muerte), puede haber sido controlada por un grupo que consiga instalarla en las mentes de los demás (como se hace a través de los mass media y los líderes de opinión), o simplemente encaja en el momento perfecto para imponerse al resto de ideas y conseguir expandirse más allá de las demás, convirtiéndose en un meme popular. Nos guste más o menos una idea, la consideremos más o menos ridícula, si ha pervivido hasta nuestros días es porque ha sido lo suficientemente fuerte para evolucionar y seguir vigente hasta hoy.

En el caso de las creepypastas, se entiende que todas nacen con las mismas opciones de llegar a ser igualmente conocidas. Su forma de expansión a través de la red, sobre todo en foros y blogs, es la misma, compartiéndose en ellos por usuarios que han decidido hacerlo así, para expandirlas. Entonces, ¿por qué unas llegan a ser más conocidas que otras? Está claro que existen muchísimas más creepypastas de las treinta que hemos decidido recopilar en este libro, pero no han alcanzado el mismo nivel de popularidad, de importancia. Y analizándolas en conjunto, aunque tienen características similares, son muy diferentes entre sí.

Slenderman tiene poco que ver con Jeff The Killer, por poner el ejemplo de los dos personajes posiblemente más conocidos dentro de este mundo del terror 2.0. Uno es un ser diabólico, supranatural, con poderes que van más allá de nuestra imaginación. El otro es un "simple" adolescente que tras desfigurarse la cara se vuelve loco y asesina a toda su familia. Son figuras con una evidente carga terrorífica, creadas para asustar a los lectores, y que han conseguido un éxito increíble, cada una a su manera. Pero el medio por el que lo han conseguido es exactamente el mismo, llamar la atención de los usuarios para que las compartieran, y así darlas a conocer a más usuarios. Tal vez el éxito de estas se resuma, simplemente, en que gustan más. Porque tocan temas psicológicos, en el caso de Slenderman, o muy cercanos, algo que podría suceder en nuestro mismo barrio, como en el de Jeff.

Sitios de referencia para las creepypastas en la red

La gran mayoría de las creepypastas incluidas en este libro han pasado por un lugar de Internet que es bien conocido, posiblemente el foro más popular de toda la red, 4Chan. Nació en el año 2003 como foro de discusión y tablón de imágenes y mensajes, siempre en idioma inglés. Al principio estaba centrado en el anime y el manga, aunque luego el foro alcanzó tal popularidad que sus diferentes subforos adquirieron vida propia, convirtiéndose en uno de los más populares y visitados del mundo, Entre todos sus subforos hay uno, conocido como /x/, que trata temas paranormales y sobrenaturales, y es donde han surgido muchas de estas creepypastas que recogemos aquí, y donde otras que ya existían han conseguido una gran fama al estar expuestas ante tantos millones de usuarios.

Si Internet es el medio sine quanum las creepypastas no podrían existir, 4Chan es sin duda el vehículo favorito para expandirlas, junto a Reddit y YouTube, dos redes sociales esenciales también para que estas historias lleguen al máximo número de personas posibles. Se podría decir que es el medio a través del cual las creepypastas pasaban del anonimato a la popularidad, al ser vistas por millones de usuarios, extendiéndose así de forma imparable. Algunas de ellas incluso nacieron en el propio subforo paranormal de 4Chan, como Dead Bart, Smile.jpg o The Rake, conformando esta última uno de los primeros ejemplos de creación colectiva de creepypastas basadas en una criatura inventada, ya en 2005.

El gran número de usuarios de 4Chan permitía que estas historias crecieran y se expandieran rápidamente, no solo en el propio foro, sino también en redes sociales, blogs y otras páginas. YouTube es también una plataforma esencial para entender el fenómeno de viralización de las creepypastas, especialmente en algunos casos como el de Slenderman u Obedece a la morsa. Esta última creepyasta nació precisamente de un vídeo colgado en la plataforma de Google, al igual que el germen de Jeff The Killer. Si bien es cierto que YouTube sirve como referencia y base para estas historias, que se centran normalmente en vídeos malditos o sobrecogedores, la expansión de los mismos se consigue a través de los foros y webs habituales, por el boca a boca que con Internet se ha visto aumentado al máximo, gracias a las redes sociales.

Posteriormente, YouTube se llenaría también de cuentas centradas en recopilar este tipo de historias, como MrCreepypasta, que posiblemente sea la más conocida de todas, creada a principios de 2011, y que ya cuenta con casi 900.000 suscriptores. El canal tiene cerca de 800 vídeos en los que se cuentan creepypastas de todos los estilos, desde las más conocidas hasta otras creadas por usuarios anónimos, que han visto en este canal una forma interesante de dar a conocer sus historias de terror. Existen muchas otras cuentas dedicadas a los creepypastas, y otras tantas que, sin tenerlas como el tema principal, sí que suelen utilizarlas en muchos vídeos.

Reddit también ha puesto su granito de arena en la popularización de estas historias cortas tenebrosas, encontrando grupos muy importantes dentro de esta red social, como NoSleep o CreepyPasta, donde se reúnen centenares de historias de este tipo. Algunas, como El Hombre Sonriente o Penpal (no recogida en este libro debido a su gran extensión) surgieron precisamente de esta red social, perfecta para la transmisión de creepypastas, ya que es como un tablón en el que cada cual expone su tema para que pueda ser leído por los demás, mucho más específica que Facebook y permitiendo mayor extensión que Twitter.

Por último, las grandes páginas que recopilan este tipo de historias también son un pilar importantísimo para su difusión y especialmente, para ayudar a los usuarios a realizar nuevas creaciones, nuevas historias que vayan haciendo crecer más y más el fenómeno creepypasta en la red. Existen principalmente dos grandes webs que se dedican a recopilar estas historias, tanto las antiguas como las nuevas que van surgiendo, y son seguidas por miles de usuarios. La primera es Creepypasta.com, iniciada a principios de 2008 y de donde han surgido historias tan impactantes como El Juego de la Ventana (Don´t open your eyes en su versión original en ingles) o Gateway Of The Mind, considerada por muchos como una de las mejores creepypastas que se han escrito. Desde aquel año 2008, el sitio lleva recogiendo cientos de historias cortas, además de proponer un foro de discusión sobre las mismas, realmente interesante.

La otra gran compilación de creepypastas la encontramos en la web Creepypasta Wiki, que surgió un poco más tarde, en el año 2010, y ya cuenta con más de 11.000 historias en sus archivos, subidas por miles de usuarios. Estas historias pueden ser votadas y escogidas como creepypasta del día o del mes, para darle mayor visibilidad entre tantísimos archivos. De entre todas estas historias surgidas en Creepypasta Wiki podemos destacar dos de las más conocidas, Eyeless Jack y Abandonado por Disney, que consiguieron convertirse en auténticos clásicos naciendo en este sitio web y siendo luego colgadas en numerosas páginas, blogs y vídeos en YouTube.

Es justo destacar también al foro Something Awful, uno de los más veteranos en lo que se refiere a historias extrañas y oscuras de todo tipo, ya que ha sido el lugar de nacimiento de un mito imprescindible para entender estas creepypastas: Slenderman. Esta criatura surgió en este foro, primero como personaje y más tarde como protagonista de algunas de las más aterradoras historias que hemos podido leer en estos últimos tiempos.

MITOS DEL SIGLO XXI

El afamado psiquiatra suizo Gustav Jung afirmaba que la mitología de una sociedad podía considerarse una proyección del inconsciente colectivo. Un inconsciente en el que priman los mitos arquetípicos, que han ido heredándose, como valor cultural, en cada sociedad y cultura. Hablamos de mitos tan importantes como la existencia de un ser superior, compartida por la práctica totalidad de la población mundial (incluso los ateos entienden que esa idea existe y forma una parte indispensable de la cultura y la sociedad), o de mitos más propios o característicos de un país o cultura determinada, como puede ser el mito del Cid Campeador en España, arquetipo del héroe luchador incansable, que gracias a su pundonor y valentía logró superar cuantas adversidades se le pusieron por delante.

Esos mitos forman parte de todos nosotros como sociedad y como individuos, y también atañen a lo terrorífico, a lo misterioso, a lo desconocido. Seguramente una de las primeras teorías que surgieron tras tomar conciencia el hombre de su propia muerte fue la de seguir en este mundo en forma de espíritu incorpóreo, en este o en otro plano paralelo. Esto dio como resultado la aparición del mito de los fantasmas, posiblemente los primeros "monstruos" creados por el ser humano.

La creencia en este tipo de monstruos pasó a formar parte del inconsciente colectivo a través de la tradición oral, en aquellos primeros tiempos. Siempre se han contado historias sobre aparecidos, sobre espíritus, tanto benévolos como vengativos, que pueden presentarse frente a nosotros. Todas estas historias están en el límite de la verdad y la ficción, convirtiéndose en auténticos mitos, que se extienden a veces no solo por una misma sociedad o cultura, sino que también influyen a las demás.

Sería inabarcable contemplarlos todos, pero para hacernos una idea, podemos tomar uno de los más conocidos, el mito del vampiro.

Es interesante rastrear el origen de este mito, por ejemplo, ya que aunque existe en todas las culturas principales, hay una clara diferencia entre la cultura occidental y la oriental con respecto a explicar qué es un vampiro. Para los orientales, se trata de una especie de deidad maligna menor, un ser sobrenatural más allá de lo humano que convive con los otros dioses o criaturas sobrenaturales. La cultura occidental ve al vampiro como un no-muerto, un hombre (o mujer, en caso de las vampiras) que ha muerto y ha regresado de la tumba, dándole así un origen más "natural", o al menos humano. En ambos casos, sin embargo, su finalidad es la misma: absorber la energía de los vivos para alimentarse y poder subsistir de ella. En la mayoría de los casos lo hacen a través de la sangre, nuestro fluido vital. Esto les hace ser inmortales, al alimentarse literalmente de la vida de los seres humanos.

Al ser uno de los mitos más antiguos del hombre, el vampiro conecta directamente con ese inconsciente colectivo del que hablaba Jung, siendo una de las personificaciones de "la sombra", el arquetipo por el que el psiquiatra suizo aludía a la parte más primitiva y animal del ser humano, su parte atávica original, reprimida actualmente por las normas sociales y religiosas. El temor a seres portadores de enfermedades de transmisión sanguínea también está muy presente en la figura del vampiro, siendo además uno de sus pilares fundamentales en las primeras sociedades y culturas, como ocurría con los Utukku en Mesopotamia. A lo largo de los siglos, esa misma figura ha ido tomando diferentes matices según la sociedad, la cultura y la región, diferenciándose en ocasiones de forma bastante notable.

Actualmente, la visión predominante es la occidental, como ocurre en la mayoría de ocasiones, especialmente gracias a la representación de este mito en sus diversas formas culturales, desde la literatura al cine. Si pensamos en una representación icónica del mito del vampiro, seguro que la primera que se nos viene a la cabeza es la del conde Drácula, el inmortal personaje creado por el novelista irlandés Bram Stoker para su novela homónima. Drácula no fue, ni mucho menos, la primera obra literaria centrada en la figura del vampiro. Aunque no forman parte de la literatura de ficción, en el siglo XVIII hubo un especial interés en realizar estudios analísticos, desde una vertiente científica, psicológica y filosófica, acerca de estas figuras, que en aquellos tiempos eran consideradas para muchos como seres totalmente reales. Incluso autores como Voltaire o Descartes escribieron sobre el tema, tratando de racionalizar los hechos que en aquella época ya se atribuían a supuestos vampiros.

Siempre se suele considerar el relato El Vampiro, publicada por John William Polidori en 1819, como la primera historia de ficción protagonizada por la figura de un vampiro. Polidori escribió este relato en las tres noches de tormenta que asolaron la villa suiza donde se hospedaba, en el junio de 1816, junto a Lord Byron y el matrimonio Shelley. De aquella reunión nacería también otro mito imborrable del terror, Frankestein, obra de la joven Mary Shelley.

Uno de los aciertos de Polidori al crear la historia es personificar el mito del vampiro, sacado directamente del folclore indoeuropeo, y convertirlo en un aristócrata elegante, seductor, capaz de conseguir siempre lo que quiere aprovechándose de su inmortalidad y de sus poderes sobrenaturales. Sin duda sirvió como molde perfecto para la figura del vampiro gótico o vampiro romántico, que después sería actualizada con gran éxito por Bram Stoker para su Drácula. El autor irlandés buscó mucha información sobre el mito del vampiro y logró encontrar un caldo de cultivo excelente en las leyendas de Transilvania, donde la presencia de esta figura seguía siendo temible a finales del siglo XIX. Personificó a su vampiro como un conde valaco, inspirado directamente en un personaje real, Vlad Draculea, príncipe que luchó contra los otomanos por la defensa de su región, y que es especialmente recordado por la crueldad con la que trataba a sus enemigos, ganándose el sobrenombre de El Empalador, ya que según se dice, disfrutaba empalando a sus víctimas y bebiendo su sangre. Stoker parte de este personaje histórico para perfeccionar la figura del vampiro aristócrata y victoriano, seductor y poseedor de capacidades sobrenaturales, pero que se mueve con un fin noble como es el amor.

Drácula es la obra cumbre para el mito del vampirismo, la piedra angular para entender lo que durante todo el siglo XX se ha referido a ellos, popularizados además por el cine, el nuevo medio de masas, a partir de películas como la inolvidable Nosferatu (F. W. Murnau, 1922), Drácula (Tod Browning, 1931, con Bela Lugosi como protagonista), saga Drácula de la productora Hammer, con Christopher Lee, o la más reciente Drácula de Francis Ford Coppola, de 1992, seguramente la más fiel a la novela de Stoker. Gracias al cine, y especialmente a la figura de Drácula, el vampiro alcanza ya status de mito en nuestra sociedad, actualizándose y regenerándose cada cierto tiempo, si bien en ocasiones estas nuevas versiones no son del todo acertadas, desvirtuándose por completo la figura mítica y original.

Como hemos podido comprobar, el mito del vampiro llega hasta nuestros días después de pasar por innumerables culturas y sociedades, cambiando a lo largo del tiempo. Pero también hay mitos surgidos en el último siglo, sobre todo si nos ceñimos a la producción de H.P. Lovecraft, posiblemente uno de los autores de terror más influyentes de la literatura moderna. Lovecraft cambia por completo las convenciones del género, aun inspirándose en ellas, para analizar y deconstruir el propio miedo, cómo afecta a las personas. Según el propio autor, *"la emoción más antigua y más intensa de la humanidad es el miedo, y el más antiguo y más intenso de los miedos es el miedo a lo desconocido"*.

Sobre considerar las creepypastas como parte de la mitología de terror moderna, poniendo a criaturas como The Rake o Slenderman a la altura de estos mitos que cuentan con siglos, el autor Jack Werner apunta que «lo que leemos cuando somos pequeños define el tipo de historias que crearemos cuando crezcamos, y estoy convencido de que los creepypastas jugarán un rol muy importante dentro de las futuras generaciones de cineastas, escritores y desarroladores de videojuegos. En ese sentido, considero que las creepypastas son ya una parte de la literatura de terror que esta generación consume». Tal vez, los jóvenes que hoy se atemorizan con la imagen del hombre delgado no tarden demasiado en convertirlo en el nuevo mito del siglo XXI, como ya se le ha descrito en algunos medios.

Siguiendo el camino de los maestros del género de terror como Poe, Lovecraft o más recientemente, Stephen King, los autores de creepypastas ahondan también en los miedos más oscuros y prohibidos del alma humana para inspirar sus historias, sus malévolas criaturas, las situaciones rocambolescas y terribles que hacen estremecer a millones de lectores en todo el mundo. La globalización de la propia cultura permite no solo transmitir mensajes a todo el mundo a través del mismo medio, Internet, sino también homogeneizar ese terror que todos hemos sentido alguna vez, con indiferencia de nuestra procedencia, edad, raza o cultura.

No es ni mucho menos arriesgado afirmar que las creepypastas son una forma moderna de folclore, en su versión más terrorífica, como leyendas contemporáneas. Jeff Tolbert, experto en el folclore sobrenatural, no tiene dudas al incluir a las creepypastas como folclore moderno, siguiendo la propia definición de Ben Amos, quien afirmaba que el folclore es la comunicación artística en pequeños grupos. Es algo que toda la gente, en todo el mundo, hace en su vida diaria. Es creado y avivado por grupos de personas, y trata de comunicar algo sobre el grupo. En el caso de las creepypastas, ese algo sería el puro terror, el miedo a lo desconocido, ya sea algo sobrenatural o simplemente horripilante que pueda llegar a ocurrirnos.

Siglos de evolución, cambios dramáticos en las sociedades pero, deberíamos preguntarnos, a la hora de atender al tema del terror y el miedo reflejado en las leyendas, las antiguas y las actuales, ¿hemos cambiado tanto en lo que a nuestros miedos más profundos se refiere? Para Diego Marañón, <los miedos actuales -si hablamos de miedos profundos- no se diferencian de los clásicos. A nosotros nos sigue asustando lo que asustaba a nuestros padres, y antes a mucha gente. La muerte, lo desconocido, la indefensión, la soledad...». Estos son los temas centrales de las leyendas antiguas, y también de las actuales creepypastas, los temas auténticamente profundos, más allá del propio contexto, que obviamente está atado a lo contemporáneo.

La manera de presentar estos temas sí que ha cambiado de manera drástica, por el simple hecho de que la propia sociedad ha variado su forma de consumir este tipo de historias, influenciada especialmente por la televisión y el cine, en las últimas décadas. La literatura de terror ha tenido que dar un paso más allá y ser mucho más explícita, como podemos comprobar en creepypastas del tipo Zalgo o Lolita Esclava de Juguete, tremendamente crudas. Existen también otras que siguen jugando con ese miedo psicológico a la oscuridad, al bosque, a las casas y lugares abandonados, en donde podemos encontrar cualquier cosa…

Pero si hay que destacar algo que realmente han introducido las creepypastas en este folclore terrorífico contemporáneo, siguiendo la estela del cine, es la importancia de la tecnología. La tecnología está presente en muchísimas de estas historias, siendo su protagonista en una gran cantidad de las que hemos decidido escoger. Desde la televisión en Candle Cove hasta la propia red como vehículo de terror, en Blindmaiden.com, Smile.jpg o The Grifter. La tecnología en forma de nueva adicción que ha surgido en las últimas décadas y que amenaza con acabar con esos reductos de crítica y personalidad que nos quedan. La tecnología como la mejor forma de homogeneizar a las masas, de transmitirles mensajes guiados a acabar con cualquier tipo de pensamiento alternativo, o como simple "droga" que neutraliza nuestra conciencia, como ocurre con los videojuegos en Polybius o El Síndrome del Pueblo Lavanda.

La tecnología se ve como un tremendo avance para el ser humano, siempre yendo un paso más allá, haciéndonos la vida mucho más fácil y creando incluso universos en los que tenemos a nuestro alcance toda la información y posibilidades que deseamos. De hecho, sin la tecnología no existirían las propias creepypastas, tal y como las entendemos. Pero como todo, la tecnología tiene dos caras y en el reverso de la moneda encontramos ese miedo a la alienación del que ya hablaron hace tiempo George Orwell y Aldous Huxley en sus distopías de cabecera 1984 y Un Mundo Feliz. La tecnología como medio para controlar a las masas, como nueva adicción para el ser humano, reflejado así de manera magnífica también en la serie británica Black Mirror, creada por Charlie Brooker, donde se nos presenta ese lado perverso y oscuro de la tecnología que en lugar de ayudarnos a ser más felices, nos asoma al abismo de ser menos humanos.

Revisitando los miedos más clásicos y profundos del ser humano y vistiéndolos con un nuevo traje de modernidad, las creepypastas pueden considerarse una nueva forma de entender, asimilar y transmitir estos miedos que persisten en una sociedad moderna, ultratecnológica y supuestamente hipersegura y controlada, en la que sin embargo seguimos sintiendo auténtico pavor cuando una figura oscura y desconocida se cruza con nosotros en medio de una solitaria calle, aunque haga algo tan inofensivo como bailar…

LA CULTURA EN LAS CREEPYPASTAS

Como también ocurre con muchas leyendas urbanas muy conocidas, las creepypastas se ayudan de la propia cultura actual, utilizando sus iconos, para expandirse más fácilmente. Esto sucede porque asimilamos mucho más fácilmente la historia en un contexto que todos entendamos, o si está protagonizada por un personaje real o inventado, al que todos conocemos. Sirve también para acercar esa historia a algo que está en nuestras vidas, y que normalmente está muy alejado de lo que podemos considerar terror.

Dentro del conjunto de las creepypastas existen diferentes categorías, según su tema, en las que se pueden clasificar. Sirve esto para englobar a las que tengan un tema similar, que suelen ser muy parecidas entre sí, cambiando solo algunas cosas. Una de las categorías más importantes dentro de las creepypastas son las historias terroríficas centradas en videojuegos, ya que combinan no solo el terror de vivir una experiencia aterradora mientras disfrutamos de estos juegos con la popularidad de los mismos, que son disfrutados por jugadores de todo el mundo. Tratan de transmitir ese temor a que a ti también te pueda ocurrir exactamente lo mismo que ocurre en la creepypasta si sigues jugando a ese juego.

Carlos Ramírez entiende la relación entre estas leyendas modernas y los videojuegos, ya que «los videojuegos siempre han tenido ese puntito de cultura underground. Y frente a los discursos lineales de las películas o las novelas, los videojuegos son sistemas abiertos a la exploración, obras por tanto proclives a que el autor encierre secretos, trucos, leyendas y misterios entre sus líneas de código».

En este apartado podemos encontrar historias como El Síndrome de Pueblo Lavanda, Polybius, Ben Drowned o La Maldición de Tails Doll, recogidas en este libro. Todas ellas tienen en común el tema de los videojuegos, algunos más modernos y otros más clásicos. Todas ellas, igualmente, aportan la misma advertencia: los juegos pueden volverse tremendamente adictivos y causar daños inimaginables, si no tenemos cuidado con ellos. En este sentido, Polybius es una muestra perfecta, en la que una persona puede perder la cabeza y volverse loco por los efectos de un juego que, según la historia, podría haber sido creado por el gobierno estadounidense para el control mental de las masas.

Las creepypastas sobre videojuegos toman como base una situación real, exagerándola o dándolo un tinte macabro para asustar al lector. A veces la situación es tan real que casi no hace falta inventar ninguna historia, solo contarla, como ocurre en el caso de El Síndrome de Pueblo Lavanda. Esta es una de las muchas creepypastas que existen sobre la saga Pokemon, erigida en una de las más populares dentro del mundo de las historias cortas de terror que surgen en Internet. Hemos escogido esta historia por ser una de las más inquietantes y tener cierta base de verdad.

La saga de juegos protagonizados por Sonic, el famoso erizo de SEGA, tampoco se queda atrás, y cuenta con una larga lista de creepypastas, aunque seguramente la de Tails Doll sea la más conocida y aterradora de todas. Existen también numerosas creepypastas sobre otros juegos reales de estas consolas primigenias, protagonizadas por personajes muy populares, como Super Mario Bros o Pac-Man. Otro de los casos más importantes que incluimos en el libro es el de Ben Drowned (Ben ahogado en su traducción), una creepypasta también conocida como Majora´s Mask y que fue creada por Michael Hall durante varios meses, en un formato multiplataforma que combinaba texto, vídeo y juegos, basándose en una historia de su propia cosecha en la que el protagonista, su alter ego, perdía la razón a causa de un extraño bug en el juego de Zelda: Majora´s Mask.

Los videojuegos más actuales también han producido muchas creepypastas, desde el terrorífico y divertido Five Nights at Freddy´s hasta el cada vez más popular Minecraft. Existe una creepypasta que se ha hecho tremendamente célebre en este juego, la de Herobrine. Se trata del supuesto espíritu del hermano pequeño de Notch, el creador del juego, que se aparece en ciertas partidas online, a lo lejos, como un jugador más, aunque tiene una peculiaridad: sus ojos son totalmente blancos, y nadie consigue acercarse a él.

Las creepypastas sobre videojuegos han conseguido atraer a mucho público a este mundo de las historias de terror 2.0, al hacerse muy conocidas y comentadas en numerosos foros de gamers. Algo parecido ocurre con otra de las categorías, la que engloba a todas aquellas creepypastas basadas en capítulos o episodios perdidos de series muy conocidas por todos. No sabemos exactamente qué creepypasta inicio esta categoría, pero está claro que muchos han decidido copiarla y hacer su propia versión macabra de series que poco tienen que ver con el terror en la mayor parte de los casos.

Como ejemplo perfecto nosotros hemos escogido Dead Bart, protagonizada por el travieso Bart Simpson, el primogénito de la familia animada más famosa de la televisión. La creepypasta nos habla sobre un episodio no emitido de Los Simpsons en el que Bart muerte después de un accidente en un avión. Se sugiere que el episodio fue censurado por su tremenda crueldad, y por eso ha quedado escondido, aunque se puede encontrar por la red. El tono del mismo es lúgubre y macabro, a diferencia de cualquier capítulo de la serie creada por Matt Groening.

Tomando esta misma estructura, han sido muchas las creepypastas que han hablado sobre supuestos episodios perdidos de series como Rugrats, El Chavo del Ocho, Mi Pequeño Pony, Tom y Jerry o Bob Esponja. Todos ellos tienen en común sucesos trágicos y macabros, desde suicidios a accidentes que acaban con la vida de los protagonistas. Aunque es una de las categorías que más ha interesado a los lectores, debido a que muchos piensan que pueden ser reales, no hay pruebas auténticas de ninguno de estos episodios. Eso sí, los creepypastas de más éxito en esta categoría tienen sus propios montajes y fakes en YouTube, que tratan de hacerse pasar por verdaderos.

Dentro de esta categoría podríamos sumar también la inquietante historia de Candle Cove, tratándose en este caso de un programa de televisión totalmente inventado, pero que ha logrado calar muy hondo en los lectores de creepypastas, siendo una de las preferidas para los amantes de montajes de vídeo y fanarts, con dibujos y diseños de los personajes basados en la historia.

Disney es sin duda una de esas factorías audiovisuales que nos ha marcado a todos con sus películas, especialmente en nuestra infancia. Siendo una de las marcas más reconocidas en todo el mundo, no es de extrañar tampoco que haya sido el epicentro también de varias creepypastas. Nosotros recogemos dos especialmente escalofriantes en esta recopilación, Suicidemouse.avi y Abandonado por Disney, ambas centradas en el personaje más icónico de la factoría, Mickey Mouse. La primera podría entrar dentro de la categoría de episodios perdidos, tratándose de un vídeo supuestamente censurado hace décadas que fue encontrado recientemente entre metraje olvidado en los estudios Disney. El segundo toma como base el abandono real de un parque temático de la compañía para especular acerca de porqué se abandonó, contándose en primera persona por un atrevido fan que indaga en los misterios del lugar.

Otra de las grandes categorías dentro de las creepypastas son aquellas que se centran en alguna página web, foro, imagen o vídeo de Internet, convirtiéndose en una metahistoria que habla sobre el mismo medio que la transmite. Internet, como ya hemos visto en el epígrafe anterior, se ha convertido en una parte imprescindible de la sociedad en este nuevo siglo XXI, simbolizando la conexión global que hoy en día parece unir a todos los seres humanos, al menos dentro del mundo "desarrollado". No es extraño que desde los oscuros rincones de la web, tan extensa e inabarcable, surjan historias que en un primer momento pueden hacernos dudar sobre su veracidad, porque habría que ser tremendamente valiente para comprobarla.

Hablamos de vídeos malditos, como The Grifter u Obedece a la Morsa, que supuestamente provocarían emociones extremas en aquellos que los viesen, llegando incluso a las últimas consecuencias fatales… También existen las imágenes malditas, como la famosa

Smile.dog o la conocida como Chica Suicida (imágenes que incluimos en este libro, aún con el riesgo que eso conlleva...). Todos estos casos se sirven de la capacidad audiovisual de Internet para dotar a la historia de mayor realismo, aportando las supuestas "pruebas" en forma de vídeos, imágenes, fotografías, etc... Este tipo de historias han existido siempre, pero es cierto que gracias a Internet se les ha dado un nuevo enfoque, ya que se pueden expandir mucho más rápido y a un público más amplio, dándose a conocer de una manera global en menos tiempo.

Existen igualmente decenas de creepypastas en las que se nos advierte de algunas webs supuestamente malditas, donde encontraremos un horrible destino si nos atrevemos a visitarlas. Hemos elegido a Blindmaiden.com como ejemplo más representativo por toda la historia que lleva detrás, pero hay muchas otras que tratan de demostrar que la red también tiene su lado oscuro y prohibido, solo apto para los más atrevidos. En el caso extremo, las creepypastas sobre la Deep Web también están consiguiendo una gran importancia. Y es que esta parte oculta y escabrosa de Internet existe realmente y es mucho más oscura, lo que favorece el surgimiento de historias que, aun desprovistas de detalles sobrenaturales, asustan porque son posiblemente las creepypastas que más se acercan a la realidad. El caso de Lolita Esclava de Juguete es un claro ejemplo de ello, una historia que muy probablemente haya sido inventada pero que habla de una realidad que perfectamente es plausible y puede haber ocurrido de verdad.

De la misma forma que la cultura actual se ve reflejada en los creepypastas, también algunos de ellos han tomado partes de culturas ancestrales, modernizándolos y dándoles un toque aterrador. Se trata de los rituales, aquí llamados juegos, que son explicados con todo lujo de detalles para que aquellos valientes que se atrevan a llevarlos a cabo los puedan hacer en cualquier momento. El Juego de la Ventana y El Escondite Solitario son los dos ejemplos que hemos escogido en esta categoría, realmente aterradores. De hecho, en YouTube existen multitud de vídeos de usuarios realizando este tipo de rituales, aunque es cierto que no se ve nada especial en ellos.

Pero no solo la cultura de la sociedad actual se ha visto reflejada a partir de personajes, lugares y hechos en las creepypastas más conocidas. Algunas de estas historias cortas de Internet han tenido tanto éxito que han traspasado la barrera casi imposible de la red para convertirse en auténticos fenómenos, cuando no en parte de la propia cultura actual, al menos en lo que al terror se refiere.

Solo así se entiende que Slenderman, un personaje creado hace unos años en un foro de Internet por un usuario cualquiera, haya llegado a ser hoy en día lo que es. Victor Surge consiguió dotar a su creación de alma, un alma oscura pero a la vez atrayente, como el propio personaje, al que los niños temen pero también siguen. Ya en sus primeros tiempos, la figura de Slenderman consiguió fascinar lo suficiente a los creadores como para influirles e incluso basar sus obras en ella. Ahí tenemos los tempranos ejemplos de los videoblogs Marble Hornetts, o las decenas de creepypastas creadas en torno a Slenderman (ya que Surge solo le dotó de cierta apariencia y algo de trasfondo). Aquello solo fue el inicio, ya que la fama de Slenderman se extendería por la red como la pólvora gracias a los miles de dibujos de fans, a su inclusión en toda una saga de videojuegos, conocida como Slender, y a la viralización de su propia imagen, dando lugar incluso a disfraces y cosplays fuera de la red. De hecho, el atractivo de Slenderman no ha pasado desapercibido tampoco para el cine, convirtiéndose en una de las primeras criaturas creadas en el mundo de los creepypastas que tiene sus propias películas más allá de la red.

El éxito de Slenderman se ha extendido hasta el punto de considerarlo ya un mito en si mismo, y abrir el debate sobre cómo se puede crear folclore en nuestros tiempos, donde nacen nuestras leyendas contemporáneas y actuales, apuntando en todo momento a Internet, por supuesto. Camisetas, juegos, películas, canciones, novelas... Slenderman se ha convertido en el más viral de los personajes de las creepypastas, llegando incluso a protagonizar de manera involuntaria escabrosos crímenes en el pasado año 2014, habiendo servido de supuesta inspiración para unas adolescentes a la hora de atacar a otra amiga.

Siempre a la sombra de Slenderman, otros personajes de creepypastas también han conseguido viralizarse lo suficiente como para romper esa barrera y salir del mundo de Internet. Algunos de ellos han servido de inspiración para cortometrajes, como El Hombre Sonriente, Smile.jpg, o Jeff The Killer. La figura de Jeff también aparece como protagonista en algunos juegos independientes de no muy buena calidad. Candle Cove, una de las creepypastas más inquietantes, será la base para la primera temporada de la ficción Channel Zero, en la que la cadena SyFy está trabajando durante el

2015. La historia sobre El Escondite Solitario ha tenido su propia película, rodada en Japón, que se inspira en este ritual para hablar sobre encuentros con entidades demoníacas. La propia leyenda urbana de Bunny Man, que ha conseguido un éxito tremendo gracias a su temprana versión cibernética, sirvió para llevar a cabo un par de películas de terror de serie B que pueden encontrarse por la red. Y rizando el rizo, en una de las series que han influido en creepypastas, Los Simpsons, se hace un guiño a una de estas historias al aparecer el arcade maldito Polybius en uno de sus capítulos.

Su popularización, especialmente en Estados Unidos y Latinoamérica, propició que muchos programas de misterio de todo tipo, desde la televisión a la radio, tratasen algunas de estas creepypastas. En nuestro país, la figura de Slenderman copó varios de estos programas a raíz de los ataques sucedidos en Estados Unidos en junio de 2014, si bien es cierto que el programa Milenio 3, en su sección Crealo o No de la temporada 2012-2013, presentó algunas de estas creepypastas como supuestas leyendas urbanas, proponiendo a los oyentes el adivinar si eran ciertas o no. Diego Marañón era el encargado de llevar a cabo esta sección cada semana, y asegura que "Créalo o no gustaba porque se incluían historias de todo tipo, siempre en el filo de la navaja. Eran situaciones lo suficientemente increíbles como para dudar de ellas pero también con un componente lo bastante razonable como para sembrar la duda". Ante algunas creepypastas presentadas en el programa, como la de Slenderman o Candle Cove, "la reacción de la gente era muy llamativa, sobre todo porque se emprendía una especie de rastreo por la red en busca de pistas que les permitiesen discernir su veracidad".

Sin embargo, como veremos en el siguiente apartado, la aparición normalmente escueta y bastante salteada de estas creepypastas no supuso el éxito de este tipo de historias en nuestro país, una popularización que parece que todavía se resiste…

CREEPYPASTAS EN ESPAÑOL

A pesar del tremendo éxito que tienen en los países de habla inglesa, las creepypastas todavía no se han extendido lo suficiente por los países de habla hispana, especialmente en España. En Latinoamérica su presencia puede ser mayor, pero al otro lado del charco todavía estamos pendientes de darle su sitio a estas leyendas. No se puede entender realmente porque la pasión por las creepypastas no ha llegado a España de la misma forma que a México o a Argentina, que si han recibido mucha más influencia en este tipo de relatos, tal vez por su cercanía al productor mayoritario de los mismos, Estados Unidos. Hay quien apunta al escepticismo propio de nuestro país frente a una visión mucho más "crédula" en los países americanos, aunque esto debería servir también para el Reino Unido, donde estas modernas leyendas urbanas apenas están teniendo relevancia.

La influencia estadounidense en América Latina es indudablemente mayor que en España, y esa puede ser una de las razones más plausibles para entender que estas historias cortas de terror hayan llegado primero y se hayan convertido en todo un éxito en los países latinoamericanos. De hecho, muchas de las traducciones de estas inquietantes historias han sido realizadas por usuarios mexicanos, argentinos o colombianos, conservando los dejes característicos del español en cada uno de estos países. Existen también traducciones realizadas en español neutro, que en muchas ocasiones se han tomado como "oficiales" para que todo el mundo pueda entenderlas igualmente.

Estas traducciones al español han sido recopiladas en diversas páginas webs y plataformas de internet, como ocurre con las versiones en inglés. Las comunidades más grandes y completas de este tipo en español son Creepypasta Wikia (creada en 2011, y actualmente con centenares de historias que van creciendo cada mes) y Creepypastas.com, en su versión en español, donde también va sumando nuevas historias semanalmente. También podríamos destacar la comunidad Creepypastas en Español, que cuenta con casi 4000 seguidores en Facebook.

Pero si hay un medio por el cual las creepypastas han logrado expandirse de verdad en nuestro idioma, de una forma mucho más notable que lo sucedido con las versiones originales en inglés, ese ha sido YouTube. Los videos sobre creepypastas, compartidos en redes sociales y foros, han hecho que muchos usuarios comenzaran a interesarse por estas tétricas y horripilantes historias de terror modernas. En la gran mayoría de los vídeos sobre creepypastas, las historias están narradas con un programa de locución de voz llamado Loquendo, que lee de manera robótica cualquier texto. Esto seguramente le quite algo de misterio y ambientación a las creepypastas, porque el ser leídas por un robot no es la mejor forma de contarlas, desde luego.

Sin embargo, existen algunas notorias excepciones de canales de YouTube que cuentan con numerosas creepypastas narradas por el usuario del propio canal. La diferencia es más que obvia, y en los casos más destacados, estos vídeos cuentan sus visitas por millones. En este sentido existen dos grandes referentes dentro del mundo de las creepypastas en español si hablamos de Youtube: Dross y TownPlay.

Ángel David Revilla, más conocido como DrossRotzank o simplemente Dross, es un periodista de origen venezolano que actualmente reside en Buenos Aires, Argentina, desde donde se ha consolidado como uno de los personajes más importante de habla hispana dentro de YouTube. Su canal tiene actualmente más de seis millones de suscriptores y sus cientos de vídeos subidos cuentan ya con más de 1.000 millones de visitas. El canal de Dross se ha hecho tremendamente conocido por sus tops, la mayoría de ellos siniestros, macabros o terroríficos, pero también por su empeño en contar pequeñas historias de terror. En efecto, Dross lleva varios años contando creepypastas, algunas muy conocidas, otras algo más desconocidas, y tratando largamente sobre el tema tanto en su propio canal como en otros. Su participación en el programa de misterio Voces Anónimas de la televisión uruguaya le supuso también un gran paso en su popularidad. En dicho programa se trataban historias que pendían entre la realidad y la ficción, y el propio Dross hablaba en profundidad sobre ellas. Algunas de esas historias, como El Juego de la Ventana o Blindmaiden.com, están recogidas en este libro.

En cuanto a TownPlay, su verdadero nombre es Álvaro Herreros, y es un joven valenciano que lleva subiendo vídeos a Youtube desde comienzos de 2012. En poco más de tres años se ha convertido en uno de los youtubers españoles con más suscriptores, llegando casi a cuatro millones, y rozando además los 1.000 millones de visitas en los casi 3.000 vídeos que tiene en su canal principal, iTownPlayGames.

En este canal, Álvaro hace gameplays (grabaciones de partidas en diferentes juegos), pero también tiene una sección especialmente dedicada a los creepypastas y al terror psicológico, con más 200 historias subidas y narradas por él mismo. El primer vídeo de este tipo que subió al canal data de junio de 2012 y se centra en la famosa historia de Suicidemouse.avi, recogida también en este libro. Según cuenta el propio Álvaro, «la verdad es que me gustó mucho que mezclasen a un personaje famoso como Mickey Mouse con el mundo del terror, me encantó». A partir de ese momento, su canal se llenaría con un montón de historias que harían las delicias de sus suscriptores, quienes fueron precisamente los que le mostraron el apasionante mundo de las creepypatas.

Aunque estas historias se escribieron principalmente para ser leídas, Álvaro Herreros piensa que narrarlas puede ser una forma todavía más interesante de expandirlas, ya que se conecta de una forma casi subconsciente con esa primigenia forma de comunicación, la oral, dando la sensación de que estamos en una fogata contando historias de terror en medio del bosque. Él mismo asegura que «Youtube es un mundo nuevo para todos a pesar de tener ya casi 10 años, cada vez encontramos cosas más interesantes y útiles, y a mucha gente, como yo, les gusta escuchar una buena historia en lugar de leerla, poder disfrutar de una ambientación mientras cierras los ojos».

Es curioso también el caso de la webserie Croatian Files, ideada por dos estudiantes de Comunicación Audiovisual, Miguel Ortiz y Juanja Torres. Esta webserie, rodada en la ciudad croata de Zagreb, se basa en los supuestos vídeos que dos jóvenes estudiantes de Erasmus encuentran al llegar a su residencia, y cómo tratan de averiguar el misterio que se esconde tras ellos en una ciudad desolada y terrorífica, donde una extraña figura parece perseguirles. La figura no es otra que un alter ego del ya célebre Slenderman, ya que como los mismo autores reconocen, «Slenderman era a la vez una representación del vasto universo de leyendas urbanas y también un personaje conocido de la red que se nos ofrecía atractivo para expandir y crear nuestra propia interpretación del cibermito». La webserie ha destacado por ser una de las pocas del género de terror en nuestro país, y por la calidad de la misma, no ya en cuanto a imagen (muy cuidada a pesar de utilizar el método conocido como Found footage o metraje encontrado), sino por toda la historia que lleva detrás, dentro del mejor terror psicológico.

Croatian Files supone una referencia ideal para ver cómo el discurso ha cambiado a la hora de contar determinadas historias, debido a la red. Hay gente que prefiere ver este tipo de webseries en Internet antes que cualquier serie típica en la televisión. Internet te ofrece muchísimas más opciones, y además, a la carta, para verlo cuando y cómo quieras. Una serie que no tiene que envidiar a ninguna otra del género, y que ha ganado centenares de adeptos en estos años, siendo considerada como uno de los mejores proyectos de este tipo creados en nuestro país, con un presupuesto muy limitado, pero con una imaginación desbordante.

Tomando a Dross y a TownPlay como auténticos divulgadores de estas historias de terror 2.0 a través de sus canales de YouTube, las creepypastas están llegando cada vez a más gente también en los países de habla hispana. Sin embargo, como afirman los creadores de Croatin Files, « La situación de España en este contexto sigue siendo de inferioridad, y seguramente el único momento en el que estas historias acapararon la atención del público de manera masiva fue en junio de 2014, tras los ataques de Wisconsin en nombre de Slenderman. Al saltar aquella noticia, que involucraba a dos menores de tan solo 12 años que habían apuñalado a otra para supuestamente impresionar a Slenderman, los medios españoles como ABC, 20 Minutos o Huffington Post decidieron tratar brevemente el tema de las creepypastas, centrándose en Slenderman, protagonista de la noticia, y hablando un poco por encima de este tipo de historias, de una forma bastante amarillista en la mayoría de casos. El popular programa radiofónico Milenio 3 realizó un dossier centrado en Slenderman y en otras creepypastas en aquel mes de junio, aunque este personaje ya apareció un par de años antes en el programa, dentro de la sección Créalo o No dirigida por Diego Marañón.

Más allá de ese momento puntual y trágico, las creepypastas han pasado de puntillas incluso por los programas de misterio de la radio y la televisión española. Esperemos que eso cambie…

NO LE MIRES
O TE LLEVARA

SEGUNDA PARTE

CREEPYPASTAS

Candle Cove

CANDLE COVE

Ironton, Ohio (Estados Unidos) Marzo de 1971

Ricky terminó sus deberes lo más rápido que pudo y bajo a toda prisa desde su habitación, en la planta superior, a la cocina, donde su madre estaba comenzando a preparar la cena.

—¿Puedo tomar algo para merendar, mamá?

—Ricky, la cena estará lista en un par de horas, y no deberías…

La manera en la que Ricky miraba aquel pedazo de pastel de manzana que quedaba sobre la nevera le hizo desistir:

—Está bien, cielo, puedes comerte el pastel, pero nada más hasta la cena, ¿de acuerdo?

Con los ojos iluminados, el niño cogió el dulce y se lo agradeció a su madre. En ese momento, el gran reloj del salón marcó las cuatro en punto de la tarde.

—¡Es la hora de Candle Cove!

Ricky salió corriendo hacia el salón para sentarse frente a la televisión a ver su programa favorito. Era un show de marionetas que se llamaba Candle Cove (La Vela de la Ensenada), y trataba sobre piratas y aventuras, un tema que seguro encantaría a cualquier niño. Como cada tarde, Ricky encendía la televisión y se quedaba allí, totalmente ensimismado, viendo aquel programa que tanto le gustaba.

Después de la divertida sintonía, al estilo calipso, la niña protagonista aparecía en pantalla. A Ricky le parecía realmente hermosa, incluso su nombre, Janice, era bonito. La chiquilla aparecía cerca de una cueva, al lado de la playa, viendo llegar a un gran barco pirata, que parecía tener una enorme boca. Aquello daba un poco de miedo a Ricky, sobre todo cuando el barco, llamado Laughingstock, gritaba MÁS ADENTRO, MÁS ADENTRO.

Janice era amiga de un pirata que se llama Percy, el comandante de Laughingstock, Pareciera que ambos estuvieran buscando una especie de tesoro, aunque Ricky no entendía muy bien lo que ocurría. Simplemente le gustaban los piratas y las aventuras, como a cualquier niño de 8 años, y de eso en Candle Cove había mucho.

Y como en toda historia, también había un villano. A Ricky se le ponían los pelos de punta cuando aparecía el malvado Capitan Arrancapieles, un pirata con forma de esqueleto y ropajes sucios y roídos, que llevaba una tétrica capa hecha con la piel de los niños. A veces, Arracanpieles gritaba tan fuerte, que Ricky tenía que acercarse hasta el televisor para bajarlo, temiendo que su madre pudiera reñirle por aquel escándalo. Y siempre quería lo mismo: la piel de la preciosa Janice. Su compinche, Horacio, era un terrible pirata de enormes bigotes, que tenía un solo ojo, mirando siempre al frente, a la pantalla, totalmente enrojecido…

Aunque a Ricky le daba un poco de miedo aquel programa, nunca se lo perdía. Luego, en la cena, le contaba a sus padres cada episodio, atropellándose en las frases, excitado por querer contarlo todo de la manera más rápida posible. Su madre sonería levemente, aunque en el fondo estaba algo preocupada. Su hijo tenía una tremenda imaginación, no había duda, y eso no era malo, pero crear historias tan extrañas…

Cada vez que pasaba por el salón en el momento en el que Ricky se encontraba viendo Candle Cove, lo único que podía ver en la televisión era esa horrible electricidad estática. No sabía por qué su hijo pasaba media hora todas las tardes viendo aquel canal en el que ni se veía ni se escuchaba nada, para luego contarle toda aquella historia de piratas y aventuras…

La historia

Candle Cove es posiblemente una de las más populares y terroríficas creepypastas que existen a día de hoy. Su origen se encuentra en un pequeño foro llamado IchorFalls, cuando en 2009, un usuario bajo el nombre de Skyshale033 abre un nuevo tema para preguntar sobre un curioso show de marionetas que se llamaba Candle Cove. Según el propio mensaje de este usuario, el programa se emitía en 1971 o 1972, y quería saber si alguien más lo habías visto.

Para su sorpresa, varias personas contestaron a este mensaje. Algunos usuarios aportaban nuevos datos acerca del show, como su temática de piratas, los nombres de la niñita protagonista, sus amigos y el horrible villano Skin-Taker (Arrancapieles). Todos los usuarios que participaban en el tema parecían ir recordando poco a poco más detalles del show, pero había algo en común. A todos les había dejado una profunda marca en sus mentes. Aludían al hecho de que las marionetas parecían como de bajo presupuesto, e incluso que algunas estaban "construidas" con trozos de diferentes muñecos, lo que les otorgaba un aspecto realmente siniestro.

A lo largo del tema, los usuarios, que aparentemente no se conocen entre sí, comparten los traumas y pesadillas que tenían al ver aquel programa tan extraño. Finalmente, el usuario Mikepainter65 colocó el siguiente mensaje en el tema:

"Visite a mi madre hoy en el asilo. Le pregunté sobre cuando era pequeño a principios de los 70 cuando tenía 8 o 9 y le pregunte si se acordaba de un programa infantil, Candle cove. Ella se sorprendió que me acordara yo de eso y le pregunté porqué, y ella me dijo "porque se me hacía rarísimo que me dijeras 'voy a ver Candle crove, mamá' y luego ponías la tele en un canal estático y vieras pura estática durante 30 minutos. Tenías una enorme imaginación con tu programilla de piratas, hijo."

El tema fue pronto llevado a 4Chan, posiblemente el foro más grande e importante del mundo, en el que se han tratado muchísimas creepypastas. A raíz de esto, el tema alcanzó una gran popularidad, y muchos usuarios del foro comenzaron a "recordar" nuevos detalles del show, dándole vida, como sucedió también en el caso de Slenderman, en el que cada usuario aportaba su granito de arena al mito. De hecho, se han llegado a crear vídeos de supuestos episodios de Candle Cove y también dibujos, ilustraciones y diseños de los personajes, que se pueden encontrar en la red. Incluso existe un juego de rol sobre el mito, con una escalofriante portada, a cargo del artista Ean Moody.

Tomemos la historia como un nuevo fake, un creepypasta más pero, ¿de dónde surge? Pues a diferencia de en otras ocasiones, esta vez tenemos a un autor claro de la historia. Se llama Kris Straub y es un diseñador y artista web, además de escritor de pequeñas historias de terror y comics. Kris fue el creador del propio foro IchorFalls, en el que colgó por primera vez la historia de Candle Cove, en formato de mensajes de disintos usuarios, y a partir de ahí contribuyó a la expansión del mito. Poco después, Straub confesó que se había inspirado en una noticia real, publicada en Marzo de 2000 en el periódico The Onion, en la que un hombre de 36 años afirmaba seguir teniendo pesadillas con un programa de televisión de los 70 llamado Lidsville, que también era para niños, aunque poco más tenía que ver con la historia que Straub creó para Candle Cove.

EL SÍNDROME DE PUEBLO LAVANDA

Japón, Mayo de 1996

Miu estaba sentada en la cama de su hijo, llorando desconsoladamente. A su lado, unos cuantos peluches y otros juguetes se amontonaban en el suelo. La habitación estaba totalmente desordenada. Hacía tan solo una hora que se habían llevado el cuerpo sin vida de Kazuo, su pequeño de nueve años años, pero ella aún lo sentía allí. Era como si no quisiera creer lo que había pasado.

—Señora Kinomoto —le inquirió el oficial de policía—. Sabemos que esto debe ser muy duro para usted, pero tenemos que hacerle algunas preguntas, para ayudarnos con la investigación, ¿lo comprende?

Miu solo pudo asentir levemente, mientras seguía tapándose el rostro con las manos, empapadas en lágrimas.

—Antes mencionó un juego al que su hijo había estado jugando mucho en estos últimos días, ¿verdad? ¿Cómo se llamaba?

—Es... ese juego nuevo que acaban de lanzar sobre bichos y animales extraños... Pocket Monster, creo.

La mirada del oficial se cruzó con la de su compañero, que trataba de encontrar alguna pista en la habitación. Sus rostros se tonaron aún más preocupados al oír el nombre del juego.

—¿Notó algo extraño en su hijo al jugar a este juego?

—Simplemente se pasaba las horas con la consola, jugando sin parar. Era como si estuviera hipnotizado... Hace tan solo cuatro días empezó a quejarse de dolores de cabeza, y por más que le insistimos para que dejase de jugar, no consintió dejar el juego a un lado.

—¿Siguió jugando, entonces?

—Sí… Era como si no pudiese parar. El dolor de cabeza seguía, y luego vino el insomnio… apenas dormía por las noches, solo hablaba del maldito juego, del nivel en el que se había quedado… Incluso llegó a ponerse agresivo con nosotros, algo impropio de él, cuando le quitamos la consola y se la escondimos.

—¿Sabe dónde están el juego y la consola ahora mismo?

Miu no pudo contestar. En ese momento, el otro policía encontró la pequeña consola portátil de Kazuo, bajo un montón de papeles, en la papelera que había junto a su escritorio. Los dos agentes se quedaron petrificados cuando encendieron la consola y comprobaron que el último punto guardado de aquel juego era Pueblo Lavanda.

Llevaron a la madre al cuartel, donde siguieron tomándole declaración y le asignaron una psicóloga especialidad en este tipo de shocks. Aquella mujer acaba de perder a su único hijo, que aparentemente se había suicidado en su habitación, después de días de estar errático, agresivo y con una aparente depresión. Lo único que deseaba era jugar a ese juego que le tenía tan entusiasmado.

Cuando los dos agentes llegaron al despacho de su jefe, éste se levantó enseguida:

—¿Y bien?

—Lo que nos temíamos.

—¿Encontraron el juego?

Con gran pesar, los agentes depositaron la pequeña consola con aquel cartucho sobre la mesa de su jefe, que lo miraba horrorizado, como si se tratara de algún objeto maldito.

—Esto no puede ser una casualidad. Tantos casos de suicidio, en tan poco tiempo… Siempre en niños… y siempre con ese juego de por medio. No puede ser casualidad…

La historia

Las creepypastas sobre juegos son tremendamente populares, ya que estos se han convertido en uno de los principales entretenimientos para los niños de esta generación. Y de entro todos ellos, está claro que Pokemon es el que se lleva la palma. Existen muchísimas historias ocultas y supuestas conspiraciones en relación al juego lanzado por Gamefreak, pero sin duda la más conocida y extendida es la que nos lleva al Pueblo Lavanda.

El Síndrome de Pueblo Lavanda (Lavander Town Syndrome o Lavander Town Tone) aparece por primera vez en el foro Pastebin, el 21 de Febrero de 2010, posteado de forma anónima. En ese mensaje se aludía a los sucesos acontecidos en Japón tras la salida de la primera edición de los juegos Pokemon Rojo y Verde (llamados Pocket Monster en su edición original japonesa), en Febrero de 1996, cuando más de un centenar de niños de entre 7 y 12 años acabaron quitándose la vida en un espacio de tiempo muy corto, y en circunstancias parecidas.

Después de supuestas investigaciones se descubrió que todos aquellos niños habían adquirido el juego Pokemon y habían pasado sus últimos días jugando a él de forma compulsiva. Pronto comenzaron a sufrir dolores de cabeza y migrañas, además de insomnio, irritabilidad y conducta agresiva. Todo ello derivaba, en pocos días, en un estado de depresión profunda impropia para alguien de esa edad. En muchos casos, estos episodios acababan de la forma más trágica. En otros simplemente se quedaban en esos extraños comportamientos.

Se llegó a la conclusión, analizando los cartuchos de los juegos de estos niños, que todos habían llegado al mismo punto antes del terrible suceso: Pueblo Lavanda. Este lugar era el supuesto cementerio de las pequeñas criaturas que poblaban el mundo virtual de Pokemon, y el ambiente en este nivel era realmente tétrico... especialmente la música. Los expertos descubrieron que la melodía incluía unos tonos de alta frecuencia, además de un extraño murmullo de fondo, que solo pudieron encontrar al analizar la música con un programa especial de ordenador. Ellos no escuchaban absolutamente nada de eso, pero al parecer los pequeños sí que podían oír esas frecuencias. Según los investigadores, la música de Pueblo Lavanda había causado esas afecciones y esa histeria colectiva en los niños pequeños.

El escándalo, por supuesto, fue absoluto, y Gamefreak, la compañía encargada de desarrollar Pokemon, decidió cambiar la música de Pueblo Lavanda para las sucesivas ediciones en América y Europa de los juegos Pokemon Rojo y Azul. De esta forma, la música que originalmente aparecía en la versión japonesa del juego sería diferente, no tanto por la melodía, que es idéntica, sino por la ausencia de ese murmullo, y por haber bajado el volumen, la intensidad y el tono general de la música.

La historia posteada en ese foro, catorce años después de los supuestos sucesos, no tardó en expandirse a través de 4Chan, ImageShack y otros sitios de la red. Pronto se convirtió en una de las creepypastas más populares, ayudando los propios usuarios de la red a darle vida propia, a través de links a supuestos vídeos de Youtube donde, efectivamente, aparece la primigenia versión de la tétrica melodía de Pueblo Lavanda... aunque solo los niños pueden escucharla, claro está. A través de estos fakes y videos trucados, la fama de la historia ha llegado a ser tal que muchos que la conocen la consideran totalmente real. Pero no lo es, por supuesto, aunque como toda leyenda, tiene su parte de verdad...

A las pocas semanas de lanzar la primera edición de Pokemon, los responsables de Gamefreak recibieron una multitud de quejas por parte de los padres de muchos niños, que aseguraban que sus hijos tenían dolores de cabeza, náuseas y problemas para dormir por culpa de su juego. Determinaron que el problema estaba en la música de Pueblo Lavanda, tal y como se dice en la creepypasta, pero no era ni mucho menos tan grave como para llegar a deprimirse o suicidarse. Es cierto que la música original estaba demasiado alta en el juego, y esas frecuencias molestaban a los niños hasta causarles, en casos concretos, este tipo de afecciones. Los desarrolladores de Gamefreak tomaron nota de su fallo y para las versiones americana y europea, que aparecieron un par de años después, bajaron el nivel y el tono de la música de Pueblo Lavanda, para hacerla mucho más cómoda de escuchar por parte de los jugadores.

Como se ve, una historia cien por cien real sirve de base para un truculento suceso que involucra decenas de suicidios por parte de niños, una melodía siniestra y un juego muy popular. La música original de la primera versión japonesa de Pokemon no se encuentra en estos momentos en la red, y todos los vídeos que existen sobre ella son falsos, obviamente, como la propia historia de los suicidios. De ser cierta, esta historia habría recorrido el mundo entero, y el éxito de Pokemon habría sido enterrado enseguida.

De hecho, es curioso que esta creepypasta sea tremendamente popular tanto en Europa como en Estados Unidos, pero no en Japón. Los japoneses apenas han oído hablar de esta historia, ya que sería muy fácil saber que era falsa con solo recurrir a un poco de hemeroteca. Sin embargo, la advertencia que parece flotar junto a la melodía tétrica de Pueblo Lavanda sigue vigente: no te obsesiones con los juegos, o puedes acabar muy mal.

DEAD BART

Bangor, Maine, noviembre de 2003

Richard Swithen se vanagloriaba de ser uno de los mejores coleccionistas de vídeos extraños que existían en todo el país. Gracias a una sustanciosa herencia por parte de sus abuelos maternos, Richard podía disfrutar de una vida libre de preocupaciones, y se había dedicado en los últimos 20 años a buscar esas películas y vídeos que todos querían ver, pero nadie quería encontrar. Entre sus más preciados tesoros se encontraban algunas de las primeras copias de Ciudadano Kane, o la mítica y terrorífica Le Fin Absolute Du Monde, la que dicen es la película más aterradora de la historia, y que solo se estrenó en el festival de Stiges (España), provocando una histeria jamás vista en los espectadores, por lo que fue retirada.

Ahora, Swithen había conseguido por fin lo que tanto ansiaba, después de muchos años. Era un fan absoluto de la serie de Matt Groening Los Simpsons, que llevaba ya 14 años en antena, y no parecía tener visos de terminar pronto. Uno de los mayores placeres de Swithen era sentarse en su sofá y ver capítulos de esta serie animada, uno tras otro, como si fuese una maratón, en su pantalla gigante. Podía pasarse horas así, sobre todo si incluía alguno de los capítulos especiales que solo él y unos cuantos más afortunados poseían. Pero esto era especial. Lo que hoy tenía en su mano era algo diferente…

Había conseguido hablar con el propio Groening a la salida de una convención para fans en Boston un par de días atrás. A pesar de su fama de malhumorado y poco hablador, Groening le había saludado con toda la educación del mundo, y habían estado charlando durante varios minutos sobre la serie y los capítulos especiales. Fue entonces cuando Swithen le preguntó por aquel episodio del que todo el mundo hablaba, el episodio 7G06, también conocido como Dead Bart (Bart muerto). Groening se quedó temblando en ese momento, y parecía estar a punto de llorar. Sin embargo, sacó un papel y me apunto una dirección en él, marchándose enseguida.

Hacía tiempo que Richard había oído hablar de aquel episodio supuestamente perdido en el que Bart moría. Pertenecía, según los rumores, a la primera temporada, y estaba previsto que se emitiese, pero los creadores tal vez consideraron que era demasiado fuerte para una serie de dibujos. De hecho, David Silverman, uno de los productores de la serie, abandonó una conferencia que estaba dando hace unos años cuando fue preguntado por este mismo episodio. Nadie relacionado con Los Simpsons quería hablar sobre él, y aquello llevó a Swithen a pensar que podía ser real, porque bastaba con negarlo…

El coleccionista comprobó que Groening le había apuntado una dirección de internet en el papel, y corrió a casa para comprobar qué es lo que habría allí. ¿Acaso sería el famoso vídeo perdido? Al entrar en la dirección del papel en su ordenador de sobremesa, Swithen cruzó los dedos esperando ver lo que más deseaba. Un archivo comenzó a descargarse, aunque parecía tener una extensión extraña. No tardó mucho en estar totalmente descargado. Sin embargo, el ordenador parecía volverse loco, y finalmente acabó apagándose. Cada vez que lo trataba de encender, el ordenador se volvía a colgar, como si tuviese un virus o algo por el estilo. Aquel viejo cascarrabias se la había jugado. No le gustaba hablar del episodio, y harto de que tantos fans le preguntaran, seguramente habría creado esa página para quitárselos de encima y darles su merecido.

Pero Swithen era más listo, y había conseguido copiar el fichero descargado en un CD antes de tener que reinstalar de nuevo el sistema operativo del ordenador. Con este totalmente limpio de otros programas o documentos, el coleccionista se dispuso a ver si el contenido del CD podía ser reproducido… y allí estaba. Era un archivo de vídeo, de unos 18 minutos de duración. Justo lo que duraba un capítulo de Los Simpsons.

Richard comenzó a ver el episodio y se quedó algo decepcionado, ya que al principio parecía ser uno más, no pasaba nada especial, salvo que la calidad era pésima. Tal vez se veía así por haber sido descargado desde la red, pero estaba claro que no era un episodio que pudiera transmitirse por la televisión. El primer acto del episodio pasó de una forma totalmente normal, los Simpsons viajaban en un avión y Bart hacía travesuras, como de costumbre. Hasta que de repente, el pequeño gamberro abrió una de las ventanillas del avión y salió succionado por ella, muriendo aparentemente en el acto.

Swithen quedó horrorizado, pero a la vez también complacido. La leyenda del episodio perdido era real. Le daba igual lo siguiente y apenas prestaba atención a la pantalla. El cadáver de Bart y la familia llorándole mientras los vecinos se asomaban a la ventana. La tumba de Bart en el cementerio de Springfield... Swithen se sentía eufórico y solo pensaba en la fortuna que ganaría por permitir la difusión del episodio cuando algo le llamó mucho la atención y volvió a concentrarse en la pantalla.

Eran las lápidas del cementerio. Además de la de Bart, otras muchas aparecían al fondo de la imagen, que ahora era bastante mejor. Tanto que incluso se podían leer los nombres de los fallecidos... que correspondían con todas las famosas estrellas invitadas al show, como Michael Jackson o George Harrison. Allí estaban sus tumbas, incluso con una fecha, como si de una macabra predicción se tratase. Y lo más escalofriante de todo, pensó Richard, es que la fecha de la muerte era la misma en todas las tumbas.

La historia

En muchas ocasiones, las creepypastas se han aprovechado del éxito y la popularidad de un personaje conocido por todos para conseguir expandir más rápidamente la historia tétrica que llevaban detrás. Así sucede en el caso de Dead Bart (Bart muerto), posiblemente la creepypasta más popular de entre todas las que hacen referencia a un "episodio perdido" de alguna serie conocida. Son muchísimas las creepypastas que han aparecido después de Dead Bart, en referencia a episodios similares en otras series, como Rugrats, Campeones, Bob Esponja o incluso la mítica comedia mexicana El Chavo del Ocho. Pero parece que fue Dead Bart la primera de todas ellas.

Los Simpsons es probablemente la serie de dibujos animados más exitosa de la televisión, con más de 500 episodios repartidos en veintiséis temporadas, algo nunca logrado antes por una serie de estas características. El éxito a nivel mundial de Los Simpsons ha hecho que, en las últimas décadas, la familia amarilla de Springfield se haya convertido en parte de la cultura popular. Y es que hay pocas personas que no sepan quien es Bart Simpson, por ejemplo.

Seguramente por ello, el personaje de Bart fue el elegido para protagonizar este historia tétrica, que nos habla de un supuesto capítulo en el que el primogénito de Los Simpsons fallecía, dejando desolados a los suyos. Según la historia, el capítulo fue ideado por Matt Groening, el creador de la serie, para ser emitido en la primera temporada. La intención de Groening era mostrar que, más allá del humor, la serie pretendía ser realista y que también podían ocurrir sucesos trágicos.

Supuestamente, el episodio era tan perturbador que la cadena Fox se negó a emitirlo, teniendo que realizar uno nuevo en su lugar, en este caso, el titulado Moaning Lisa (la depresión de Lisa en español). El controvertido episodio quedó olvidado, aunque algunos rumores comenzaron a fluir a medida que la serie ganaba en fama y popularidad. Según cuenta esta creepypasta, muchos fans daban por hecha la existencia de este capítulo perdido, y preguntaban por el mismo a los productores, guionistas y actores de la propia serie, en busca de una solución. En la historia, era el propio Matt Groening quien, harto de todas esas preguntas, le entregaba a un fan una dirección de Internet en la que supuestamente se podía descargar el capítulo.

De hecho, la creepypasta original, escrita posiblemente por el usuario K! Simpson en el año 2010 y que pronto se expandió de forma espectacular por la red, contaba en primera persona como él era ese fan al que Groening había dado la dirección en la que descargar el vídeo, y el resultado de haber visto tan perturbador capítulo. Se hace énfasis en el "golpe" del final, cuando además de todo lo macabro y siniestro de la muerte de uno de los protagonistas de la serie, un niño para más inri, aparecen también lápidas con los nombres de los artistas invitados que aparecerían a lo largo de la larga vida de la comedia, incluyendo la fecha de su supuesta muerte. Recordemos que, según la historia, este Dead Bart debía de ser el sexto capítulo de Los Simpsons, y emitirse en 1990, por lo que sería imposible saber qué personajes populares participarían y mucho menos la fecha de sus muertes.

Esta parte de la historia juega también con ese factor sobrenatural, pudiéndose predecir el futuro, como parte de la historia que, combinada con la propia naturaleza oscura del capítulo perdido, da como resultado un producto perfecto que se puede expandir rápidamente, por el interés que suele mostrar el ser humano en lo morboso y, por supuesto, por la popularidad que tiene la propia serie, sin la cual seguramente la historia no hubiese llegado tan lejos.

Decimos esto porque Dead Bart se ha convertido en uno de los mitos más populares y célebres de Internet en los últimos años. Son muchas las creaciones de fans que han decidido, como en tantas otras creepypastas, aportar su granito de arena a la historia y crear videos en los que se pueden ver supuestos fragmentos reales del episodio perdido. Todos son montajes, por supuesto, pero algunos de ellos están bastante logrados y se ciñen perfectamente a la historia contada arriba, por lo que más de un fan despistado ha pensado estar viendo el auténtico episodio de la muerte de Bart Simpson.

El poder de la cultura televisiva y el propio morbo del medio como gancho irresistible para los hombres queda evidenciado en esta historia tan tétrica como cualquiera de las protagonizadas por la familia amarilla en sus especiales de Halloween.

POLYBIUS, EL ARCADE MALDITO

Afueras de Portland, Oregon, 1981

Aquel juego me dio mala espina desde el principio.

Solo lo probé una vez, creo que fue al día siguiente de que Charlie, el dueño de aquel salón recreativo, lo trajese. Y desde luego no me gustó en absoluto. No era como otros juegos, era totalmente diferente. Y aunque al principio aquello me llamó la atención, no pude jugar más de cinco minutos. Era demasiado para mí.

Desde el inicio, parecías controlar un pequeño triángulo colocado en el centro de la pantalla, al estilo de los juegos de matar marcianitos que tanto me gustaban. Lo raro comenzaba cuando tratabas de mover esa “nave” en la pantalla con el joystick. Y es que la nave no se movía, era el resto del escenario lo que rotaba a tu alrededor, provocándote, al menos al principio, una sensación de mareo realmente extraña. Y por si fuera poco, estaban aquellas luces.

Desde el fondo de la pantalla aparecían de repente un montón de luces con distintas formas. Algunas eras espirales, otras cuadriláteros, pero todas tenían en común el color chillón y el incesante parpadeo. Era como si te estuviesen bombardeando el cerebro. Además, el sondo del juego era demasiado alto para mi gusto, ya que llegaba a molestar. Todo aquel cocktail hizo que a los pocos minutos, mi cabeza me diera vueltas, y decidiera dejar el juego en ese instante, porque además ni siquiera me estaba divirtiendo.

Por desgracia, Colin sí que parecía divertirse con ese maldito juego. Tal vez demasiado.

Cuando le comenté que había probado Polybius en el arcade de Charlie, Colin se apresuró a jugarlo él también. Sin embargo, parece que le encantó. Le pregunté acerca de las luces, los sonidos estridentes y demás.

—Eso es lo mejor tío, es una auténtica revolución... Te lleva como a otro mundo...

Pensé que el cuelgue no le duraría demasiado, pero cada vez que iba a buscarle estaba en el mismo lugar. Allí, jugando a Polybius, al frente de una gran cola de gente que también deseaba probarlo. Cuando se le terminaban las monedas iba a casa, o me pedía prestadas algunas a mí, y se volvía a colocar en la cola, esperando pacientemente su turno. A la semana comencé a preocuparme realmente por él. Todo lo que quería hacer era jugar a Polybius.

—¿Es que no te aburres del jueguecito? Yo me cansé en cinco minutos —Le dije mientras esperaba a su lado en la cola, cuando solo quedaba un chico por delante de él para jugar.

—Tú no lo entiendes, Shawn. Nunca había jugado a nada como esto...

Aquel día comencé a entenderlo un poco mejor, cuando me quedé allí, con él, mientras jugaba.

Cuando yo lo probé no noté nada extraño, a parte de las propias luces estroboscópicos y el sonido estridente. Pero desde fuera pude comprobar que había mucho más que eso. De vez en cuando en la pantalla aparecían mensajes como Mátate, Honra a la Apatía o No Pienses. Aparecían y desaparecían en menos de un segundo, pero se entendían perfectamente, si estabas atento. Claro que Colin, absorto en el juego, parecía no darse cuenta. Ni siquiera de esos gritos y lamentos espantosos que de vez en cuando se colaban entre los sonidos propios del juego.

A las dos semanas, Colin estaba totalmente enganchado a aquella máquina. Parecía unos de esos yonquis que solían pulular por el barrio con una botella de vino en la mano, solo que su droga no era el alcohol ni el caballo, era aquel juego del demonio. Un día, Charlie me avisó de que fuese a buscarle. Era hora de cerrar y Colin seguía allí, enganchado a Polybius, sin responder a ningún estímulo. Me costó muchísimo convencerle para que lo dejara, asegurándole que al día siguiente podría jugar más, pero que era hora de dormir.

—No quiero dormir… solo quiero… no…

Mientras estábamos sentados frente al salón de juegos, tomando un poco el aire y esperando a que se le pasara el "mono" para llevarlo a casa, pude ver perfectamente como dos hombres completamente trajeados, con aspecto de ser importantes, se bajaban de un coche de lujo y entraban junto con Charlie, por la puerta trasera. Aquella me extrañó bastante, pero pensé que solo serían negocios.

La adicción de Colin con Polybius no hizo más que empeorar. Muchos otros chicos se habían conseguido desenganchar después de sufrir mareos, vómitos o incluso alucinaciones, tras jugar demasiado a aquel juego. Él no quería dejarlo por nada del mundo.

Era mi mejor amigo y creo que jamás me repondré de lo que le pasó, pero siendo sincero, me alegro de no haber estado allí aquella tarde. Charlie me dijo que estuvo jugando muchísimo tiempo y que de repente, comenzó a pegar gritos hasta que cayó fulminado. Ataque epiléptico, dijeron los médicos. Yo sabía perfectamente que todo era culpa de Polybius.

Cuando fui al día siguiente al arcade, con la intención de destrozar a patadas la máquina, ya no estaba. Se la habían llevado, me dijo Charlie, que parecía no estar demasiado preocupado por el tema. No volví a aquel sitio nunca más.

La historia

La primera referencia que se tiene de Polybius nos llega en el Agosto de 1998, en un foro sobre videojuegos llamado Coinop, donde se da algo de información sobre el juego, aunque de forma bastante superficial. Se comenta que se trataba de una especie de combinación de puzzle con juego de marcianitos, ideada por la empresa alemana Sinneslöschen, que traducido significaría "extinción de los sentidos". El nombre procedía del historiador griego Polybius.

Según el artículo, el juego fue lanzado como un arcade en algunos salones recreativos a las afueras de Portland, Estados Unidos. Polybius generó una gran expectación, y cada día eran decenas los jóvenes que hacían largas colas para poder jugar un rato a este juego tan novedoso, que no parecía a ningún otro. Su estética era rompedora para la época, pero lo que parecía dejar enganchados a los jugadores era esa combinación de estímulos audiovisuales.

En ese mismo artículo se habla de las luces estroboscópicas y los estridentes sonidos que provocaban mareos, vómitos, alucinaciones e incluso suicidios. Se dice que un chico murió de un ataque epiléptico después de jugar a Polybius, y al día siguiente, todas las máquinas fueron retiradas de los salones recreativos. Aquellos jugadores que tuvieron la "suerte" de probar el juego lo definen como extraño pero absorbente, y aseguran que en ocasiones llegaron a ver mensajes subliminales en la pantalla, como los recogidos en la historia, mensajes que "ordenarían" a los jugadores a acatar las leyes, a no pensar, a entrar en un estado apático y casi depresivo.

Según el mismo artículo, las visitas de hombres trajeados totalmente de negro, en alusión a los servicios secretos estadounidenses o cualquier organización gubernamental oculta, rondarían siempre los salones de juego en donde se podía encontrar Polybius. De esta manera, se hace hincapié en la posibilidad de que el juego fuese una especie de experimento de control de masas por parte del gobierno norteamericano, en una época en la que empezaban a conocerse los métodos más extremos que el país había utilizado en la Guerra Fría.

Una máquina recreativa que puede llevar a la locura e incluso a la muerte a quien juegue con ella, desarrollada dentro de un plan secreto del gobierno de Estados Unidos para controlar la mente de los jóvenes con mensajes subliminales. Suena a teoría conspiranoica pura y dura. Y de hecho, así es. En el año 2000, un nuevo topic sobre Polybius se abrió en el sitio Usernet, un foro muy seguido por los amantes de los videojuegos y del arcade. En ese post ya se hablaba de la posibilidad de que toda la historia de Polybius no fuese más que una leyenda urbana más, dada la falta total de pruebas y lo retorcido de la teoría.

En ese mismo foro, un año después, un usuario conocido como Al Kossow denunció en otro post distinto que Polybius no era más que una leyenda creada por un usuario del propio Usernet, conocido en el foro como CyberYogi, cuyo auténtico nombre era Christian Oliver Windler. Sin embargo, aunque las sospechas eran bastante claras, Windler jamás ha reconocido públicamente la autoría de esta leyenda urbana, dada ya en ese momento, 2001, como una farsa total.

De hecho, el foro centrado en leyendas urbanas Snopes trató el tema de Polybius en 2003, realizando una investigación en profundidad para determinar si la historia era real o no era más que una invención. Finalmente, la segunda opción se tomó como definitiva, aunque el origen de la leyenda urbana no se pudo concretar más que por las referencias anteriormente expuestas. Este veredicto, por parte de una de las páginas de más prestigio en el tema de desentrañar leyendas urbanas, sirvió para convencer a los más escépticos. Incluso se llegó a publicar una reseña sobre Polybius, ese mismo año, en la revista GamePro, enmarcada en un reportaje sobre falsos mitos del mundo de los videojuegos.

A pesar de que la historia parecía estar enterrada, cada cierto tiempo aparecía algún usuario en un foro especializado, asegurando que había podido jugar a Polybius, o incluso que poseía un emulador para ordenador del misterioso juego. Por supuesto, no se aportó una sola prueba en ese momento, aunque es cierto que con el tiempo han aparecido "versiones no oficiales" de Polybius, creadas por los propios seguidores de la leyenda urbana, que aun hoy se pueden encontrar en la red como si fuesen la auténtica experiencia "Polybius".

El caso Polybius volvió con fuerza a la palestra cuando, en Marzo de 2006, un usuario llamado Steven Roach aseguró en uno de tantos post sobre el tema en Coinop.org que él mismo había estado involucrado en la creación de Polybius, aunque quiso dejar el tema en paz, ya que al parecer, no quería recordarlo. Según este usuario, participó en la creación de Polybius colaborando con una empresa sudamericana que quería revolucionar el mundo del videojuego con un arcade diferente, una verdadera novedad en cuanto a los gráficos. Se pretendía que fueran totalmente adictivos, y se trabajó mucho en ello. Pero al final, estos gráficos provocaron los problemas anteriormente citados en los jóvenes, llegando a considerarse muy peligroso, y retirándose del mercado al poco tiempo de aparecer. La historia de Roach fue desmentida en 2009, al caer el usuario en muchas contradicciones y realizarse una exhaustiva investigación que dejaba al descubierto su engaño.

El origen de la leyenda sigue siendo todo un misterio, aunque algunas fuentes afirman que podría haber coincidido con el lanzamiento de Tempest, un juego arcade de Atari, muy similar al Space Invaders, que coincidiría en ciertas descripciones con Polybius. También fue lanzado en 1981, y podría haber dado problemas en sus primeras versiones, debidos a sus gráficos, que habrían provocado problemas epilépticos a algunos jóvenes. Para muchos, éste es el auténtico origen de la leyenda de Polybius.

La fama de Polybius ha traspasado la pantalla del ordenador para convertirse en un auténtico símbolo de la cultura popular alternativa y conspiranoica, sobre todo en Estados Unidos. Hay referencias al arcade en comics, webseries y series de televisión, apareciendo incluso en un episodio de la célebre serie de dibujos animados Los Simpson (capítulo 3 de la temporada 18, emitido en Septiembre de 2006), en el que Bart accede a un salón recreativo. Se puede ver que, mientras está interesado en otro juego diferente, a su derecha aparece una máquina con el nombre de Polybius. Lo más curioso es que en la parte inferior de la máquina aparece el emblema "Propiedad del Gobierno de los Estados Unidos", aludiendo a las teorías que aseguran que Polybius era, como no, un experimento por parte del gobierno norteamericano, en su búsqueda de la fórmula más efectiva de control mental, o de supresión de la voluntad, especialmente en los jóvenes.

OBEDECE A LA MORSA

Dani y yo somos chicos normales, que viven en una ciudad normal, de un país cualquiera, van a un instituto normal y sacan notas normales, casi siempre. Hemos sido compañeros de clase desde que teníamos cinco años y ahora, con trece, hemos tenido suerte de seguir juntos en la secundaria. Se podría decir que somos inseparables, y es que siempre estamos jugando al fútbol, o a la consola, o incluso hacemos los deberes juntos.

Como a cualquier chico de nuestra edad, a Dani y a mí también nos encanta Internet, y ver vídeos es una de nuestras aficiones favoritas. Hay tantas cosas divertidas en la red... La curiosidad, muchas veces, nos hace ir de vídeo en vídeo, buscando el más gracioso, o el más extraño. Pero de un tiempo a esta parte, lo que más nos interesa son los vídeos de terror, vídeos bizarros y extraños que nos hagan aterrorizar de verdad.

Fue hace un par de semanas cuando decidimos plantearnos un gran reto: buscaríamos por nuestra cuenta los vídeos más extraños y espeluznantes de la red, y al día siguiente, cada uno llevaría el más terrorífico que hubiera encontrado. Después decidíamos cual era el ganador. Tanto Dani como yo somos chicos bastante justos, y si el otro traía un vídeo mejor que el nuestro, no teníamos problema en reconocerlo. Además, la cosa solía estar muy pareja, un día ganaba él, al siguiente yo... hasta aquella lluviosa tarde, hace solo tres días.

Si soy sincero, ni siquiera sé cómo llegue hasta aquel vídeo. Iba, como siempre, buscando aquellos que pudieron sorprender más a

Dani, los más tétricos y escalofriantes. Pasando de una a otro, me tope en la lista de relacionados con un título realmente curioso que me llamó mucho la atención. El vídeo se titulaba Obedece a la morsa. Mi curiosidad era tan grande que decidí verlo, a pesar de que, en apariencia, no tenía demasiado que ver con lo que buscaba.

Al principio me quedé extrañado. Una cabeza gris cantaba una canción infantil sobre una araña, o algo parecido. Segundos después, unos torbellinos de colores dieron paso a aquellas extrañas imágenes, en las que aparecía una mujer de pequeña estatura, que parecía estar bailando claqué con un paraguas en sus manos, mientras la filmación cambiaba de color. Y lo más inquietante era la música, extraña, que ponía los pelos de punta. Y la siguiente parte era aún más bizarra.

En los primeros planos se podía ver que aquella persona no era una mujer, sino un hombre travestido, pero tampoco era un hombre "normal". Su extraña forma, su baja estatura, lo esquelético de sus brazos, le conferían un aspecto realmente terrorífico. Mientras seguía bailando y moviéndose de un modo cas espasmódico, este hombre travestido se acercaba a cámara. Y lo cierto es que su mirada ponía los pelos de punta... Ayudadas por la música, las imágenes te causaban un desasosiego enorme. Y por si fuera poco, para terminar el vídeo, una morsa gigante aparecía, sin aparente razón.

Me quedé desconcertado y también aterrado, puesto que nunca había visto un vídeo como ese. No había fantasmas, ni sustos, ni nada por el estilo. Era más bien la mezcla del extraño aspecto del hombre/mujer protagonista, en combinación con la música, los colores, los filtros... Todo era tan extraño que decidí investigar un poco por mi cuenta. No tardé mucho en encontrar otro vídeo en el que advertían de que Obedece a la Morsa era parte de una estrategia llevada a cabo por una secta satánica, compuesta por travestis y transexuales, que utilizaban aquellas imágenes para difundir sus mensajes. ¿Qué mensajes? El vídeo era totalmente absurdo, daba miedo, pero no había ningún mensaje en él, pensaba yo. El vídeo siguió dándome la respuesta. Los mensajes de Obedece a la morsa eran subliminales, por eso no los veíamos... pero eso no quería decir que no los estuviéramos entendiendo, aun de manera subconsciente.

Al día siguiente, decidí ponerle aquel vídeo a Dani, como parte de nuestro reto. Al principio parecía reírse, preguntándome si pensaba que eso iba a darle miedo. Sin embargo, conforme el vídeo avanzaba, su cara cambiaba, de la risa al espanto. A pesar de que se quedó petrificado cuando terminó, insistió en volver a verlo. Y luego una vez más. Creo que debimos verlo como cinco o seis veces, y cada vez el vídeo parecía más espeluznante. Dani se quedó muy serio después de que dejáramos de ver aquel extraño video, y entonces le conté la historia que había descubierto sobre él.

No me contesto. Realmente no dijo nada. Siguió callado, con expresión como ausente, pero con el terror en sus ojos. Por más que intentaba hacerle hablar, parecía haberse quedado mudo, o en shock. Me preocupé y llame a sus padres para que le recogieran. Ellos le llevaron a un médico.

Han pasado ya dos días, y Dani sigue sin hablar, sin responder siquiera con un gesto a nada de lo que le dicen. Y yo maldigo el día que encontré aquel vídeo…

La historia

En el año 2010, el portal Youtube ya era toda una institución en la red. Un sitio en el que había millones de vídeos de todo tipo, desde música hasta documentales, pasando por los célebres gameplays (usuarios grabándose mientras juegan a un determinado videojuego) y los vlogs, diarios en vídeo que varios usuarios habían comenzado recientemente, y que se expandía como una moda creciente. Fue en esa época cuando el vídeo titulado Obedece a la morsa comenzó a hacer muy popular en este portal.

La versión original más antigua que podemos encontrar en Youtube data de Marzo de 2008, pero no fue hasta casi dos años después cuando el vídeo pasó de ser uno más entre tantos millones a convertirse en un auténtico fenómeno viral, seguramente alentado por foros como 4chan. El vídeo es uno de los más bizarros y extraños que podemos encontrar en la red, que ya es decir. Lo protagoniza un travesti que parece tener algún tipo de enfermedad física. Vemos como el protagonista baila claqué con un paraguas en la mano, para luego asistir a otra escena en la que se mueve de forma espasmódica, acercándose cada vez más a la cámara, mientras la mira fijamente.

La naturaleza perturbadora de las imágenes, unida a los diferentes filtros utilizados para darle una sensación aún más espeluznante y a la música utilizada como fondo hizo que el vídeo se convirtiese pronto en viral. La gente lo mandaba a sus amigos y conocidos, y se extendió como la pólvora. Nadie sabía de qué trataba aquello, qué relación tenía la cara animada del principio o la morsa del final.

Apareció otro vídeo en el que se aseguraba que estas imágenes eran obra de una peligrosa secta satánica, que estaba formada íntegramente por travestis y transexuales, y que tenía un gran número de adeptos en países como Portugal o Alemania. Según esta teoría, Obedece a la morsa era una parte del plan de expansión de esta oscura secta. En el vídeo aparecen mensajes subliminales que nos harían enloquecer, o acabar perdiendo nuestras facultades mentales, según mantenía esta teoría.

Muchos creyeron esta versión a pies juntillas, mientras que el vídeo se expandía cada vez más, y en Internet empezaban a aparecer incluso parodias con otro tipo de músicas, o también los extendidos vídeos de reacciones al ver las inquietantes imágenes. Pero no hubo que esforzarse mucho para descubrir el verdadero origen de Obedece a la morsa, al menos de las imágenes que formaban parte del vídeo.

Se trataba de una película independiente norteamericana de 1998 titulada The Goddes Bunny (La diosa conejo) y protagonizada por un drag queen con relativa fama en la cultura underground americana, Johnnie Baima. Baima solía utilizar el apelativo de The Goddes Bunny en sus shows, y había rodado esta pequeña cinta documental basada en su vida y en su experiencia. El travesti sufría la enfermedad de la polio, que le daba ese aspecto ciertamente inquietante y siniestro. Su androginia, buscada a posta, tampoco ayudaba para disipar nuestro temor al ver esas imágenes. Solo que las imágenes de por sí tal vez no resultarían tan perturbadoras si no fuese por los efectos, los filtros y la música.

En 2005, el documental fue subido al sitio de Internet eBaum´s World, donde llego a conseguir cierta fama, antes de ser también añadido a Youtube. Sin embargo, el vídeo subido a eBaum´s World sería el original, en el que no existe ni música ni filtros, más que los propios del documental. Parece ser que alguien cogió dichas imágenes y les añadió esos efectos, además de la desquiciante música de fondo, para componer una pieza audiovisual que ponía verdaderamente los pelos de punta. No se sabe quién es el autor de Obedece a la morsa, pero está claro que buscaba causar ese efecto de rechazo, de aprensión, al montar las imágenes de esa manera, ya que el vídeo original no causa ni mucho menos tanto impacto, llegando a ser casi emotivo y enternecedor.

El autor incluyó, al principio del vídeo, a una figura que solo tenía rostro, cantando una pequeña tonadilla en castellano, perteneciente a la canción The Itzy Bitzy Song, un popular tema infantil. Según varias fuentes, la figura que aparece cantando la canción es Andross, el protagonista de la saga Star Fox, lanzada por Nintendo. En cuanto a la música de fondo que aparece en las imágenes en las que Baima baila claqué, se trata de esa misma canción, aunque con varios filtros, puesta en reversa y solo a trozos, para crear esa sensación de desasosiego en el oyente. La enorme morsa que aparece al final del vídeo sería una referencia directa a la supuesta "secta de travestis" a la que aludían las teorías conspiranoicas de otros vídeos. Se piensa que esas teorías fueron lanzadas por la misma persona que creó el vídeo, para darle un mayor empuje y difusión.

Y así es como el desdichado Johnnie Baima consiguió hacerse

mundialmente famoso, por una razón que desde luego no era la que hubiese querido. El autor del vídeo no tuvo reparos en aprovechar la enfermedad de Baima para burlarse de él y crear este mito, que a día de hoy ya está totalmente desmentido. Aún así, y aunque la historia de la supuesta secta ocultista no sea real, lo cierto es que el vídeo sigue causando un tremendo pavor en todo el que lo ve, reflejo de lo poco acostumbrado que está al ser humano, todavía a estas alturas, a ver a alguien diferente actuar como una persona normal.

BLINDMAIDEN.COM

Munich, Alemania, Enero de 2012

El comisario Schroder sintió un escalofrío al entrar en aquella habitación. Apenas unas horas antes, Ludwig Jurgensson se había quitado la vida en aquella misma estancia. Era un joven de diecisiete años, normal como cualquier otro adolescente, muy aventurero y divertido, según sus padres. Tocaba el bajo en una banda con otros compañeros del instituto y tenía planes de dedicarse a estudiar Audiovisuales. Nada parecía presagiar el trágico final del chico, ya que todos le veían como una persona feliz.

Schroder examinó aquella habitación, en la que todavía había rastros de la sangre de Ludwig. Miró entre sus libros, sus revistas, sus discos y películas, y no vio nada extraño, nada que se saliese de lo normal en un chico de esa edad. Ni había libros de temática gótica, o paranormal, que muchas veces se encontraban en las habitaciones de otros suicidas jóvenes. Schroder pensaba que vincular el interés por el ocultismo y el suicido no era más que una tontería, pero algunos de sus superiores estaban seguros de que había una relación directa.

El comisario comprobó que el ordenador portátil del chico seguía allí, aunque estaba apagado, por supuesto. Tras ponerse los guantes para inspeccionarlo como una prueba, Schroder encendió el ordenador, que no tardó demasiado en arrancar. ¿Cómo era posible que siguiera allí? ¿Cómo no había caído nadie en que podía revelar mucha información sobre el suceso, sobre todo teniendo en cuenta que cuando Ludwig se quitó la vida estaba justo delante de la pantalla? Schroder maldijo a algunos de sus compañeros, que parecían más funcionarios hastiados de su trabajo que otra cosa. Sabía que podía abrir la caja de Pandora, pero estaba decidido a encontrar la respuesta a la muerte de ese joven.

No era la primera vez que el historial de Internet daba pistas o arrojaba luz sobre una investigación. Algunos pensaban que Ludwig simplemente habría tenido cualquier problema en el instituto, o con sus amigos. Al parecer, se había peleado con Laura, su novia, y hacía un par de semanas que estaban distanciados. Pero según sus padres, Ludwig no era el típico chico que lloraba sus penas por el simple hecho de pelear con su novia. Debía haber algo más. Y para su desgracia, Schroder estaba a punto de comprobarlo…

No tardó demasiado en revisar el historial de páginas visitadas en el último día de vida de Ludwig. Había páginas deportivas, continuos mensajes en las redes sociales, incluso una página sobre descargas de música. Pero conforme se acercaba a la noche, momento en el que supuestamente Ludwig se habría suicidado (según el informe forense, había sido a las 00:15 horas), en el historial comenzaba a aparecer un término realmente extraño. Primero en vídeos de Youtube, más tarde en páginas como Google, o también en foros y blogs sobre leyendas urbanas. Se trataba de Blindmaiden.com.

A Schroder aquello le olía a chamusquina. ¿La dama ciega? ¿Qué diablos significaba aquello? Siguió investigando en cada página, en cada sitio que Ludwig había entrado antes de la fatídica hora. Y un escalofrío comenzó a recorrerle. En aquellas páginas hablaban sobre el sitio Blindmaiden.com como una web maldita, una puerta abierta al infierno cuanto menos. Schroder pensó que todo eran puras fantasías y cuentos de terror, pero poco a poco se fue sumergiendo en la misma espiral que Ludwig. Historias y relatos de supuestos testigos que habían probado Blindmaiden.com aseguraban que era la web más espeluznante habían visto jamás. Se trataba de un sitio en el que se te invitaba a participar en una auténtica experiencia terrorífica, y tú podías aceptar o negarte. El caso es que no se podía entrar así como así. De hecho, para entrar a Blindmaiden.com se debían dar ciertos requisitos. El primero era estar totalmente solo en casa. El segundo, apagar absolutamente todas las luces. Y el tercero, entrar solo cuando fuesen las 12 en punto, en las noches sin Luna.

Schroder miró por la ventana. La luna comenzaba su estado

creciente, pero apenas brillaba. Comprobó que la noche antes coincidía con la luna nueva, y aquello empezó a disgustarle de verdad. Al parecer, los padres encontraron el cuerpo de su hijo después de volver de una fiesta, a eso de las 2 de la mañana. Ludwig había estado solo la noche anterior en casa, una noche sin luna... y era muy probable que hubiese visitado Blindmaiden.com.

A pesar de que el comisario no era un hombre que creyese en cuentos de brujas, aquello logró tocar algo en su interior, hasta causarle un pavor que casi no podía soportar. Miró el reloj y comprobó que faltaban solo quince minutos para que dieran las doce en punto de la noche... No había nadie más que él en aquella casa. A pesar del miedo que sentía, su curiosidad era más grande. Estaba completamente seguro de que allí se encontraba la respuesta a la muerte del joven. Así que se levantó, apagó todas las luces de la casa y volvió a la habitación, que ahora parecía estar más fría que nunca. Tuvo que armarse de todo el valor que encontró en su interior para no salir corriendo de allí.

Cuando dieron las doce en punto, Schroder ingresó el nombre de la web en el navegador y clickó Enter para acceder a ella. Pensaba que no iba a ocurrir nada, pero allí estaba. Blindmaiden.com era real, o al menos, se podía acceder a ella. Al instante comenzaron a aparecer imágenes horribles y escalofriantes, de personas que parecían haber muerto en circunstancias trágicas. Schroder contuvo la respiración. Era mucho peor de lo que había imaginado. Si era una broma de mal gusto de algún webmaster, había trabajado en ello a fondo. Las imágenes parecían totalmente reales, no simples montajes. Y lo que más aterró a Schroder era que muchas de esas "víctimas" aparecían sin ojos, con sus cuencas vacías y sangrantes...

El comisario estuvo a punto de salir corriendo de aquella casa y olvidar el caso de una vez por todas, pero su curiosidad (o tal vez el miedo) le hizo quedarse paralizado en aquel sillón, delante del ordenador. Las imágenes escabrosas se sucedían, hasta que justo antes de llegar al final, el comisario pudo comprobar como por unos segundos, el rostro del joven Ludwig aparecía en la pantalla. Tenía los ojos cerrados pero sangraba profundamente por ellos, así como por el tajo que tenía en la garganta. A punto de entrar en shock, Schroder contempló como la sucesión de imágenes se paraba y aparecía el aterrador mensaje.

"¿Te gustaría participar en una experiencia de horror absoluto?"

La historia

Blindmaiden.com es sin duda uno de los mitos más especiales que se han creado en Internet, sobrepasando con mucho la mayoría de leyendas urbanas de la red, y yendo mucho más allá de un simple creepypasta. Seguramente sea debido a que el origen de Blindmaiden.con es totalmente incierto, y a que es muy difícil comprobar que la leyenda es falsa. No estamos diciendo que esta web maldita sea auténtica, por supuesto, pero muchos sí que lo creen, porque la historia que cuenta engancha de tal manera que la única forma de comprobar que es realmente falsa termina siendo "enfrentarse" a ella.

La leyenda sobre Blindmaiden.com, una página web donde supuestamente aparecían imágenes espeluznantes de personas fallecidas en circunstancias trágicas, para luego ofrecerte la oportunidad de vivir una experiencia de auténtico terror, apareció a mediados de la década pasada, haciéndose tremendamente popular desde 2008 en adelante. La historia sobre esta web maldita pronto se expandió como la pólvora en la red de redes, como siempre suele pasar, auspiciada por diferentes foros. Sin embargo, al contrario de en otras ocasiones, su origen no está nada claro, no se sabe quién fue el primero en hablar de Blindmaiden.com, y rastrear esos primeros pasos de la historia es muy complicado, por no decir imposible.

Esto propició que la leyenda sobre esta supuesta página terrorífica se hiciera aún más popular, porque muchos la creían como cierta. Desde luego, cuadra perfectamente en lo que cualquiera podría imaginarse como una de esas leyendas que corren por la web, sin que se sepa si son ciertas o no. Juega con el miedo, pero también con la curiosidad que por naturaleza siente el ser humano. Desde el principio te advierten de que la web es una trampa, y que si entras en ella y aceptas ese reto escalofriante, no vivirás para contarlo.

Muchos aceptan el desafío seguros de que no es real. Otros lo hacen con miedo, pero la curiosidad es más fuerte, y quieren comprobar con sus propios ojos si lo que cuentan las decenas de creepypastas que hay sobre el tema es cierto. Si es verdad que solo se puede acceder a la web bajo unos determinados requisitos, que por cierto, no son tan fáciles de cumplir:

> 1º- Encontrarse totalmente solo en casa (o en el lugar en el que vayas a visitar la página)
> 2º- Apagar todas y cada una de las luces de ese lugar.
> 3º- Entrar solo a las 00:00 horas de una noche sin luna (luna nueva)
> En algunas versiones de la leyenda, que seguramente surgirían después de la original, se apuntaba un cuarto requisito a cumplir:
> 4º- Debe ser un Jueves 23.

Tenemos, en definitiva, una página horripilante a la que supuestamente solo se puede acceder a las 00:00 horas de un jueves 23 (el mes no importa) cuando coincida con la luna nueva, y siempre que estemos solos en casa, con las luces todas apagadas. Solo en ese momento podremos acceder a Blindmaiden.com. Si lo intentamos en cualquier otro momento, el experimento no funcionará, y nos aparecerá una página "normal", de este tipo de dominios que pertenecen a alguien pero que todavía no está lleno de contenido, una web totalmente inofensiva. Pero, ¿y si cumpliendo todos esos requisitos lográramos entrar en Blindmaiden.com?

Según varios supuestos testigos, que tuvieron el valor de hacerlo cumpliendo con cada uno de los pasos anteriormente citados, lo que aparecerá es una sucesión de escalofriantes fotografías, en las que podremos ver a gente fallecida de una forma brutal. Imágenes que helarían la sangre del más valiente, porque además uno descubre que son cien por cien reales, no montajes. Y lo más terrorífico de todo es que todas las imágenes, la persona aparece con sin ojos, con las cuencas vacías, y normalmente sangrando, como si alguien (o algo) se los hubiera sacado. De fondo, aseguran, se pueden escuchar lamentos y gritos desgarradores, que ayudan a aumentar el terror que sentirá el valiente usuario que haya decido llegar hasta ahí.

Pero todavía hay marcha atrás, o al menos eso dice la leyenda. En el momento en el que aparece un mensaje que te invita a vivir una auténtica experiencia de terror absoluto, la web te ofrece dar en el botón Aceptar. Los que llegaron hasta aquí te aconsejan que no lo hagas, porque si lo haces, tu final estará muy cerca. ¡

La leyenda cuenta que el incauto que presione el botón de Aceptar comprobará, en primera persona, a qué sabe la muerte… Y es que en ese momento aparecerán imágenes en la pantalla en las que se ve a una extraña mujer que se mueve en la oscuridad de forma rápida y casi espasmódica. Lo peor de todo es que pronto nos daremos cuenta que dicha mujer parece estar entrando en nuestra propia casa. Reconoceremos la puerta, y también el pasillo. Escucharemos sus portazos y hasta sus pisadas, sin necesidad de utilizar los auriculares. Veremos cómo poco a poco se va a acercando al sitio donde estamos con nuestro ordenador, como si hubiese cámaras de seguridad por toda nuestra casa, realizando un seguimiento de sus movimientos. Y al final, sentiremos que una sombra nos observa desde detrás, y veremos claramente, en la pantalla, como esa figura está justo a nuestra espalda.

Aquí no habría escapatoria. Hemos invocado a la doncella ciega y ahora debemos pagar. Por más que tratemos de huir o salir corriendo, esta extraña figura nos apresará y nos matará, después de sacarnos los ojos. Dicen que antes de hacerlo, comprobaremos que es una mujer muy hermosa… pero sin ojos. Esta es la última y aterradora imagen que veremos en nuestra vida. Y entonces, nuestra propia muerte pasará a formar parte del archivo de Blindmaiden.com, como todas esas extrañas fotografías que habíamos visto un momento antes.

Esta es la leyenda que ha corrido por tantos foros y blogs de Internet, cambiándose algunas cosas en el trascurso de los años.

Unos aseguran que, además de todos estos requisitos para entrar a Blindmaiden.com, debemos asegurarnos de que no hay ningún símbolo religioso cerca, porque entonces no podremos entrar a la página. Parecen ser simples "añadidos" para volver a reavivar la leyenda una vez que muchos usuarios hicieron la prueba y comprobaron que no había absolutamente nada en aquella web. Y aún así, existen muchísimos testimonios en Internet sobre gente que sí que ha podido entrar en Blindmaiden.com. Unos aducen que no se atrevieron a pasar del mensaje y no clickaron en Aceptar, por miedo. Otros aseguran que sí que clickaron, pero que no ocurrió nada extraño o paranormal. Más bien algo bastante mundano…

El libro maldito en la revista Rodenux y el virus español

Y es que cuando estos valientes le daban a Aceptar, lo que estaban haciendo, según las teorías oficiales, era descargarse un virus informático que podía acceder a sus cuentas de correo, redes sociales y demás, para desvalijar su ordenador por completo. Hablamos de algo peligroso, por supuesto, pero que no tiene nada de paranormal. Y entonces, ¿qué hacía un virus en aquella página? ¿Era todo un montaje para conseguir que el malware se expandiese entre los curiosos usuarios?

Así lo apuntan algunas investigaciones que aseguran que un grupo de hackers españoles crearon un virus de tipo MyDoom, y conociendo la historia, decidieron difundirlo a través de la página Blindmaiden.com. Entonces, cada usuario que se atreviese a dar ese último paso y clickar en Aceptar en el mensaje, se descargaría automáticamente el troyano, que iría robándole información y tomando el control de su ordenador, siempre y cuando estuviera trabajando con Windows.

Hemos dicho que estos supuestos hackers tomaron como influencia para su página la historia de Blindmaiden.com. ¿Quiere decir esto que lo que era una simple leyenda más de Internet se convirtió en dudosa realidad gracias a ellos? Pues no. Habría que ir mucho más atrás en el tiempo, para encontrar la verdadera fuente de influencia de estos hackers, los que seguramente sean los creadores y propagadores de toda la leyenda virtual de Blindmaiden.com.

En el año 1985, un extraño relato aparece en la revista paranormal estadounidense Rodenux, que solía incluir historias de escritores amateurs entre sus páginas. Esta historia era realmente escalofriante, ya que hablaba sobre un supuesto libro maldito, encuadernado en piel humana, al estilo del Necronomicón que ideó Lovecraft. El libro contenía los secretos de la Doncella Ciega (Blind Maiden, nombre que aparecía en su portada, junto a un símbolo de magia ocultista) y todo aquel que quisiera recibirlo, debería enviar una carta a una dirección determinada, a nombre de Blaindmaideline, en la medianoche del sexto día del sexto mes. Ni un minuto más ni un minuto menos. Si se hacía correctamente, el libro llegaría pronto, con su cubierta de piel rugosa y humana, y su terrorífico contenido.

En la primera página del libro aparecería de nuevo su título, Blind Maiden, seguido de unas aterradoras palabras, en las que se advierte que cualquiera que desee conocer los secretos de la doncella ciega debe seguir adelante y llegar hasta la última página, pero ateniéndose a las consecuencias que esto pueda provocar. La curiosidad, como en el caso de la web, era demasiado grande, y muchos estaban decididos a conocer los secretos de aquel extraño libro, así que empezaban a leerlo, o más bien, a ver las imágenes que contenía.

Se trataba de imágenes tétricas y escalofriantes en las que aparecían los rostros de personas fallecidas, muchos de ellos con un gesto ahogado, como si quisieran gritar desde aquellas páginas. Todos, sin ningún tipo de excepción, aparecían con las cuencas de los ojos vacías... Y lo más espeluznante era que al llegar a las últimas páginas del libro, el que aparecía en aquellas desgarradoras imágenes, también muerto y sin ojos, era el propio lector. Se cuenta que cuando levantaba la vista horrorizado, tenía justo delante suya a la doncella ciega, una hermosísima joven que carecía de ojos, y que se disponía a arrancarle los suyos antes de mostrarle a qué sabía la muerte...

Esta aterradora historia incluía una fotografía supuestamente real del propio libro de Blind Maiden, para darle una mayor verosimilitud. Pero por supuesto, era totalmente falsa, una pura invención de algún escritor que, además, ni siquiera la firmó. Se podría aludir a este como el origen principal de la leyenda de Blind Maiden, ya que tiene muchísimas similitudes con la versión que contamos arriba. Es posible que estos hackers hubieran adaptado dicha historia a los nuevos tiempos, convirtiendo ese libro maldito en una página web a través de la que podían expandir su virus.

SUICIDEMOUSE.AVI

Los Ángeles, California, primavera de 2001

Leonard Maltín estaba echado sobre una silla grande con un buen respaldo, en la que llevaba ya varias horas sin moverse, ensimismado en lo que veía en la pantalla de su ordenador. El proyecto Walt Disney Treasures (Los tesoros de Walt Disney) iba viento en popa, y el célebre crítico de cine se estaba deleitando con cada una de las pequeñas piezas que encontraba en el archivo de la productora. Su intención era sacar a la luz los primeros dibujos animados que creo Walt Disney, en la primera época del estudio. Tal y como iban las cosas, su misión de lanzar un primer DVD con las primeras piezas en Diciembre de ese mismo año, coincidiendo con el 100 aniversario del nacimiento de Disney, parecía estar cerca de hacerse realidad.

Maltin comprobó que aquel aparato que tenía a su derecha había terminado de pasar el vídeo a un archivo digital, que ahora aparecía en el ordenador. Al principio le extraño el tamaño del archivo, demasiado grande para la duración del clip de vídeo. Al abrirlo, comprobó que estaba equivocado. Aquel vídeo, en el que Mickey Mouse aparecía en bucle caminando por delante de unos edificios, con una extraña y sombría música de piano de fondo, no duraba dos minutos, como todo el mundo creía. Llegaba a sobrepasar los nueve.

Cautivado por la idea de lo que podría encontrarse en esos nuevos minutos de metraje inédito, Maltin no tardó en reproducir aquel vídeo en el ordenador. Volvió a sentir un pequeño escalofrío al escuchar esa tétrica música de piano de fondo, mientras el ratón animado más famoso del mundo se paseaba frente a aquellos edificios, que simplemente aparecían una y otra vez, una y otra vez, casi como algo hipnótico… A medida que el vídeo avanzaba, Maltin sentía mayor excitación, ya que se sabía que se acercaba la parte inédita. Poco sospechaba lo que iba a ver a continuación.

Después de que la música de piano desapareciera y el ruido blanco lo inundara todo, el vídeo parecía fundirse a negro. Ese era el final, al menos el conocido hasta ahora. Pero había más.

Tras el fundido en negro, apenas un minuto después, volvía a aparecer Mickey Mouse, aunque algo había cambiado… La imagen se mostraba más difusa, la cara del ratón parecía contener una sonrisa malévola y extraña, y los edificios del fondo ya no se veían bien, sino más como escombros en el aire. Pero lo que de verdad heló la sangre de Maltin fue escuchar esos murmullos aterradores de fondo, como si fuese la banda sonora de aquella parte del vídeo. Murmullos que, para horror del crítico de cine, se convirtieron en gritos poco después, mientras las imágenes se iban volviendo cada vez más escalofriantes.

Aquello no tenía absolutamente nada que ver con lo que todo el mundo tenía en la mente cuando piensa en Mickey Mouse o en Disney, desde luego. El asombro de Maltin se convirtió en terror a medida que los gritos de fondo aumentaban de volumen, y todo se volvía más extraño y terrorífico en el vídeo. Llegó hasta el punto de tener que parar su reproducción y salir de aquella habitación, porque no soportaba el carácter perturbado de aquellas imágenes. Decidió pedirle a Tim, uno de sus mejores asistentes, que terminara de revisar el vídeo y anotara cualquier cosa de interés en él.

Maltin subió a su despacho y trató de calmarse. Había quedado realmente asustado con las imágenes que acababa de ver. No cabía duda de que era un vídeo auténtico de la factoría Disney, pero no tenía nada que ver con el resto del material. ¿Qué se le podía haber pasado por la cabeza a Walt y los suyos para crear semejante aberración?

Todavía no se había calmado del todo cuando un fuerte disparo le sacó de sus pensamientos. Algo en su interior ya le avisaba de lo que había pasado, aún sin saberlo, mientras bajaba las escaleras, en dirección a la sala de montaje donde había estado unos minutos antes. Allí se encontró con una escena más perturbadora aún que la del propio vídeo. Tim estaba en el suelo, inerte, y había sangre por las paredes y la moqueta. Sostenía un arma en su mano derecha, la misma con la que se había descerrajado aquel tiro. A su lado, un horrorizado guarda de seguridad trataba de disculparse mientras no paraba de temblar.

—No tuve tiempo a reaccionar... Salió con esa mirada perdida de la sala y repitió varias veces algo como... como que el auténtico sufrimiento todavía no se conoce...

Maltin quedó tan traumatizado por aquella escena que decidió borrar el archivo de su ordenador y mandar de vuelta la caja con el original de aquel vídeo a Disney, con la orden explícita de que no volviese a ser sacada de allí jamás. Su amor por el mito le impedía eliminar también aquel original, aunque no le faltaban ganas ni motivos. Pensó que con eso pararía aquella locura... pero se equivocaba.

La historia

Una de las claves principales para que una buena creepypasta triunfe y se expanda como la pólvora es tocar algo en lo más profundo de nuestro ser, un miedo, un recuerdo, un deseo... En el caso de la famosa creepypasta Suicidemouse.avi, se hace referencia a uno de los recuerdos más mágicos que todos los niños tienen de su infancia: los dibujos animados de Walt Disney y en especial, el divertido y siempre alegre Mickey Mouse, como representante más fidedigno de este estudio de animación.

Todos hemos disfrutado con los dibujos de Disney, y la imagen de Mickey es uno de los más ocurrentes recuerdos que solemos tener al acordarnos de nuestra infancia. Disney nos ha marcado, y el creador de esta historia lo sabía, y supo jugar muy bien con eso, para conseguir que su creepypasta se convirtiera en una de las más conocidas y compartidas de la red. Porque aunque muchos puedan pensar que la historia es real, y haya un montón de vídeos en Youtube que se erigen como la versión oficial, sin censura y sin cortes de Suicide Mouse, esta creepypasta, como todas las demás, es pura invención.

Y es una de las pocas que nace, además, en el propio Youtube. Al menos, la primera vez que tenemos constancia de la existencia del perturbador vídeo (que sí que existe, aunque obviamente es un montaje realizado con el fin de hacer creer esta historia) es en noviembre de 2009, cuando un usuario llamado Nec1 lo sube al famoso portal de Internet, incluyendo en la descripción la historia del vídeo, como si fuese un todo completo. Apenas un nos días después, un duplicado del vídeo es subido por la cuenta Suicidemouse.avi, dándole la fama y convirtiéndolo, ahora sí, en un auténtico fenómeno de masas.

Según la historia creada para expandir el vídeo, las imágenes pertenecerían a una de las primeras animaciones de Mickey Mouse, posiblemente de finales de los años 20 o principios de los 30. A finales de los 90, un grupo de editores, entre los que destacaba el célebre crítico de cine Leonard Maltin, deciden recuperar esas primeras animaciones para digitalizarlas e incluirlas en un pack llamado Walt Disney Treasures. Aquí es donde se mezcla la leyenda con la realidad. Dicho proyecto existió y el primer DVD con las animaciones "perdidas" de Disney apareció en Diciembre de 2001. En este DVD, como en los posteriores de la colección, no había rastro alguno de este perturbador vídeo.

Y la razón es que el vídeo es totalmente falso. El creador de la creepypasta decidió montar un vídeo en el que aparecía Mickey Mouse y trató de emular el tipo de animación de la época, así como los efectos, aunque evidentemente, el resultado fue demasiado "moderno", y los expertos no tardaron en descubrir que aquella filmación no databa de la década de los 20 o 30, sino que era mucho más actual, y que estaba retocada con programas informáticos.

A pesar de eso, el vídeo se expandió rápidamente por todo Internet, incluyendo también teorías en las que se aseguraba que faltaban todavía los últimos cuadros o imágenes del mismo, las más aterradoras de todas. También se llegó a especular con que el vídeo pudiera contener mensajes subliminales, que provocaran pesadillas, malestar, depresión e incluso el suicido en todo aquel que lo viese (como ocurre con los otros vídeos malditos). Para otros, estos mensajes subliminales eran parte de un proyecto secreto de la CIA llamado MK Ultra, con el que la agencia de inteligencia estadounidense pretendía dominar las mentes de todo el planeta.

Claro que, si nos atenemos a la historia, esta explicación se cae por su propio peso. No es que la CIA no desarrollase el proyecto MK Ultra realmente (así lo hizo, y las pruebas son aterradoras), pero eso fue unos 30 años después de la supuesta creación de estos dibujos. De hecho, la CIA no existía hasta 1946, y según la propia historia, la animación data de finales de los 20.

Suicidemouse.avi se ha convertido, sin duda alguna, en una de las más populares creepypastas que existen, aunque es cierto que no es demasiado complicado desmentirla. Aún así, por el simple efecto perturbador de las imágenes y el sonido del clip, muchos siguen considerando que el vídeo tiene detrás una historia oculta demasiado oscura para salir a la luz…

LA MALDICIÓN DE TAILS DOLL

Hay veces en las que uno se conecta a Internet simplemente para pasar el rato vagando entre las páginas, como si estuviera haciendo zapping en la web, saltando de una a otra sin pararse mucho tiempo en ninguna. Aquella era una de esas noches. Debía levantarme pronto al día siguiente para estudiar, pero todavía era temprano, y aquí estaba, perdiendo el tiempo entre foros de videojuegos, leyendo las tonterías que los trolls postean y riéndome de las cada vez más patéticas peleas entre defensores y detractores de tal o cual juego.

Sin embargo, un post me llamó la atención dentro del foro, uno que aparentemente no tenía mucho que ver con el resto de posts. Se titulaba La Maldición de Tails Dolls, y al principio me hizo gracia, porque conocía al personaje del juego de Sonic R (de hecho, lo tenía descargado para el PC y todo, aunque hacía bastante que no jugaba). Sin embargo, al entrar a leer el post, me encontré con un mensaje que me dejó cuanto menos intranquilo. Decía algo así:

"No van a creer lo que les diré ahora, pero creo que es mi deber hacerlo. Por Billy y por evitar que cualquier otro sufra la misma suerte que él. Solo puedo decirles que… si conocen el juego Sonic R, uno de carreras con muchos personajes… por favor, no lo jueguen nunca, JAMÁS. Es por su propia seguridad.

Me tomarán por loco, pero este maldito juego tiene la culpa de que hoy mi amigo esté muerto. Billy lo tenía desde hace tiempo y últimamente pasaba mucho tiempo jugando a él. Según me ha contado su madre, se había obsesionado con conseguir a un personaje, al que solo podías desbloquear a través de los logros. La obsesión llegó a tal punto que mi amigo se encerraba en su cuarto para jugar durante horas al Sonic R en su Sega Saturn, con la firme intención de desbloquear a aquel personaje, costara lo que costara...

Fue hace solo unos días, en Acción de Gracias, cuando todo ocurrió... La madre de mi amigo le llamó como unas tres o cuatro veces para que bajase a cenar con el resto de la familia, pero él no contestaba. Cuando subió a su habitación, se encontró a Billy tirado en el suelo, con los labios azules y las pupilas dilatadas. Estaba... muerto. Su madre, por supuesto, entró en pánico y llamó a la policía, mientras la familia trataba de calmarla. En la televisión sonaba una canción muy alegre titulada Can You Feel The Sunshine? Según la autopsia que le realizaron más tarde, Billy murió de un ataque epiléptico, algo que a todos les pareció realmente extraño, ya que no había ningún antecedente de esa enfermedad en su familia.

Ayer la madre de mi amigo me entregó sus pertenencias, como suele ser habitual por aquí. Allí estaban los tesoros más preciados de Billy. Aquella colección de monedas de la que tanto se enorgullecía. Su guante de baseball que yo tanto envidiaba... y también la consola, la Sega Saturn. Encontré que había un cartucho dentro de la consola, precisamente el de Sonic R. Y no tuve nada mejor que hacer que encenderla... maldita decisión.

Revisé la última partida de Billy y me di cuenta de que había completado prácticamente todo el juego. De hecho, todos los personajes secretos estaban desbloqueados. Al ir a jugar, lo único que apareció en la pantalla era la pista de carreras Esmeralda, y el muñeco con el que jugabas era Tails Doll. Ya saben, ese extraño robot que se parece a Tails, el compañero de Sonic. Tails Doll aparece con una gema brillante en la cabeza, aunque en su cara había algo extraño, una expresión bastante tétrica... Lo que realmente me puso los pelos de punta fue que al empezar a jugar, la canción que sonaba era la misma que la madre de mi amigo escuchó al encontrarlo muerto. Entonces apagué la consola y me deshice de ella y del juego cuanto antes.

No sé si me creerán o no pero esto que les cuento es totalmente cierto, mi amigo ya no está aquí y no tengo la más mínima intención de dejar que ninguno más sufra o muera por culpa de este juego maldito."

El autor del mensaje era un tal IRon7HuMB, que por lo que se veía, había ingresado al foro apenas unas horas antes de publicarlo. Me llamaron también la atención algunas de las respuestas. Gente que obviamente no se lo creía. Otros que aseguraban que podía ser cierto, aludiendo a no sé qué historias de asesinatos en Estados Unidos, hacía mucho tiempo, con la marca TD, por Tails Doll.

El caso es que ahora me encuentro aquí, con todas las luces apagadas y pensando en todo lo que tengo que estudiar mañana… pero también en abrir el maldito juego de Sonic R. Simplemente para comprobar si todas esas historias locas son ciertas o no. Total, ¿qué es lo peor que puede pasarme?

La historia

Las creepypastas no son más que una evolución en las típicas leyendas urbanas que durante décadas se han contado, de boca en boca, recogidas también en algunos artículos, revistas o libros. Pero tienen algo muy especial, y es su capacidad de adaptación al medio, esa manera de expandirse por la red a una velocidad inimaginable. En apenas semanas, una creepypasta puede haber sido leída por personas de todo el mundo y haber creado un nuevo mito moderno, aprovechando la rapidez con la que cualquier cosa se transmite por Internet.

Y no solo se aprovecha de las nuevas tecnologías en ese sentido, sino también hablando acerca de ellas, como en las leyendas acerca de la propia red o de videojuegos, como ya hemos visto en la creepypasta sobre Pokemon. La de Tails Doll también tiene que ver con un juego, lanzado también por aquella época, finales de los 90, que alude a un misterioso personaje del videojuego Sonic R, de la marca Sega. Tails Doll es uno de los seis personajes desbloqueables en el juego, cuando consigues todos los logros necesarios.

No sabemos exactamente qué llevó a los autores de esta creepypasta a escoger a este y no otro personaje para protagonizarla. Es cierto que su aspecto de robot extraño tiene algo de perturbador, pero desde luego hoy en día hace falta mucho más que eso para asustar al público. Y sin embargo, la leyenda de Tails Doll se ha vuelto tremendamente popular, no solo en el mundo gamer, sino entre todos los apasionados por las creepypastas. Porque es una de las que mejor están estructuradas y ofrecen una serie de elementos sobrenaturales que hacen estremecer a todo el que la lee por primera vez.

Parece que la creepypasta comenzó a expandirse por Internet en el año 2005, siendo seguramente una de las primeras en este sentido, y alude a un post escrito por el usuario IRon7HuMB en un foro, contando la historia de cómo su amigo muere después de desbloquear al personaje de Tails Dolls en su juego Sonic R. Parece ser que la historia se compartió bastante y fue muy comentada, pero algo curioso comenzó a ocurrir a los pocos días. Muchos usuarios aportaban datos sobre su veracidad, incluso hablando sobre el origen de la supuesta maldición de Tails Doll. De nuevo, usuarios que no tenían nada que ver con el autor de la historia entraban a formar parte de ella con sus propias aportaciones, que la enriquecían y le daban un trasfondo más profundo, llegando incluso a hacerla aún más popular.

Las teorías que apuntan al origen de la supuesta maldición de Tails Doll son variadas y diferentes, pero normalmente suelen tener unos puntos en común. Se habla de un supuesto asesino en serie que campaba a sus anchas por Estados Unidos en los años 80, y que acabó con la vida de decenas de personas, sin que las autoridades pudieran detenerle. El asesino dejaba su propia marca de identidad en las paredes tras cometer sus crímenes, dos simples letras, escritas con sangre: TD. Según estas teorías, los pocos supervivientes de este terrible asesino lo describían como una especie de peluche gigante, con los ojos rojos como brasas, y que podía moverse rápida y ágilmente. Al estar estos supervivientes en estado de shock, las autoridades no habrían tenido en cuenta estas declaraciones, por ser demasiado fantasiosas.

Sin embargo, los cada vez más atemorizados ciudadanos buscaban soluciones alternativas para conseguir frenar a ese asesino en serie. Desde la Iglesia se llegó a creer que era un demonio, y por ello se realizaron misas y oraciones especialmente dedicadas a parar la masacre de aquel psicópata. Tras un tiempo en el que estas oraciones sirvieron de poco, el asesino se presentó ante la multitud en una iglesia, increpándolos y llorando sangre por sus ojos. Los supervivientes y testigos de sus crímenes no habían mentido. Era, en efecto, una especie de oso de peluche grotesco y macabro. Después de que el sacerdote lo rociase con agua bendita, el supuesto muñeco asesino explotó delante de la multitud, que por fin pudo respirar tranquila… al menos hasta finales de los 90, donde esta historia enlaza con la leyenda de la que hemos hablado anteriormente.

Según esta teoría, el espíritu maldito del psicópata Tails Doll estaría ahora encerrado en el personaje del videojuego de Sonic R. Muchos afirman que la propia Sega es la responsable de que esta leyenda continúe viva, al introducir a Tails Doll en el juego, aún sabiendo que estaba maldito, o incluso basándose en ese supuesto asesino en serie de los 80 para crear un personaje similar para el juego. Sin embargo, no se tiene ninguna constancia de esos sucesos que se mencionan en esta leyenda. Y de haber sido los crímenes tan brutales como se describen, seguro que las noticias hubieran llegado hasta la actualidad, como en tantos otros casos.

Es, por tanto, otra de tantas leyendas urbanas actuales que juegan con ese miedo visceral que sentimos cuando algo se sale de lo normal, aunque tenga una apariencia relativamente adorable, como es el caso de este personaje. ¿Quién puede pensar que en un juego de Sonic puede haber un muñeco maldito? A pesar de saber que esta historia es solo una de tantas creepypastas que circulan por la red (una de mucho éxito, eso sí), se conocen muchos casos de jugadores que han preferido no arriesgarse y han dejado de jugar a Sonic R, ante la posibilidad de ser visitados por el siniestro Tails Doll.

LA PANDILLA SANGRE

San Diego, California. Septiembre de 1993

—Esta zona de la ciudad no me da buena espina —dijo Claire, evidentemente nerviosa.

–No te preocupes, solo estamos de paso. Por aquí se corta mucho camino para llegar a casa de Tim. Además, no nos va a pasar nada, vamos seguros en el coche —le respondíó Richard.

A pesar de la aparente tranquilidad de su marido y de sus explicaciones, Claire seguía inquieta en el asiento del copiloto. Era cierto que el coche era bastante seguro, pero aquel no era un buen barrio. Llevaban semanas leyendo en los periódicos acerca de los asaltos que habían tenido lugar en esa zona de la ciudad, por parte de las bandas callejeras, principalmente latinas. Emigrantes que llegaban a un país donde se lo ofrecían todo, y solo traían con ellos destrucción, violencia y crimen. Claire no se consideraba racista, pero no pudo evitar el mirar con cierto desprecio a un grupo de mujeres con aspecto de puertorriqueñas, que caminaban alegremente por las calles, a aquellas horas intempestivas de la noche.

De pronto, Richard se sobresaltó por algo que vio en la carretera:

–¿Pero qué demonios? Ese imbécil que viene ahí va sin luces. ¡Será gilipollas!

En efecto, Claire comprobó como de frente, por el carril contrario, un coche algo destartalado, de color gris metalizado, se acercaba a una velocidad no demasiado grande. Ella, igual que su marido, se sorprendió muchísimo de que el conductor no llevase las luces encendidas. Era todo un peligro siendo de noche, y además, era obligatorio. ¡Podía causar un accidente!

Richard decidió hacerle ráfagas al coche que venía hacia ellos, para advertirle así de que iba sin luces. El coche pasó a su lado, pero no pudieron ver quien lo conducía, solo que seguía sin encender los faros.

—Hay que ser imbécil… Si quieres suicidarte pégate un tiro, pero no pongas en riesgo la vida de los demás por hacer estupideces… —Richard sabía que nadie, excepto su esposa, podía escucharle, pero necesitaba desahogarse.

Lo siguiente que se escuchó fue un frenazo bastante fuerte. Richard y Claire se sobresaltaron, pensando que el coche al que acababan de dejar atrás podía haber estado a punto de chocar con algo… o alguien. Sin embargo, no era así. A los pocos instantes, vieron como unas fuertes luces llegaban desde detrás. Un coche se acercaba a ellos a toda velocidad. No tardaron en darse cuenta de que era el mismo vehículo gris que iba sin faros solo unos momentos antes.

—¿Y ahora qué le pasa al idiota este?

—Todo esto es muy raro, Richard… No frena, parece que viene persiguiéndonos…

Finalmente, Richard tuvo que darle la razón a su mujer, muy a su pesar, cuando comprobó que aquel coche se acercaba cada vez más a ellos. Sintió incluso como la parte delantera del vehículo que les perseguía tocaba en la parte trasera del suyo. Entonces sí que empezó a tener miedo de verdad. Pero jamás podría haber imaginado lo que le esperaba.

El coche gris se puso a su altura, en el carril contrario, provocando la histeria de Claire. Estaba claro que querían pararles, o al menos, sacarles de la carretera. Tras intentar acelerar y dejar atrás a su perseguidor, Richard se dio cuenta de que era inútil. No pudo más que maniobrar para salirse de la carretera, quedando en una especie de terraplén, donde los arbustos hicieron parar el vehículo.

Deseo con todas sus fuerzas que el coche gris pasara de largo, ahora que había conseguido su objetivo. Tal vez solo fueran unos niñatos borrachos que querían divertirse. Esperaba que aquello fuera todo, pero algo en su interior le hacía presagiar algo peor, algo mucho peor. Y no se equivocaba.

El coche gris metalizado frenó apenas unos metros más adelante, y de él salieron cuatro chicos altos y robustos. Dos de ellos empuñaban sendos bates de beisbol. Otro iba con una cadena. El último era el conductor, que aparentemente no portaba ningún tipo de arma. Claire y Richard se temieron lo peor. Tenían puestos los seguros de las puertas, pero si aquellos tipos querían robarles, no les iba a resultar muy difícil romper las ventanas.

El primer golpe fue contra la ventanilla de Richard, haciéndola añicos. Entre los gritos de Claire, un brazo moreno y tatuado se coló por el espacio ahora libre y abrió la puerta. Aquel chico sacó a rastras a Richard fuera del coche. Luego se encargaron de Claire. Apartándose un poco de la carretera, aunque tan solo unos veinte metros, los cuatro jóvenes latinos dieron comienzo a su "fiesta particular".

Cuando la policía llegó al lugar, a la mañana siguiente, el espectáculo era dantesco. Los cuerpos destrozados de Claire y Richard yacían a unos metros de su coche. Tenían los rostros prácticamente desfigurados, pero pudieron reconocerles por la documentación que llevaban en las carteras. El hecho de que todavía las conservaran habría sorprendido a los agentes, de no ser porque ya se habían dado varios casos parecidos en los últimos meses. Al parecer, una oleada de crímenes llevados a cabo por las pandillas callejeras estaba causando el terror en ciertos barrios de la ciudad. Siempre utilizaban el mismo modus operandi.

Salían a la carretera sin luces, y al primer desafortunado que les hacía ráfagas, le perseguían hasta sacarlo de la carretera, para luego ensañarse con él y matarlo de una brutal paliza. No robaban el coche, ni la cartera, ni siquiera se quedaban con el dinero de la víctima. Se trataba de una especie de ritual de iniciación en el que solo importaba dar caza a estos desdichados que no tenían nada que ver y que viajaban tranquilamente por la carretera.

La historia

Hemos querido tomarnos una licencia especial con esta leyenda urbana, tremendamente extendida por todo el mundo, ya que no se considera una creepypasta como tal. Ya hemos visto que las creepypastas son historias cortas, de tema sobrenatural o terrorífico, que son creadas y extendidas por medio de la red, convirtiéndose así en las nuevas leyendas urbanas del siglo XXI. Y es cierto que la leyenda de la Pandilla Sangre (conocida también como "No des las luces" o "La iniciación de los pandilleros") data de mucho antes de que comenzara el siglo, incluso de antes de la popularización de Internet. Pero no se nos puede escapar que la verdadera popularidad de la leyenda ha venido dada en las últimas dos décadas, gracias a la expansión a través de la red del célebre hoax que se hacía eco de ella.

Un hoax es un correo electrónico que nos llega en formato de cadena, con la intención de que nos enteremos de algo extremadamente grave o importante, y lo pasemos a todos nuestros contactos, siguiendo esa misma cadena de reenvíos. Solo que los hoaxes tienen una particularidad: son falsos, están basados en ciertos aspectos reales pero los desvirtúan con mentiras y manipulaciones, para intentar extender sobre todo el miedo, como ocurre en este caso. Existen multitud de hoaxes que muchos de nosotros habremos recibido seguramente en nuestras cuentas de correo, pero a finales de 2005, uno de ellos se hizo especialmente popular en España. Trataba, como ya pueden imaginar, de la Pandilla Sangre. Este era el texto en cuestión:

> POR FAVOR TEN MUCHO CUIDADO SI SALES DE NOCHE....!!!!!!!!!
> >>>>URGENTE!!!!!! Oficiales de la policía que están trabajando en el programa "DARE", han emitido el siguiente comunicado:
> Si Ud. sale de noche y ve un vehículo q no tiene las luces encendidas ¡NO LE HAGA CAMBIO DE LUCES PARA AVISARLE QUE LAS SUYAS VAN APAGADAS! Esto es un "JUEGO DE INICIACIÓN" de una pandilla quc se hace llamar SANGRE".
> El juego consiste en lo siguiente:
> El nuevo propuesto a ser "miembro de esta pandilla" tiene que

> conducir su vehículo con las luces apagadas y el primer vehículo que le haga cambio de luces para avisarle que tienen las luces apagadas se convierte en "su objetivo". El próximo paso es dar la vuelta y perseguir al vehículo que le hizo el cambio de luces para avisarle que las suyas estaban apagadas y MATAR a todos sus ocupantes para poder ser aceptados en la pandilla.
> La policía está en alerta porque supuestamente este próximo fin de semana será un fin de semana de "Iniciación de esta pandilla"; así que se espera que los individuos que quieren pertenecer a esta pandilla andarán circulando con las luces de sus vehículos apagadas y buscando quien los avise de esta situación mediante un cambio de luces.
> Por favor comunica esto a todos tus familiares y amigos para que proceda con mucha precaución y QUE NO HAGAN CAMBIO DE LUCES A NINGÚN VEHÍCULO QUE ESTÉ CIRCULANDO CON LAS LUCES APAGADAS.
> TRANSMITE ESTE MENSAJE A TODOS CUANTO PUEDAS!!!!!!!!!

Este texto, o uno muy similar, fue saltando de correo en correo durante aquel año 2005 e incluso principios del 2006, por varios países. En el caso de España, el correo también hacía referencia a un fax de la Policía Local de Roquetas de Mar (Almería), para darle mayor verosimilitud al bulo. Muchos fueron los que cayeron en él, engañados y atemorizados por la posibilidad de que algo así sucediera en realidad. Ese es el punto a favor de toda leyenda urbana, que aunque algo nos impide creerla del todo, hay otra parte de nosotros mismos que nos avisa de la posibilidad de que algo así pueda suceder de verdad. Y es que, ¿quién no se ha cruzado en la carretera con otro coche que llevase las luces apagadas?

La leyenda urbana contaba que este tipo de conductores eran en realidad pandilleros, que iban de esa forma a propósito, como parte de un supuesto ritual de iniciación que después se tornaría violento y mortal, en cuanto alguien les hiciera ráfagas con las luces, con la intención de advertirles del peligro de circular sin los faros encendidos. Esa sería la supuesta señal para que los pandilleros persiguieran al pobre samaritano hasta sacarle de la carretera, para luego golpearle y ensañarse con él hasta la muerte. Así, el rito de iniciación estaría completo.

Sin duda, la historia es ciertamente terrorífica, por lo real que puede parecer, especialmente en determinadas zonas. Que en nuestro país se extendiese por un supuesto fax de la Policía de Roquetas de Mar no es casualidad. Y es que esta zona de Almería es conocida por sus invernaderos y por la gran cantidad de inmigrantes que viven en ella, algo que ha causado polémica y más de un enfrentamiento de tintes racistas. Esa es, precisamente, la intención última y velada de la leyenda de la Pandilla Sangre, el hacer brotar un sentimiento de rechazo y exclusión a los inmigrantes, ya sean latinos, africanos o de cualquier tipo, representándolos como peligrosos delincuentes e incluso asesinos en serie.

Ese es el sentido que la propia leyenda traía aproximadamente desde 1993, cuando empezó a expandirse por Estados Unidos a través de Internet y los faxes. Era la primera vez que esta leyenda urbana se transcribía y se llevaba al papel, pero no era nueva. De hecho, se tiene constancia clara de que su origen está en la zona de la costa oeste de Estados Unidos, a finales de los 70 y principios de los 80. Fue ahí cuando los conductores comenzaron a tener miedo a la hora de encontrarse a algún vehículo con las luces apagadas por las carreteras, pero en este caso primigenio no eran coches, sino motocicletas.

Origen real de la leyenda

Y es que el origen de la Pandilla Sangre es el temor de algunos conductores a los conocidos Ángeles del Infierno, moteros que solían asolar las carreteras americanas en aquella época. Fue en esos años cuando se comenzó a comentar, casi de pueblo en pueblo, como la tradicional oral de toda la vida, que a veces estos moteros realizaban "cacerías" como rito de iniciación de los nuevos miembros de la pandilla. El modus operandi era muy similar al expuesto en la leyenda recreada anteriormente: los motoristas irían por carreteras normalmente secundarias con las luces apagadas, esperando que algún pobre conductor les hiciera una señal con las luces. En ese momento, empezaban a perseguirle hasta darle alcance, y acababan con su vida, y con la de todos los que fueran en el vehículo.

El mito se expandió poco a poco por distintos lugares de Estados Unidos a lo largo de la década de los 80, de boca en boca, cambiando a veces la nacionalidad o etnia de los pandilleros, para ajustarla a cada lugar. El leitmotiv de la leyenda era siempre el mismo: cuidado con este tipo de pandillas callejeras, porque son muy peligrosas. Por ende, el trasfondo racista siempre ha estado presente en la leyenda urbana, desde sus inicios. Pero sería en 1993 cuando esta historia conseguiría mayor notoriedad.

Gracias a los faxes y al rápido crecimiento de una todavía joven red de redes, el mito volvió a aparecer en agosto de 1993, causando verdadero revuelo ahora a nivel nacional. Se expandió mucho más rápido y tuvo especial éxito en estados como Oregon, Illinois, California, Texas, Nueva York o Massachussets. Precisamente en este último, la policía de diferentes ciudades y pueblos recibió cientos de llamadas de alerta a lo largo del fin de semana del 25 y el 26 de septiembre, que se catalogó como el "Blood iniciation weekend", el fin de semana de la iniciación sanguinaria. A pesar de que el terror recorrió esos estados y llevó a casos realmente importantes de histeria al volante, no hubo ningún tipo de muerte ni suceso violento como el que se describe en la leyenda.

Aunque esta historia es totalmente falsa, como ya hemos podido corroborar, y tiene un recorrido importante a lo largo de las últimas décadas, sí que hay, como en toda leyenda urbana, una parte de verdad. Y es que en 1992, en Stockton (California) se vivió un incidente que podría relacionarse de manera directa con esta leyenda. Una secretaría escolar, de nombre Kelly Freed fue asesinada a tiros por un par de jóvenes, después de que aparentemente, ella les hiciera ráfagas con el coche para advertirles de que llevaban las luces del suyo apagadas. Estos chicos se tomaron aquello como un gesto de desprecio, y persiguieron a la chica hasta conseguir alcanzarla y asesinarla. La policía de Stockton confirmó que el suceso ocurrió de esta manera, pero que de ningún modo tenía que ver con ninguna iniciación sangrienta, aclarando incluso que los jóvenes ni siquiera pertenecían a ninguna pandilla, ni estaban realizando ritual alguno.

Este suceso real pudo provocar que solo unos meses después, el hoax resucitara con más fuerza que nunca en Estados Unidos. Ocurrió algo similar en 1998, cuando de nuevo se expandió, con algunos retoques, sobre todo a través de faxes. La explicación de este nuevo resurgir puede estar en algo tan simple como el estreno de la película Leyenda Urbana, que ese mismo año llegaba a los cines de todo el país, y en la que se incluía, entre otras muchas, una leyenda muy similar a esta que estamos contando. Un mero ejercicio de marketing, algo habitual hoy en día pero no tanto en aquellos tiempos.

Tardaría algo más en cruzar el charco y llegar a Europa, primero a Reino Unido (por la familiaridad de estar en inglés) y más tarde siendo traducidas a otros idiomas, aterrizando en Francia, Portugal o España. La Pandilla Sangre llegó a nuestras fronteras en 2005 y causó tal revuelo que incluso la propia Policía tuvo que aclarar que se trataba de un bulo. Aun así, el periodista Alberto Granados, autor del libro de referencia Leyendas Urbanas: entre la realidad y la superstición (Aguilar, 2007), nos habla en esta obra de los supuestos testimonios que la gente enviaba al programa Milenio 3, de la Cadena Ser, donde Granados trabajaba en aquel momento. Entre ellos había muchos de testigos que aseguraban haber visto o incluso haber sido perseguidos por la Pandilla Sangre. El autor relaciona este tipo de testimonios con la deleznable práctica de apropiarse de estas leyendas urbanas falsas para infundir temor en una zona determinada a través de falsos testimonios, mentiras y engaños.

De hecho, fueron muchos los que creyeron a pies juntillas el supuesto fax enviado por las fuerzas del orden advirtiendo de estos violentos sucesos. A pesar de haberse dado ya doce años atrás en Estados Unidos y conociéndose de sobra su falsedad, el correo llegó a todo el país, y no solo en España, sino que también vivió una rápida expansión en parte de Latinoamérica, demostrando que el miedo que quería suscitar es algo global y no focalizado solo en ciertos países o ciudades.

SMILEDOG.JPG

Byron, Illinois. Junio de 2008

Cuando colgé el teléfono, todavía sentía un escalofrío intenso recorriendo mi espina dorsal. Esa sensación atávica, de miedo profundo y visceral, seguiría ahí durante mucho tiempo…

Terence Portnoy me llamó aquella tarde para pedirme perdón e informarme sobre el desdichado final de su encantadora esposa Mary. Había pasado un año desde que acudiera a casa de los Portnoy, en Chicago, para hablar con ella sobre una leyenda urbana que me tenía muy interesado en aquel tiempo, Smile.jpg. Según había investigado en foros y páginas web, algunas personas habían sido víctimas de aquella supuesta imagen maldita. Mary era una de ellas, y después de mucho intentarlo, conseguí que accediera a contarme algo sobre aquella imagen, gracias a la intervención de su marido, al que supongo que le caí bastante bien desde el primer momento.

Aquella visita, en el pasado verano de 2005, supuso un fracaso total para mis aspiraciones de obtener información sobre Smile.jpg de una fuente directa, ya que Mary no consintió hablar conmigo. Al parecer, según me comentó Terence, ella estaba dispuesta a contarme todo lo que le había ocurrido en relación a aquella imagen, pero poco antes de mi llegada, Mary se encerró en su dormitorio y no quiso salir de allí, por más que su propio marido o yo la intentábamos convencer. No podía verla, pero escuchaba claramente como lloraba. Parecía totalmente desesperada.

El viaje de cuatro horas ida vuelta hasta Chicago se saldó con una supuesta testigo totalmente aterrorizada y sin querer soltar una sola palabra sobre aquella foto. Aquello podía haberme quitado las esperanzas, sobre todo después de intentar por todos los medios contactar con otros "afectados", sin conseguirlo en ningún caso. Por más anuncios que ponía en diferentes webs relativas al tema de las leyendas urbanas y las historias de terror, por más que buceaba en decenas de foros todos los días, no encontraba a nadie que realmente estuviera dispuesto a hablarme sobre Smile.jpg.

La información que existe en la red sobre esta supuesta imagen maldita no es demasiado importante, y como todo en la era moderna, puede estar totalmente manipulada. Fue hace ya un tiempo, en 2005, cuando empecé a interesarme de verdad por Smile.jpg. Era una de las leyendas más terroríficas de cuantas pululaban por la red, y como tantas otras, posiblemente fuera un completo bulo. Pero me interesaba la forma en la que aquel mito se estaba expandiendo, y como en muchos foros se encontraban referencias a la propia foto, y a las víctimas de la misma. Una de esas víctimas, seguramente la más repetida, era Mary Portnoy.

Según se contaba en esos post y webs especializadas, ya no quedaba rastro de la fotografía original de Smile.jpg, solo algunos fakes y montajes que ahora se multiplicaban en 4Chan, especialmente en la sección dedicada a lo paranormal. En la imagen original se podía ver a una criatura muy parecida a un perro, en concreto a un husky siberiano, que sonería de una manera maliciosa, con una dentadura extraña, como humana. Esta criatura se encontraba en una habitación oscura, en donde también se podría apreciar, a la izquierda de su figura, una especie de mano extendida y de un color muy parecido al de la sangre. La leyenda que corría por Internet contaba que la fotografía era una polaroid en la que podían verse dos huellas de dedos ensangrentados, en el filo blanco inferior de la propia imagen descrita.

Lo peor de la imagen no era su bizarro y extraño contenido, sino los efectos que supuestamente causaba en todo aquel que la veía. Se dice que la imagen original de Smile.jpg puede causar ataques epilépticos en aquellos que la observan durante más de unos segundos. En otras versiones, se afirma que aquellos que la vieron acabaron volviéndose locos, o en el peor de los casos, suicidándose. En aquel momento yo no creía absolutamente en nada de estas teorías, pero el tiempo me demostraría que estaba muy equivocado.

Aquella tarde, al enterarme de la noticia de Mary, no pude evitar recordar el correo que recibí en mi cuenta apenas unos días antes de lo sucedido. Después de tantos meses, cuando yo ya había perdido toda esperanza, ella se puso en contacto conmigo, para relatarme, al menos en parte, su terrible historia de la siguiente manera:

> Me siento verdaderamente avergonzada sobre mi comportamiento cuando usted intentó entrevistarme. Espero que entienda que de ninguna manera fue su culpa, sino la mía. Me di cuenta luego de que pude manejar la situación más civilmente; y espero que pueda perdonar mi rudeza. Para entonces, tenía miedo.
>
> Verá, he tenido pesadillas sobre Smile.dog todas las noches, durante quince años. Sé que eso debe parecer absurdo, pero es la verdad. Hay algo inefable sobre mis sueños, o más bien mis pesadillas, que las hace más horrorosas que cualquier otro sueño que he tenido. No puedo moverne, ni hablar. Yo solo miro hacia adelante, y lo único que veo es esa vil escena de la foto. Veo esa mano. Y veo a ese "perro". Él me dice algo.
>
> No es un perro, claro, pero en realidad no estoy segura de lo que es. Me dice que me dejará en paz solo si hago lo que me dice. Él me dice: "Riégalo." Esa es la palabra que usa para comunicar sus deseos. Supe exactamente lo que quiso decir: quiere que yo le enseñe la imagen a alguien.
>
> Al principio no supe cómo él esperaba que lo "regara" sin tener la imagen a mi disposición, pero, a la semana siguiente, recibí un correo con un sobre dentro, no decía de qué dirección vino. Adentro del sobre encontré un disquete de 3 pulgadas y media. No era necesario verificar el contenido, yo ya sabía qué había en el disquete.
>
> Consideré mis opciones con cuidado. Se lo podría dar a un desconocido, a un compañero del trabajo, a Terence... Encontraba el simple hecho de pensar en ello repugnante. Además, ¿qué iba a ocurrir después? Si el tal Smile.dog se mantenía fiel a su palabra, yo volvería a dormir en paz. Pero, ¿qué ocurriría se fuera una mentira? ¿Qué se supone que haga entonces? Puede que la situación se empeore si termino cumpliendo las órdenes de esa criatura...
>
> Así que decidí no hacer nada. Durante quince años no hice nada, aunque sí mantuve el disquete oculto. Durante todos

> esos años, Smile.dog invadía mis sueños para demandar que haga lo que me pidió. Lo ignoré. Ignoré su petición durante estos quince años; ha sido una tortura. La otras víctimas que yo conocía en el Bulletin Board System ya no publicaban nada. Incluso había escuchado que algunos de ellos cometieron suicidio. Los demás se mantenían en silencio, totalmente desaparecidos de la Web. Me preocupo mucho por ellos.
> Sinceramente pido sus disculpas, Sr. L., pero cuando usted contactó con mi esposo el verano pasado para la entrevista, yo ya no pude más. Decidí que le iba a entregar a usted el disquete. Ni siquiera me importaba si Smile.dog estaba mintiendo o no, solo quería que todo se terminada. Usted era un desconocida para mí, alguien con quien yo no tenía conexión alguna. Pensé que no me iba a sentir triste si le daba el disquete como parte de su investigación y dejarlo a su suerte.
> Sin embargo, antes de que usted llegara a mi hogar, me di cuenta de lo que yo estaba intentando hacer: estaba atentando contra su vida. No pude soportar que yo haya pensado en semejante cosa y todavía no puedo hacerlo. Me siento avergonzada, Sr. L. Espero que este mensaje lo disuada de seguir investigando este caso. Puede que termine encontrándose con alguien más débil que yo; alguien que seguiría las órdenes de Smile.dog sin pensarlo dos veces. Por favor, detenga su investigación antes de que sea muy tarde.
>
> Sinceramente,
>
> Mary P.

Cuando recibí aquel email de su parte no supe cómo reaccionar. ¿Debía tomármelo en serio? ¿Era solo una broma de aquella pareja para burlarse de mí? Me costaba creer que lo que Mary me contaba en ese correo fuera cierto, pero después de haber visto su reacción el verano anterior, también me costaba pensar que pudiera estar bromeando sobre el tema. Finalmente, tal vez con algo de miedo en el cuerpo, lo dejé pasar sin hacer absolutamente nada. Decidí seguir el consejo de Mary, al menos por un tiempo, y centrarme en mis exámenes.

Sin embargo, la noticia de su muerte, pocos días después, me conmocionó por completo. Después de que Terence me telefoneará para contármelo, así como para decirme que había destruido aquel disquete que su esposa tan celosamente guardaba, me cercioré de que todo aquello fuera verdad. No me costó demasiado encontrar la esquela de Mary en algunos de los principales periódicos de Chicago. Eso sí, no hablaban sobre el motivo de la muerte. Un suicidio no es algo que uno quiera airear públicamente si se trata de su esposa. Pero entonces, ¿por qué me lo contaba a mí? ¿Estaba tratando de alejarme realmente de toda aquella historia?

Los exámenes estaban cada vez más cerca y yo iba a volverme loco si seguía obsesionándome con la foto del maldito perro, así que me olvidé como pude del tema. De hecho, aquella sensación fue como una auténtica liberación, como si me quitasen un peso de encima, y al acabar los exámenes no retome mis investigaciones, como seguramente habría hecho si lo de Mary no hubiera ocurrido.

Pero el destino siempre tiene sus fórmulas para encontrarte, y su invitación ha llegado en forma de un nuevo correo electrónico, procedente de una dirección que desconozco. Sin embargo, su asunto no deja lugar a dudas:

> Para: jml@****.com
> De: elzahir82@****.com
> Asunto: sonríe
> Hola
> Encontré tu e-mail en internet tu profile decía que tú estabas interesado en smiledog. Yo lo vi y no es tan malo como la gente dice te envié una copia. Riégalo.
>
> :)

Ahora mismo, vuelvo a sentir ese peso sobre el cuerpo, como si no pudiera moverme por mi mismo, como si estuviera paralizado por completo, salvo mi mano derecha, que mueve el ratón de forma inexorable para descargar el archivo adjunto, Smile.jpg.

La historia

Entre las oscuras creepypastas que podemos encontrar en esta recopilación hallaremos muchas dedicadas a objetos malditos, como un video, una página web, un libro… o en este caso, una imagen. Smile.jpg, también conocida como Smile.dog (en referencia al personaje que aparece en ella) es uno de esos mitos modernos que continúan con la idea de que algo aparentemente normal pueda llevarnos a un estado de locura tal que lleguemos incluso a poner nuestra vida en peligro o directamente a quitárnosla de manera repentina.

La extensa recreación de esta creepypasta representa un fiel ejemplo de todo lo que debe tener una buena historia de terror actual. Un entorno urbano, relativamente seguro, en el que parece que todas esas historias de supersticiones y brujerías han quedado atrás. Un protagonista que se topa de cara con algo muy extraño, que al principio no hace caso (como la mayoría de los que están sumidos en la propia lectura de la leyenda) pero que poco a poco va descubriendo horripilantes novedades que le hacen estar seguro de que algo sobrenatural está ocurriendo.

La creepypasta de Smile.jpg, siempre acompañada de alguna fotografía extraña y terrorífica (uno de los muchos montajes que según se cuenta se han ido creando en Internet para representar la supuesta imagen maldita, sin ser nunca la original, por supuesto) ha logrado alcanzar un punto de fama extraordinario desde su creación, por su facilidad de expansión, el terror que genera en todo aquel que la lee y la supuesta necesidad de "regarla", es decir, compartir aquella historia y la fotografía maldita con otras personas, para librarse del mal de Smile.dog.

Sus orígenes no son muy claros, pero parece que Smile.jpg surge en el tan célebre 4Chan, en la sección dedicada a temas paranormales, donde tantas creepypastas se han convertido en auténticos mitos. Fue en el año 2008, especialmente clave para el nacimiento de este tipo de historias horripilantes en Internet. La fotografía se cuelga en el tablón y muestra a un perro, aparentemente un husky siberiano, sonriendo en la parte derecha de la composición. Su sonrisa tiene algo extraño, como si se tuviese una dentadura humana. La oscuridad de la foto y lo bizarro de la composición, que también cuenta con una extraña mano aparentemente ensangrentada en la parte izquierda, le confieren un aire realmente terrorífico. Tanto que muchos afirmaban que Smile.jpg era capaz de destruir la conciencia y la salud mental de todo aquel que la viese. A partir de aquí, se creó también la creepypasta en la que se le daba un trasfondo a esa imagen, relacionándola con muchas personas que habían visto la original y habían sufrido pesadillas, alucinaciones y cosas mucho peores por culpa de Smile.jpg, tal y como se cuenta en la historia.

El mito, poco a poco, se fue extendiendo, y llegó al Urban Dictionary en enero de 2009, con una entrada en la que se hablaba de Smile.jpg como una imagen que hace volverse loco a todo el que la observa, al estar maldita. En Abril de 2010, el usuario AnonymousEthan cuelga la fotografía, junto a la historia, en el foro MovieCodec, haciendo referencia a que la imagen que se muestra no es la real, sino un montaje, y por eso no produce los efectos de la auténtica Smile.jpg. A partir de este momento, se asume que la imagen real se ha perdido, y que incluso la primera referencia, la de 4Chan, es un montaje. Esa primera imagen que se conoce relacionada al mito de Smile.jpg es una polaroid que incluye, además de lo ya descrito, un par de huellas sangrientas, como de dedos. Tras una ardua investigación, el usuario Shad, perteneciente al blog Aether Paranormal Team, concluye que esa es la primera imagen relacionada con este mito, y que el resto son simples copias o modificaciones, realizadas ya en años posteriores, cuando la creepypasta consiguió un gran apogeo.

Eso no significa, por supuesto, que dicha imagen polaroid sea la “auténtica Smile.jpg” de la que habla la creepypasta, una imagen que no existe, o al menos no se tiene constancia de ella en este contexto. En la historia se cuenta que la imagen llegó a la afectada a través de un boletín informativo en los albores de Internet, en 1993. Al parecer fueron muchos los que vieron esa auténtica imagen de Smile.jpg a través de ese boletín, y quedaron marcados para siempre, como la desdichada Mary. A mediados de los 90, la imagen supuestamente volvería a aparecer a través de Usenet, siendo muchos los afectados por su visión. También se habla de otra “oleada” de personas afectadas por la Smile.jpg real en 2002, cuando fue subida nada menos que al foro Something Awful, conocido especialmente por ser el lugar de nacimiento de otro de estos mitos cibernéticos, Slenderman.

Cabe destacar algo muy singular de esta creepypasta, y es que rompe lo que podríamos llamar la "cuarta pared" de las historias de terror. Incluye referencias a foros reales en los que podemos encontrar este tipo de historias, enmarcándola como una más de ellas, al menos al principio. La fórmula para narrarnos los hechos detrás de Smile.jpg nos ayuda a hacer un recorrido a través de la historia de la fotografía, de los posibles efectos que causa en todo el que la ve y de la forma de librarse de la supuesta maldición que contiene. Todo ello con el trasfondo de una historia plausible que involucra a alguien como cualquiera de nosotros, un simple interesado en este tipo de leyendas urbanas modernas, que se pasa horas rastreando la web en busca de explicaciones a los enigmas de las creepypastas.

Es una fórmula no muy común para relatar la historia, como ya hemos comprobado. Además de ser más larga de lo habitual, la historia nace como "consecuencia" de una foto, algo que sí ocurre en otras ocasiones (con Slenderman, sin ir más lejos), pero en todos los demás casos, la creepypasta se cuenta desde el principio como una historia que ocurrió realmente, quedando en el caso de Smile.jpg una línea difusa entre la realidad y la ficción. El autor de la historia, sea quien sea, sabe jugar con eso para acercar más al lector a algo que puede ocurrir realmente, haciéndole dudar si la creepypasta es una más de tantas o una verdadera historia en la que una foto vuelve locos a todos los que la ven.

El hecho de que la propia historia hable de la perdida de la imagen auténtica, la que realmente causa esas pesadillas y te vuelve loco, no hace más que inmunizarla contra todos aquellos que la intentaran desmontar, arguyendo que si aquello era verdad, la imagen tantas veces compartida habría causado ya unos estragos irreversibles en la población. A su vez, hace que a cualquier lector le pique la curiosidad por conocer más acerca de la fotografía original, y trate de encontrarla, como le sucede al propio protagonista de la historia.

En lo que concierne a la creepypasta, la imagen real es la anteriormente descrita, la de la polaroid con el perro sonriendo de forma extraña y la mano ensangrentada. Es la primera de la que se tiene constancia en relación a esta historia, y posiblemente sea la original, aunque por supuesto, no está maldita ni mucho menos. El concepto de "regar" la historia para salvarte de la maldición no es más que otra estrategia para que la propia creepypasta consiga una expansión más rápida, que al fin y al cabo, es de lo que se trata. Cuanta más gente comparta, mejor para el autor, y mayor popularidad alcanza la historia. No será la única creepypasta que utilice este truco, que también hemos visto cientos de veces en pequeñas historias colocadas en los comentarios de foros, blogs o correos electrónicos, advirtiéndonos que si no compartimos ese mensaje, algún ente sobrenatural nos atacará esa misma noche.

Existen otras creepypastas acerca de imágenes malditas, como Go To Sleep o Suicide Girl, el extraño dibujo de una chica que parece cobrar vida si pasas mucho tiempo mirándola…

THE RAKE (EL RASTRILLO)

Broadalbin, Nueva York. Abril de 2003

Susan Matthews encendió su grabadora de bolsillo y la dejó sobre la mesa, a media distancia entre ella y Pamela, la mujer a la que iba a entrevistar. Había decidido quedar en la propia casa de la testigo, porque eso ayudaba a que se sintiera mucho más cómoda y diera más información. La periodista hizo la primera pregunta:

—Bien, señora Willmington, ¿Podría explicarme de la manera más detallada posible que le sucedió la noche del pasado 30 de marzo?

Después de mirar nerviosa a la grabadora, aquella señora de poco más de 50 años comenzó a hablar, con la voz algo temblorosa:

—Volvía en coche con mi marido desde Albany. Nos quedaban menos de diez minutos para llegar a casa, y estaba empezando a anochecer. Serían… no sé, algo más de las siete, supongo. Todavía se podía ver bastante bien a ambos lados del camino. Por eso me di cuenta de que entre los árboles había algo que se movía muy rápidamente…

—¿Un ciervo, tal vez? —preguntó la periodista.

—No, no era un ciervo, se lo puedo asegurar. Tal vez en aquel momento yo misma lo pensé. Pero luego, cuando se cruzó por delante de nosotros… Créame, aquello no era un ciervo.

—¿Entonces lo pudo ver bien? ¿Qué diría usted que era?

—Si le soy sincera, solo pude verlo durante un par de segundos, pero fueron suficientes para saber que no era ningún animal… al menos ninguno que yo haya visto jamás. Se había colocado delante de nuestro coche con unos movimientos muy rápidos. Se quedó ahí, mirándonos a mi marido y a mí, y luego se marchó por el otro lado. Edward ni siquiera pudo reaccionar y tocar el claxon. Nos quedamos los dos petrificados al ver aquello.

—¿Sería tan amable de describirlo, señora Willmington?

—Sé que me va a tomar por loca pero… le aseguro que lo que vi fue real. Tenía una figura humana, o al menos, antropomorfa. Ya sabe, una cabeza, un troco, dos brazos y dos piernas. Estaba erguido sobre ellas, aunque algo encorvado. Pero lo extraño no era eso. Eran su rostro. Tenía dos ojos totalmente negros, sin iris ni pupila… y aún así sentías que te estaba mirando. Parecía tener también una boca, aunque estaba cerrada. Por lo que deduje, su piel era blanca, o de un gris muy claro. Los faros del coche lo estaban alumbrando, así que tal vez el color fuera algo más oscuro. Pero desde luego, no se parecía al nuestro ni de lejos. De hecho, es como si fuera desnudo, no llevaba nada de ropa y tampoco tenía pelo ni en la cabeza ni en el resto del cuerpo. Y los dedos… aquellos dedos…

—¿Qué pasaba con los dedos? —la periodista se había metido de lleno en la historia y estaba realmente intrigada.

—Sus dedos eran… largos. Quiero decir, muy largos, anormalmente largos. De hecho, parecían llegarle al suelo. Igual que el resto de la criatura, sus manos y sus dedos eran muy delgados, casi como cuchillas. Aquello fue lo que realmente me aterrorizó al tenerlo delante.

—Entiendo. ¿Y dice que la criatura se marchó sin más un par de segundos después?

—Eso es. Apareció desde la parte derecha, y luego desapareció rápidamente por el lado izquierdo, donde había algunos árboles. Quisimos seguir sus movimientos desde el coche pero lo perdimos enseguida…

—¿Ha vuelto a verlo desde entonces?

—No, por Dios… y espero no hacerlo nunca más.

—Está bien, señora Willmington, por último, ¿podría decirme qué cree usted que era aquella criatura?

—No lo sé, señorita, y eso es lo que más miedo me da. No tengo ni idea de que era aquello, pero algo dentro de mí me dice que no era humano… ni siquiera natural.

—¿Un monstruo? ¿Un extraterrestre, tal vez?

—Eso no se lo puedo contestar. Desde luego, a mí me produjo

pesadillas, así que sea lo que sea, yo lo consideraría una bestia…

Después de guardar la grabadora y apurar la taza de té que la señora Willmington le había servido, Susan se despidió de ella agradeciéndole mucho la entrevista y se puso en camino de vuelta a casa. La periodista vivía en Amsterdan, a poco menos de media hora de Broadalbin, y no quería que se le hiciera muy tarde. Bastante tenía con volver ya de noche por aquella carretera, sobre después de escuchar la historia de aquella señora. Y si fuera solo ella…

En las últimas semanas habían llegado varios reportes de avistamientos de ese tipo, todos en la misma zona del estado. Los periódicos locales habían publicado algunas notas muy vagas, y el jefe de Susan quería que ella recopilara información para tratar el tema en el periódico más importante de Albany. Así que Susan había estado un par de días investigando y recorriendo el condado en busca de posibles testimonios. No era fácil encontrarlos y mucho menos que se atrevieran a hablar, así que se sentía satisfecha por la entrevista con la señora Willmington.

Iba por la mitad de su travesía cuando un extraño estallido la sobresaltó. No tardó mucho en darse cuenta de que había sido la rueda trasera izquierda de su coche, que había reventado. El estado de aquella carretera era lamentable, y además estaba muy mal iluminada. A Susan no le quedó más remedio que echarse a un lado y parar el coche en la cuneta. Dispuesta a cambiar la rueda de repuesto (y rezando porque apareciera alguien que pudiese ayudarla a hacerlo), la periodista salió del coche y abrió el maletero.

Una brisa de frío la hizo tiritar por un momento. Miró a un lado y a otro, y no encontró más que árboles y carretera. Estaba allí en medio, totalmente sola y con una oscuridad que cada vez se hacía más impenetrable. Era imposible no sentirse cohibida, sobre todo al recordar de golpe todas aquellas historias de apariciones extrañas. Un ser de aspecto humanoide, sin pelo y con unos largos dedos en sus manos, con un rostro tétrico y antinatural… ¿Sería cierto todo aquello?

Susan pensaba que todo podría tratarse de una broma de mal gusto de algún joven de la zona, que había decidido disfrazarse de monstruo para asustar a sus vecinos. Un estúpido juego de niños, o de adolescentes fumados y aburridos. Sin embargo, en aquella carretera, en la soledad que lo envolvía todo, Susan comenzó a flaquear. Ahora más que nunca deseaba que alguien apareciera, aunque solo fuera para hacerle compañía.

Escuchó algo a su izquierda y se volvió rápidamente. Nada. Árboles oscuros cuyas ramas se mecían con el viento que había empezado a ser molesto. Susan respiró profundamente y trató de tranquilizarse mientras sacaba la rueda de repuesto y el gato para cambiarla.

Ni siquiera lo vio llegar. No sabía de donde había salido, ni cómo se había colocado allí, a tan solo dos metros de ella, sin hacer el menor ruido. Era como un fantasma, y no solo por lo silencioso, sino también por el extraño color grisáceo de lo que parecía ser su piel. Cuando lo tuvo delante, Susan ahogó un grito de puro terror. Instintivamente agarró el gato y lo colocó entre ella y aquella criatura, tratando de protegerse y de intimidarla.

Quería hablar. Quería preguntarle mil cosas. Pero el miedo la atenazaba. Ni siquiera podía moverse. Sentía que sus rodillas comenzaban a fallarle, que un nudo se formaba en su garganta y estaba a punto de romper a llorar. La criatura no se acercaba. Simplemente la miraba con aquellos negrísimos ojos, los mismos que la señora Willmington le había descrito minutos antes. Se fijó en sus dedos simplemente para corroborar lo que ya sabía. Eran largos, delgados y muy largos. Llegaban, efectivamente, hasta el suelo, y la criatura los movía muy lentamente. Un leve gruñido hizo que la atención de la periodista se centrara de nuevo en el horripilante rostro de aquel ser.

Al abrir la boca, la criatura emitió unos sonidos prácticamente ininteligibles. Parecían gruñidos, pero Susan logró encontrar cierta cadencia en ellos, como si fueran palabras. Como si aquel ser se estuviera intentado comunicar con ella. Después de nos segundos callado, el ser dio un paso al frente y volvió a "hablar". Con más terror del que jamás habría podido imaginar, Susan se echaba atrás de forma instintiva. Aquella cosa repetía una y otra vez lo mismo. Al final, entre el miedo y el desconcierto, Susan lo pudo entender. Lo que escuchaba una y otra vez era rake, rastrillo.

La criatura seguía acercándose muy lentamente hacia Susan, y cuando esta ya estaba a punto de desmayarse de puro terror, la salvación llegó en la forma de unos faros ultrapotentes que la iluminaron, clavándose igualmente en la figura de aquel ser. Susan cerró los ojos, dolorida por el intenso golpe de luz, y al abrirlos de nuevo, aquella cosa había desaparecido. Cuando el conductor del coche paró a su lado y le preguntó que qué le pasaba, ella solo repetía una y otra vez la misma palabra, como en estado de shock.

Dos días después de aquel incidente, Susan Matthews presentó su artículo al director del periódico, asegurándole que era toda una exclusiva. El director le dio la enhorabuena y le preguntó si todo lo que aparecía allí era cierto. Ella dudo en contestar antes de decir:

—Digamos que sí.

El director la miró de forma inquisitiva, pero Susan sabía que no le haría más preguntas. Le había dado lo que quería, un artículo sensacionalista que hablaba de un ser extraño rondando los pueblos del condado. A la gente le encantaría.

Sin embargo, aquel artículo no llegó nunca a publicarse. Susan sufrió pesadillas muy intensas en los días posteriores a aquel encuentro, que le afectaron incluso en el trabajo. No tardaron en despedirla. Apenas dos meses después, se marchó de la ciudad. Nadie conoce su paradero actual.

La historia

The Rake (traducido al castellano como El Rastrillo) es posiblemente el ser sobrenatural más conocido dentro del mundo de las creepypastas, junto con Slenderman. Además, sus orígenes son bastante parecidos, ambos en foros de internet, con la colaboración de varios usuarios, que eran plenamente conscientes de que estaban "creando" un nuevo mito moderno, aunque claro, no sabían hasta donde iba a llegar ese mito. Hay que apuntar además que la creepypasta de The Rake se originó a finales de 2005, es decir, tres años y medio antes que la aparición de Slenderman. El nacimiento de ambos mitos es muy similar, y no descartamos que, en cierto modo, The Rake fuera un predecesor del inquietante hombre delgado, sobre todo en la manera en la que los usuarios a través de la red le daban forma al mito.

Como hemos comentado, el germen de The Rake lo podemos encontrar en el subforo Paranormal dentro del inmenso foro que es 4Chan, un lugar habitual para las creepypastas. Un usuario anónimo comenzó un nuevo tema con el sugerente nombre de "Eh, vamos a crear a un nuevo monstruo". Una invitación en toda regla a la participación de los demás usuarios para configurar a una especie de Frankestein terrorífico del siglo XXI. En este punto se nos plantea, desde la perspectiva antropológica y psicológica, una pregunta que subyace dentro del propio título del tema: ¿qué nos causa terror en nuestra época?

Podríamos pensar que los monstruos tradicionales, ya sean vampiros, hombres lobo o simples fantasmas, parecen haber quedado anticuados, y ya no asustan a nadie. Es por eso que se necesitan crear nuevos mitos sobrenaturales, nuevos monstruos que de verdad nos hagan sentir terror. Esa es una de las premisas dentro de la creación de creepypastas, y no sabemos si era lo que pretendía el usuario que comenzó aquel tema en 4Chan, pero desde luego lo consiguió. Diferentes usuarios dejaron expuestas sus ideas en aquel tema, muy variopintas. Pero había una que destacó por encima de las demás, una que hacía referencia a una criatura muy concreta.

Esta idea destacó tanto que otro usuario abrió un tema aparte, para seguir trabajando en él sobre la creación de ese monstruo sobrenatural. El primer post del tema decía algo como esto:

"Esto es lo que tenemos hasta ahora: Humanoide, cerca de seis pies de altura al estar de pie, pero por lo general se agacha y camina a cuatro patas. Tiene la piel muy pálida. La cara está en blanco. Así mismo, sin nariz, sin boca. Sin embargo, tiene tres ojos verdes sólidos, uno en el centro de su frente, y los otros dos en cada lado de su cabeza, hacia la parte posterior. Por lo general se ve en patios delanteros de las zonas suburbanas. Normalmente, solo mira al observador, pero se pondrá de pie y atacará si se aproxima. Cuando ataca, una boca se abre, como un cráneo con bisagras que se abre en la barbilla. Enseña muchos dientes pequeños, pero sin brillo."

Sobre esta ya de por si terrorífica base, muchos usuarios fueron incluyendo sus propios detalles acerca del monstruo, que fue cambiando con el paso del tiempo. También el nombre es motivo de discusión. Finalmente se escoge The Rake, y una de las últimas "actualizaciones" ya se acerca mucho a lo que hoy conocemos a través de las creepypastas:

"Aproximadamente 6 pies de alto, pero visto en cuclillas, humanoide, piel pálida, grisácea, dos ojos ligeramente más grandes que los humanos, sin nariz, boca más pequeña que la humana, aunque al atacar la abre como una bisagra, mostrando cientos de pequeños dientes. Dieta desconocida, origen desconocido, visto en áreas suburbanas, solo ataca si se le provoca, normalmente solo mira."

Una de las primeras referencias de la criatura ya no como invención, sino dentro de una historia, la encontramos en el blog personal de Brian Somerville, un usuario asiduo al célebre sitio Something Awful. Somerville publicó en julio de 2006 una historia bastante extensa en la que recogía la leyenda urbana de la criatura The Rake, cuyos primeros avistamientos nos llevaban hasta el siglo XII. Desde entonces, según las investigaciones, había aparecido recogido en más de dos docenas de documentos, a lo largo de todos estos siglos, ubicado en cuatro continentes. La propia historia recoge alguno de esos documentos, como una carta de suicidio del año 1964, o el extracto del diario de un marino, en 1691. En el año 2003, numerosos testigos afirmaron haber tenido encuentros con aquella criatura, principalmente en la zona del noreste el país, en el estado de Nueva York.

El caso mejor documentado y más completo aparecía en el año 2006, cuando una supuesta testigo de la criatura cuenta su encuentro con ella, tres años atrás, tras volver de un viaje a las cataratas del Niágara. Según esta mujer, algo les despertó a ella y a su marido en la madrugada, y fue cuando pudieron ver, a los pies de su cama, la forma humanoide de The Rake. Ellos desconocían que clase de ser era ese, y se asustaron muchísimo cuando se plantó a solo unos centímetros de la cara del marido, incluso parecía que le susurraba algo. Pero se asustaron mucho más cuando la criatura salió de la habitación y avanzó hacia la de su hija pequeña.

Según la historia, el ser cogió a la pequeña, acurrucándola en sus brazos, cuando sus padres llegaron. El marido de la testigo le disparó y entonces soltó bruscamente a la niña, huyendo a toda velocidad por las escaleras. Comprobaron que aquel monstruo había herido a Clara, que así se llamaba la pequeña. Se habían dado cuenta de que era un ser sobrenatural, abyecto, despiadado y con una apariencia horripilante. Pero en ese momento, lo más importante era salvar a su hija. La pequeña, antes de marcharse junto a su padre hacia el hospital, asegura con una voz tenue y forzada que ese ser se llamaba The Rake, el Rastrillo.

La testigo sigue contando como, en la travesía hacia el hospital, su marido y su hija mueren al colisionar su coche contra un camión de carga. Aquel ser había destruido su vida, y aunque los diarios y televisiones locales se habían interesado por el tema, finalmente no había salido nada publicado sobre el extraño suceso. Pasa el tiempo, la testigo y su hijo están viviendo en otra zona del estado, pero siguen teniendo muy presentes a The Rake. Tanto es así que la mujer decide dejar una grabadora en la mesita de noche junto a su cama para grabar cualquier cosa que pueda suceder durante la madrugada. Al mes de hacer pruebas, finalmente escucha una voz estridente, chillona, irritante. Era la misma que había escuchado en la habitación, años antes, cuando tuvo su primer encuentro con aquel ser. Estaba segura de que El Rastrillo había vuelto a visitarla, y que no sería la última vez que lo viese....

Esta es la historia que tantas veces se ha copiado, de página en página y de foro en foro, acerca de El Rastrillo. Una primera "oleada" tiene lugar en LiveJournal, a finales de 2008, siendo también muy popular en el foro paranormal de 4Chan en Abril de 2009 (curiosamente, casi cuatro años después de surgir allí mismo). En los siguientes meses se expandió como la pólvora por foros como Something Awful, y páginas web como Creepypasta.com, Creepypastas Wiki o Unexplained Mysteries. Durante esa época, y también incluso mucho antes, empezaron a surgir igualmente montajes, recreaciones y dibujos sobre The Rake por todo Internet. En 2010 se crearía Fuck Yeah The Rake, un tema en la plataforma virtual Tumblr, en el que se intentaban recoger todas esas muestras de arte basadas en esta criatura.

A finales de ese mismo año 2010, una cadena local de Louisiana muestra una fotografía de un ser antropoformo que ha sido tomada supuestamente en un coto de caza cercano. La reportera pide opinión a los televidentes para saber si puede ser un montaje o es real, y en caso de serlo, de qué tipo de criatura se trata. Muchos piensan que es falso, pero enseguida sale a la palestra el nombre de The Rake y toda la leyenda que rodea a la criatura. Estamos hablando de Louisiana, un estado que se encuentra en el sur del país, no en el norte, donde se solían dar los supuestos avistamientos de El Rastrillo.

La verdad no tarda mucho en salir a la luz y se descubre que la imagen ha sido tomada de un videojuego llamado Resistance 3, que cuenta entre sus monstruos con una criatura llamada Grim. Su parecido en apariencia con lo que conocemos hoy en día como The Rake es evidente, y es la causa de que muchos tuvieran la sensación de haber encontrado a la criatura real.

Sin embargo, como ya hemos visto, The Rake nace y se desarrolla por completo en Internet. Es un monstruo sacado de la imaginación de muchas personas diferentes, que han logrado crear un mito que ha terminado por perpetuarse en el imaginario colectivo de los internautas, sobre todo de los que siguen este tipo de páginas. Sea real o no, hay que tener en cuenta que existe gente, en todo el mundo, que siente auténtico miedo ante la idea de que El Rastrillo pueda entrar en sus dormitorios de noche, como le sucedió a esta pareja de Nueva York, y destrozar sus vidas.

ESCONDITE EN SOLITARIO (HIDE AND SEEK ALONE)

Fushimi-ku, prefectura de Kioto (Japón). Septiembre de 1999

La joven Sakura no lograba decidirse. Sentada en su cama, cuando faltaban unos pocos minutos para que diesen las tres de la mañana, miraba su colección de muñecos de peluche. Debía escoger a uno para el juego, pero sabía que después de aquello, tendría que deshacerse de él. Y le gustaban tanto…

Lo tenía todo preparado. El arroz, el agua con sal, el hilo carmesí y el cuchillo de cocina. El olor a incienso llenaba la habitación, y el momento decisivo se acercaba. La joven, a sus 13 años, era una chica bastante madura para su edad, aunque eso sí, algo miedosa. Sin embargo, cuando su amiga Megumi le habló de aquel juego, el escondite en solitario, a Sakura le picó mucho la curiosidad. "No te preocupes, no te va a pasar nada si lo haces todo bien, y además, es muy divertido para cuando estás sola y aburrida" le había dicho Megumi. Después de apuntar todos los pasos a seguir, Sakura le prometió que ese mismo fin de semana, cuando sus padres estuvieran fuera de casa, ella también realizaría el experimento.

Y allí estaba, con todo preparado y decidida para llevarlo a cabo. Solo le faltaba elegir al muñeco con el que participaría en este siniestro juego. Tenía muchos, pero sentía gran afecto por todos. Finalmente, escogió a una de sus muñecas, de las más grandes que tenía, una hermosa figura de medio metro de alto, con unos grandes ojos verdes y una melena rubia que le caía preciosa por la espalda. Aquella muñeca era de trapo y estaba rellena de algodón, como la mayoría de los peluches. Lo primero que hizo Sakura fue abrirle un agujero y sacar todo el relleno de la muñeca, para cambiarlo por el arroz. Se cortó un mechón de pelo y lo introdujo igualmente dentro de la muñeca, como parte del ritual. Luego cerró el agujero con el hilo rojo carmesí que tenía.

Sakura temblaba, mitad por miedo y mitad por curiosidad, cuando solo quedaban unos segundos para las tres de la mañana. Se abrazó por última vez a su muñeca, a la que llamó Takumi, y cerró los ojos. Al escuchar como su alarma le avisaba de que era la hora de comenzar el juego, Sakura abrió los ojos y repitió tres veces "Sakura es la primera". Con algo de temor se dirigió al cuarto de baño, y depositó a la muñeca dentro de la bañera, que estaba llena por la mitad. Salió de allí y apagó todas las luces que quedaban encendidas en la casa mientras volvía a su habitación. Encendió el televisor, y tal y como Megumi le había explicado, cerró los ojos y contó hasta diez.

Agarró con fuerza el cuchillo de cocina que dejó antes en el escritorio y se encaminó hacia el baño, en donde había dejado a la muñeca. Megumi le había contado que, en ocasiones, podía haber salido del baño, aunque no era lo común. Aun así, Sakura caminaba despacio, temerosa de encontrarse algo que no era lo esperado. Al abrir la puerta del baño, halló a la muñeca en la bañera, tal y como ella la había dejado. Gritó tres veces "Te encontré, Takumi" y con un rápido movimiento, le clavó el cuchillo. Había terminado la primera parte del juego, pero ahora era el turno de Takumi.

Respirando hondo y siendo consciente de que el verdadero peligro comenzaba en ese momento, Sakura repitió tres veces la señal para que Takumi tomara su turno, "Tú eres la siguiente, Takumi". Al terminar, depositó a la muñeca en el suelo, y salió corriendo hacia su habitación, el lugar que había escogido como "santuario" para protegerse. Una vez allí, con la luz de la televisión encendida iluminándola, Sakura decidió llevar a cabo el último paso del ritual. Bebió medio vaso de agua salada, sin tragársela, y fue con el resto del agua en el vaso hacia el pasillo.

No se escuchaba nada, y aunque era lo normal, aquello heló la sangre de la niña. Se suponía que debía encontrarla en el baño, donde la había dejado… junto el cuchillo. Conforme se acercaba allí, Sakura sintió como un frío aterrador le recorría la espalda. Justo antes de abrir la puerta del baño, escuchó una horripilante risa detrás de ella. Sabía perfectamente lo que iba a encontrarse al volverse, pero aun así, el susto que se llevó al encontrar a Takumi allí plantada, de pie, justo a dos metros detrás suya y con el cuchillo a su lado, le hizo derramar el agua salada que llevaba en su boca.

Sakura sabía que aquello no era nada bueno, y cada vez sentía más miedo. Takumi seguía riéndose con una carcajada horrible. La chica pensó en volver a su habitación, donde se suponía que estaría segura, pero la propia muñeca le cortaba el paso. Sakura ya no sabía qué hacer, pero se le ocurrió derramar el resto del agua salada del vaso sobre la muñeca, que era el siguiente paso del ritual. Sin embargo, al ir a hacerlo, Takumi dio varios pasos hacia atrás con un movimiento rapidísimo, quedándose fuera del alcance del agua.

El terror más intenso y horrible se apoderó de Sakura mientras veía como la muñeca se iba acerando poco a poco a ella, gimiendo algo parecido a "Te encontré, te encontré, te encontré. Ahora es mi turno", mientras blandía el cuchillo, que era casi tan grande como ella. Por el suelo rodaban algunas bolitas de arroz, que parecían salir de la propia muñeca. Sakura lo entendió todo en ese momento. Había acuchillado a Takumi en el mismo lugar en donde había cosido el agujero con el hilo carmesí. Al romper el hilo, el espíritu había quedado liberado. Y por desgracia, ya era demasiado tarde…

Takeshi y Suki, los padres de Sakura, volvieron muy felices de su escapada romántica de fin de semana, aunque algo preocupados de que su hija no hubiera contestado al teléfono por la mañana, justo antes de salir de vuelta. Se imaginaron que estaría durmiendo y no le dieron mayor importancia. Al llegar a la casa y ver que Sakura no les respondía, subieron a la planta de arriba. Encontraron a su hija en el suelo, totalmente ensangrentada y con una expresión de auténtico pavor en los ojos. Estaba muerta.

Los llantos y gritos desesperados de Takeshi y Suki no les permitieron escuchar la malévola y horrible carcajada que se iba acercando a ellos desde el cuarto de baño. Takumi quería jugar de nuevo.

La historia

El escondite solitario (conocido en inglés como One Man Hide and Seek o Hide and Seek Alone) es posiblemente una de las más terroríficas y escalofriantes creepypastas que se hayan creado jamás. Basada en un supuesto ritual japonés llamado hitori kakurembu mediante el cual se puede contactar con los espíritus, esta historia ha conseguido un éxito arrollador en Internet, y es una de esas que muchos usuarios consideran absolutamente real, y no como parte de una creepypasta.

Más allá de si el supuesto rito espiritista japonés da o no resultados, lo que si es cierto es que la popularización de esta leyenda urbana moderna ha llegado a través de Internet, primero en Japón y más tarde en Estados Unidos, para extenderse finalmente por todo el mundo. Es muy posible que alguien rescatara esta historia de entre las muchas que existen en el folclore japonés y le diera forma de leyenda terrorífica para convertirla en un nuevo mito cibernético. La recreación de la creepypasta que aparece en este apartado se basa en el método más común que se ha ido copiando y pegando en diferentes foros y webs, con todo lo necesario para llevar a cabo el ritual. No hay una historia original dentro de esta creepypasta, por tanto, sino el propio método para llevarlo a cabo, traducido a

diferentes idiomas. Aquí está en castellano, traducido por el autor, basándose en la traducción realizada por el usuario Mikimikimiki6 en el foro Taringa en 2011:

"The One-Man Hide and Seek" es un ritual para invocar a los muertos. Existen numerosos espíritus que vagan por la tierra en busca de cuerpos a los que poseer. A través de este ritual, nosotros le ofrecemos el de un muñeco, en lugar de un cuerpo humano.

Materiales necesarios

-Un muñeco de algodón que tenga brazos y piernas.

-Arroz

- Una aguja e hilo carmesí

-Un cuchillo o cualquier tipo de herramienta afilada

-Un vaso lleno de agua con sal

-Un lugar que te sirva como escondite, preferiblemente purificado con incienso, o en el que tengas muchas cruces o cualquier otro símbolo religioso

Preparación

1-) Extraer todo el relleno del muñeco y meter el arroz en su interior.

2-) Introducir igualmente una parte de nuestro cuerpo, ya sea una uña, un trozo de cabello o de piel... Luego sellar la abertura por donde sacaste el relleno con el hilo carmesí.

3-) Llenar una bañera de agua.

4-) Poner la taza de agua salada dentro en el sitio que elegiste para esconderte.

Cómo hacerlo

1-) Hay que darle un nombre al muñeco, si es que aún no lo tiene. Puede ser cualquiera, excepto el tuyo propio.

2-) A las tres en punto de la mañana debes decirle al muñeco "(tu nombre, por ejemplo, Sakura) es el primero".

3-) Ve al baño y deja al muñeco dentro de la bañera llena de agua.

4-) Debes apaga todas las luces de tu casa, luego vuelve al lugar de escondite y enciende la televisión.

5-) Cuenta hasta diez con los ojos cerrados, luego ve al baño con el cuchillo en tu mano.

6-) Al llegar al baño, dile al muñeco "Te encontré (el nombre del muñeco)" y clávale el cuchillo.

7-) Luego di "Tu eres el siguiente (el nombre del muñeco)" mientras dejas al muñeco en el suelo del baño.

8-) Una vez depositado en el suelo, corre hacia el lugar del escondite.

Cómo terminarlo

1-) Bebe media taza de agua salada dentro de tu boca (sin tragarla, esto es muy importante) y sal del escondite para buscar al muñeco. No tiene que estar necesariamente en el baño. A pesar de lo que te pueda pasar en este paso, no escupas el agua salada.

2-) Cuando encuentres al muñeco, derrama el resto del agua que dejaste en la taza sobre él, luego échale el agua salada de tu boca por encima.

3-) El último paso para finalizar el ritual es decir en voz alta "Yo gane" tres veces seguidas.

Tras terminar con el ritual, deberás secar el muñeco y quemarlo.

A TENER EN CUENTA

* No se puede detener el ritual a la mitad del proceso, este es un ritual muy peligroso que debe ser llevado a cabo hasta el final.

* No salgas de tu casa antes de finalizar el ritual.

* Las luces de tu casa deben estar todas apagadas.

* No se debe hacer ningún ruido mientras se está escondido.

*Mejor realizar el ritual solo, ya que las otras personas que puedan estar en la casa se pueden ver afectadas.

* El ritual no debe durar más de dos horas.

* Por seguridad, se recomienda mantener las puertas abiertas, ni echar cerrojos de ningún tipo. Si es posible, realizarlo con el teléfono móvil en el bolsillo, por si algo sale mal y tienes que avisar a alguien.

* Hay que tener cuidado de no romper el hilo carmesí, que representa la sangre de la muñeca, y que permite mantener al espíritu en su interior. Si se corta al acuchillarla, por ejemplo, el espíritu podría liberarse.

* Siempre has de salir del escondite con el agua salada en la boca. De no hacerlo, podrías sentir la presencia de algo extraño a tu alrededor, que buscaría la manera de hacerte daño. El hecho de que se deje la televisión encendida responde al saber si el espíritu ha podido liberarse, ya que podría comunicarse o dar alguna señal por el aparato de televisión.

Como se puede comprobar, el método para llevar a cabo el ritual está pensado al milímetro, y además supone un auténtico reto para todo aquel que quiera demostrar su valentía de verdad. Al parecer, este ritual se lleva realizando en Japón desde hace siglos, y también cuenta con una versión en la que en lugar de jugar con nosotros, el muñeco perseguiría a algún enemigo. Para ello deberíamos introducir dentro del muñeco el arroz y algo perteneciente al cuerpo de la persona a la que queramos maldecir, como cabellos o uñas. Esto nos recordará mucho a las tradiciones caribeñas del vudú, por ejemplo.

Precisamente fue en Japón donde esta historia comenzó su andadura, más o menos como la presentamos aquí, en Internet. Y es que en Julio del año 2007, el método para realizar el escondite en solitario se empezó a compartir a través de diversos boletines online de terror japonés. En esta versión, el ritual consistía en colocar un montón de peluches en la bañera con todas las luces apagadas y realizar cantos rituales. Muchos usuarios aseguran que, en ese momento, los muñecos se moverán y la televisión se encenderá con la música a todo volumen. Muchos japoneses subieron a Youtube una gran cantidad de vídeos en los que realizaban el supuesto ritual.

Durante 2007 y 2008, la leyenda del escondite solitario se expandió por los foros y webs de Japón, convirtiéndose en tremendamente popular en ese país. Tanto es así que en 2009 se estrenó una película titulada Creepy Hide and Seek, basada en el ritual de la leyenda, que se puede ver hoy en día en Youtube subtitulada en inglés. Siguiendo con la expansión del mito en Japón, también en año 2009 se creó el canal de Youtube Gameama, en el que se recogen todas las experiencias de usuarios al realizar este ritual.

Para encontrar la primera referencia del mito traducido al inglés debemos ir hasta Septiembre de 2008, cuando el blog sobre horror japonés Saya Is Underworld cuelga las instrucciones para realizar este ritual espiritista. Estas instrucciones cambian bastante con respecto a las primeras referencias en los foros japoneses, y ya se introduce la necesidad de "vaciar" al muñeco de su relleno para cambiarlo por arroz, que representará sus tripas y además servirá como vínculo para atraer al espíritu. El ritual descrito en Saya Is Underworld comienza a circular por Internet, ahora de manera global, y es traducido como tantísimas otras creepypastas. La explicación del método que dejamos en este libro es una traducción de ese ritual.

Gracias a la expansión de la creepypasta, muchos usuarios de

Internet quisieron realizar por ellos mismos el ritual del escondite solitario. Subieron sus experiencias a la red, como ocurre en el tablón Hauntings de LiveJournal, desde febrero de 2009, y son muchos los vídeos en inglés que podemos encontrar en Youtube con usuarios realizando este ritual, sin que nada realmente extraño haya sucedido, al menos que se capte en las imágenes. En 2011, la historia llegó también a 4Chan, lo que le dio un nuevo empujón para su fama, ya que fue leída y compartida por miles de usuarios desde entonces.

ZALGO

Providence, Rhode Island. Marzo de 1937

El doctor Murphy no tardó demasiado en encontrar aquel sanatorio ubicado a las afueras de la ciudad. Era su primer caso en la zona, después de haberse mudado desde Pitsburg hacía apenas dos semanas, tras un altercado con un enfermo en aquel lugar. Murphy se había quedado tan devastado por el ataque de aquel demente que intentó arrancarle los ojos, que no tuvo más que marcharse. Por suerte encontró trabajo pronto en aquella ciudad de Rhode Island, un trabajo que parecía que iba a ser muy tranquilo.

Especialista en tratar a enfermos mentales, sobre todo a esquizofrénicos, el doctor Murphy se había labrado una gran trayectoria en los diez años de experiencia que llevaba como profesional. Era apuesto y conservaba ese buen porte que le había valido para levantar las pasiones de las chicas cuando era algo más joven. Sin embargo, parecía estar únicamente interesado en su trabajo. De ahí que, a sus 37 años, permaneciera soltero, cosa que tampoco le desagradaba demasiado. Había conseguido alquilar una bonita casa a medio camino entre el sanatorio y el hospital, los dos lugares donde más a menudo tendría que realizar su trabajo. Empezaba una vida nueva en Providence y no podía estar más feliz.

Al llegar a la recepción del sanatorio, la chica sentada al otro lado del gigante escritorio avisó al director del centro, el señor Insmouth, quien apareció al momento, con una falsa sonrisa surcándole el rostro, y unas ojeras que se divisaban desde un kilómetro. Murphy saludó a Insmouth y le acompañó a su despacho, donde éste quería hablarle en privado.

—Bien, pues usted dirá.

—Lo primero, doctor Murphy, es agradecerle que haya venido con tanta celeridad. Es un placer conocerle, y estoy seguro que de que trabajaremos muy bien juntos. Aunque, si le soy sincero, me hubiera gustado que nos conociéramos en otra situación, con un caso menos... traumático.

—¿De qué se trata? —inquirió el doctor.

—Verá... Como ya puede imaginar, aquí tenemos a todo tipo de pacientes, más de cincuenta, con trastornos mentales desde transitorios hasta muy graves. No es fácil dirigir un centro como éste, porque seamos sinceros, estos locos siempre dan mucha lata, y uno no puede estar nunca tranquilo... Pero al final te acostumbras incluso a vivir entre maníacos, que se le va a hacer...

Murphy se empezaba a poner nervioso, dada la poca habilidad de Insmouth por ir al grano, y su total falta de educación al hablar de aquella manera de los enfermos, casi como si no fueran personas.

—El caso, señor Murphy, es que tenemos a un paciente especialmente peligroso... Un tipo de 42 años que llegó aquí hace tan solo un mes, pero que lleva casi desde el primer momento dándonos problemas. Es tremendamente agresivo y hemos tenido que mantenerlo aislado todo este tiempo.

—Ya veo... ¿Qué tipo de enfermedad tiene?

—Esquizofrenia aguda paranoide. Dice que escucha cosas, una especie de voz que viene de los infiernos y que le habla de muerte, caos y destrucción. Afirma que cada vez la escucha más fuerte, como si estuviera más cerca.

—Me imagino que le habrán implementado algún tratamiento, ¿verdad?

—Lo hemos intentado, señor Murphy, créame que hemos hecho lo imposible, pero es muy complicado que pueda estarse quieto para suministrarle las pastillas, ni siquiera con la camisa de fuerza.

—¿Y qué quiere que haga exactamente? —preguntó nervioso el doctor.

—Usted es un hombre de mundo, doctor, ha estudiado en buenas universidades y ha conocido muchos casos... Tal vez nos pueda dar alguna pista sobre su estado que a nosotros se nos pasa. Creo que está mejor capacitado que cualquiera de los médicos que trabajan aquí para saber cuál es la situación exacta del paciente y en consecuencia… bueno, tal vez cambiar el tipo de tratamiento que le hemos puesto.

Murphy tragó saliva. Aquel tipo quería que revisase a un individuo que, por lo que le había contado, estaba a todas luces loco de remate, y además era peligroso. El fantasma de la agresión en Pittsburgh volvió a sobrevolar su mente. Sin embargo, se vio a si mismo asintiendo a la petición de Insmouth y levantándose para acompañarle hacia la habitación donde tenían al paciente.

Lo de habitación no era más que un eufemismo y Murphy lo sabía perfectamente. Aquella gente mantenía al demente encerrado en una celda acolchada, para que no pudiera herirse a sí mismo ni a los demás. Al llegar al lugar, pudo verle desde la ranura acristalada de la puerta. El paciente era totalmente calvo y tenía la cabeza agachada. Se encontraba sentado sobre la pared del fondo de la celda, frente a la puerta, en un rincón. No se movió durante los dos o tres minutos que Insmouth y Murphy permanecieron allí, y parecía no haberse percatado de su presencia.

Insmouth instó al doctor a entrar en la celda, acompañado por supuesto de dos agentes de seguridad, para tratar de entablar una conversación con el demente. Murphy pensó en negarse en redondo, pero era su primer día de trabajo y no quería quedar mal. Sabía que no estaba obligado a hacerlo, pero aun así… Aceptó con la condición de que encadenaran a aquel tipo y no pudiera moverse de donde estaba.

Sorprendentemente, cuando los cuatro hombres de seguridad accedieron a la celda para encadenar al loco, éste ni se inmutó. Al contrario que en otras ocasiones, cuando había atacado sin piedad a todo el que se acercaba, incluso a mordiscos, esta vez se quedó totalmente quieto, inmóvil, sin siquiera levantar la cabeza para mirarles.

Un poco más seguro, Murphy entró en aquella celda, y colocado junto a la puerta, a una distancia prudencial, trató de entablar una conversación con el paciente:

—Hola Stuart. Mi nombre es Brian Murphy, y quiero ayudarte a que te pongas mejor. ¿Qué tal estás hoy?

El paciente no respondió. No levantó la cabeza para mirarle ni dijo nada. Murphy volvió a preguntarle un par de veces, pero seguía sin dar resultado. Cuando ya estaba a punto de perder las esperanzas, el loco comenzó a mascullar algo entre dientes, al principio ininteligible, para luego ir alzando la voz poco a poco.

—...es una abominación sin ojos, con siete bocas, en su mano derecha sostiene una estrella muerta, y en su mano izquierda sostiene la vela, cuya luz es la sombra y se tiñe con la sangre de Am Dhaegar. Seis de sus bocas hablan en lenguas diferentes, cuando el momento llegue, la séptima cantará la canción que pondrá fin a la Tierra.

Murphy estaba comenzando a asustarse de verdad, pero no era nada en comparación con lo que sintió cuando aquel tipo levantó la cabeza y pudo verle el rostro. Las cuencas de sus ojos estaban vacías y sangraba abundantemente por ellos. Toda aquella sangre le caía hacia su boca, que exhibía una macabra sonrisa que heló la sangre del doctor.

—Él se acerca... Él se acerca... Él se acerca....

Aquel loco repetía una y otra vez aquello, y Murphy, horrorizado de puro pánico, buscaba a tiendas la puerta para salir de aquella celda cuanto antes. No llegaría a conseguirlo. El demente lanzó un grito brutal y casi demoníaco que el doctor sintió como si fuese un puñetazo en la cara:

—¡¡¡ZALGO!!!

En ese momento, un gigantesco tentáculo salió de la boca del loco y agarró a Murphy, rodeándole todo el tronco. El médico quiso resistirse pero era inútil. Aquel tentáculo poseía una fuerza sobrenatural y cada vez se apretaba más. Al cabo de pocos segundos, el cuerpo del doctor Murphy reventó por completo, esparciéndose por toda la celda, antes blanca, y convirtiéndola en un infierno rojo y oscuro de sangre, vísceras y órganos.

La historia

La manera en cómo Zalgo se ha acabado convirtiendo en una de las creepypastas más conocidas y célebres de Internet es tan bizarra como la propia historia que cuenta, aunque en realidad, se centra más en un personaje que en una historia en sí. Zalgo es lo que está por venir, lo que se acerca, ese terror que todos hemos sentido dentro alguna vez, multiplicado por mil, por infinito, una fuerza sobrenatural que representa todo el mal que puede existir en la Tierra.

Se cuenta que Zalgo no tiene una forma definida porque es el mal en su más cruel concepción. Aunque la leyendas que se han ido creando sobre él afirman que posee tentáculos y también siete bocas. Con seis de ellas habla seis idiomas diferentes, y con la última, la séptima, cantará la canción que pondrá fin a este mundo, cuando llegue el momento. Zalgo es causa y consecuencia de las guerras, el caos, la muerte y la destrucción, de todo lo malo y perverso que asola nuestro mundo.

Algunos han intentado describir a Zalgo con palabras, algo bastante complicado teniendo en cuenta su naturaleza sobrenatural y horripilante. Este podría ser el resultado:

"Él espera detrás de la pared, en un palacio de cristal torturado, servido por legiones forjadas a partir de las lágrimas de los muertos sin descanso, vestidos con armaduras talladas en el sufrimiento de las madres. Él es la mente de colmena que confunde a los vivos, y perpetúa la tortura de los condenados, él toma los ojos, la ventana del alma, y elimina la capacidad de sentir cualquier cosa que no sea nada más que dolor, una vez que los ojos son removidos, el alma es removida, el cascaron viviente es el testimonio de la crueldad y la condenación eterna.

No puede ser detenido, así como el miedo no puede ser detenido, es inseparable de la realidad, ya que existe más allá del velo... esperando.

Él espera detrás de la pared delgada que ha construido en su alma, él espera... pero ha de liberarse... y ha de venir.

Es una abominación sin ojos, con siete bocas, en su mano derecha sostiene una estrella muerta, y en su mano izquierda sostiene la vela, cuya luz es la sombra y se tiñe con la sangre de Am Dhaegar. Seis de sus bocas hablan en lenguas diferentes, cuando el momento llegue, la séptima cantará la canción que pondrá fin a la Tierra"

Llegados a este punto, parece obvio relacionar a Zalgo con los mitos de Cthulhu del célebre escritor norteamericano H.P. Lovecraft, quien en la década de los años 20 creó toda una nueva estirpe de demonios y seres sobrenaturales que llevan un siglo aterrorizando a los lectores. Influencia innegable de todo aquel que se ha dedicado al terror en estas últimas décadas, desde el cine hasta la literatura, el horror sobrenatural no se vería de la misma forma si no fuera por Lovecraft. Y sin embargo, el propio creador de Zalgo niega que el origen de su monstruo venga de ese tipo de influencias.

El 27 de julio de 2004, el usuario Goon Shmorky cuelga en el foro de Something Awful una serie de viñetas sacadas de los comics Archie y Nancy, bastante conocidos en Estados Unidos. Las viñetas tienen algo muy especial, y es que el comportamiento de los protagonistas es errático y extraño. En todas ellas, los personajes invocaban a una especie de entidad maligna, llamada Zalgo, que les provocaba unas lesiones y deformidades extremas en el cuerpo. Dado el bizarrismo de las escenas, se dio por sentado que habían sido modificadas por el propio Shmorky, como así era.

La creación de Shmorky tenía todo el potencial para convertirse en un nuevo meme de Internet, y se hizo bastante conocida en el propio foro Something Awful. Sin embargo, no fue hasta 2008 cuando Zalgo empieza a aparecer en muchas otras páginas y blogs de Internet, siempre en las mismas situaciones, en viñetas de comics como Gardfiel o Ctrl+Alt+Del que han sido cambiadas y retocadas para introducir a esta maligna entidad en ellos.

En 2009, la expansión de Zalgo se hace más patente gracias a su llegada a 4Chan, que parece el paso previo a la fama de todas estas creepypastas. A su vez, la mitología sobre el personaje se hace cada vez más patente. Se le relaciona con la destrucción y el caos, con el todo el mal concentrado del mundo. Se le identifica también con personajes y dibujos deformes, con las cuencas de los ojos vacías, otorgándoles un aspecto realmente aterrador.

A partir de ese momento, el éxito de Zalgo se convirtió en algo global en Internet, y su propio creador Goon Shmorky realizó una serie flash que colgó en Something Awful en octubre de 2011, cuando el mito de Zalgo ya había llegado a millones de usuarios en la red, convirtiéndose en una de las creepypastas más conocidas. Existe también una tendencia a relacionar el llamado Scrambled Text (texto revuelto) con la aparición de Zalgo. El texto revuelto aparece en algunos foros por fallos del sistema, o también son creados de manera consciente para provocar una sensación de caos en el lector. Actualmente se pueden encontrar en Internet varios generadores de texto revuelto, y Zalgo siempre está presente en ellos, como una entidad capaz de alterar el orden del mundo.

Debido a todos los rumores acerca del nacimiento y origen de este meme de Internet, el autor Goon Shmorky reconoció que había sido una simple invención suya, sin más influencia que su propia mente y sus ideas, posiblemente perturbadas. Estas son las palabras que dejó en el foro Something Awful, que vio nacer al personaje, en agosto de

2009, cuando alcanzó uno de sus mayores picos de fama:

"Me gusta como la gente adivina el origen del "meme". Yo no entiendo de donde viene originalmente. Les diré que viene de mí, yo solo lo hice. Zalgo es algo horrible. Zalgo es un meme asesino que editaran en el futuro. No tiene nada que ver con Lovecraft. No soy tan friki como para hacer ese tipo de referencias."

Aunque no lo reconozca abiertamente, es muy posible que de manera subconsciente, Shmorky hubiera tomado algo de la mitología lovecraftiana para su creación. Tal vez no directamente de los mitos de Cthulu, pero puede que sí de películas basadas en ellos, como pueden ser Alien, La Cosa o tantísimas otras, que forman ya parte de la cultura popular desde hace décadas.

EXPERIMENTO RUSO DEL SUEÑO

Base secreta en algún lugar de la Unión Soviética. Marzo de 1948.

Investigadores soviéticos, auspiciados por el ejército del país, decidieron llevar a cabo un experimento médico para determinar la importancia del sueño en el comportamiento humano. Se escogió a cinco presos de guerra, considerados enemigos de la patria, y se les encerró en una habitación con libros, mantas y comida para un mes. Se les hizo la promesa de que si ponían de su parte en el experimento se les dejaría en libertad, por lo cual accedieron.

La habitación era inundada por un gas estimulante que ayudaba a los sujetos a mantenerse despiertos, a la vez que también se les insuflaba el oxígeno necesario para poder seguir respirando normalmente. Se monitoreaban sus acciones a través de micrófonos instalados en la habitación, y también por ventanas colocadas en las paredes de la misma, tras las cuales los investigadores irían tomando nota de cualquier comportamiento reseñable por parte de los sujetos.

Los cinco primeros días pasaron sin apenas incidentes. El comportamiento de los sujetos era bueno, aunque notaron que conforme pasaba el tiempo, iban rememorando sucesos traumáticos de su infancia, cada vez de manera más vivida. Sin embargo, a partir del sexto día la situación se complicó. Los sujetos comenzaron a quejarse y se dieron los primeros atisbos de paranoia. Dejaron de hablar entre sí y mascullaban confesiones a los micrófonos, tratando de "vender" a sus compañeros, creyendo que de esa forma lograrían salvarse. Los investigadores pensaron que esto probablemente sería un efecto secundario del gas estimulante que se les suministraba.

El noveno día, uno de los prisioneros comenzó a gritar y a correr de manera errática por la habitación durante más de tres horas, tras lo cual apenas podía articular sonido alguno con su garganta. Los científicos estimaron que debía haberse destrozado las cuerdas vocales por el esfuerzo. Un segundo sujeto comenzó a hacer exactamente lo mismo después de que el primero parara, mientras que otros dos se dedicaban a pegar sus propias heces en los libros de las estanterías, y los colocaban en las ventanas, haciendo imposible que los investigadores pudieran seguir controlando visualmente sus movimientos. Estos decidieron dejarlo pasar y seguir monitoreando a los sujetos solo por los micrófonos. Sin embargo, los murmullos y gritos cesaron casi al instante.

Pasaron los días y aquellos micrófonos seguían sin emitir sonido alguno, lo cual desconcertó a los investigadores. Dado el consumo de oxígeno dentro del cuarto, los sujetos debían permanecer vivos, pero era demasiado extraño no escuchar absolutamente nada con cinco personas allí dentro. En la mañana del decimocuarto día se tomó la decisión de utilizar el intercomunicador para tratar de obtener una respuesta por parte de los sujetos. Era algo indebido en el experimento, pero los investigadores pensaron que era la última opción que les quedaba.

Anunciaron a los prisioneros que se abriría la habitación para comprobar que estaban bien, por lo que debían acostarse en el otro extremo de la habitación con las manos detrás de la cabeza, o de lo contrario se les dispararía. El desconcierto de los investigadores fue máximo al escuchar por primera vez una voz que hablaba a través de los micrófonos del interior del cuarto. De manera calmada, la voz decía "No queremos ser liberados".

Tras debatirlo durante unas horas, en la medianoche del decimoquinto día los científicos decidieron entrar en el cuarto, para lo cual pararon el gas y lo llenaron de aire limpio. Tres de los sujetos protestaron y pidieron de forma reiterada que volvieran a encender el gas. Al abrir el cuarto para sacar a los sujetos, se descubrió que solo cuatro de ellos estaban vivos. El otro había muerto, posiblemente asesinado, y había sido desmembrado por sus compañeros. Estos mostraban heridas muy profundas al haberse arrancado pedazos de piel, en algunos casos dejando incluso a la vista sus órganos internos, en el caso del abdomen. Al intentar sacarlos, los sujetos gritaron como nunca y opusieron mucha resistencia.

Los soldados encargados de sacarlos eran fuerzas especiales rusas, y aun así quedaron atemorizados por aquello. Uno de ellos murió al ser mordido en el cuello por uno de sus sujetos, que trataba de zafarse de él salvajemente. Otro quedó gravemente herido después de que otro de los sujetos le mordiera la arteria femoral y los testículos. En las semanas siguientes a la extracción, cinco de estos soldados se quitaron la vida, posiblemente traumatizados por lo que habían visto allí adentro.

En esa extracción, uno de los sujetos murió al herirse el bazo y sangrar de forma abundante, mientras los científicos trataban de administrarle morfina. Sus otros tres compañeros fueron llevados a unas instalaciones médicas para su revisión y sanación. Dos de ellos conservaban las cuerdas vocales en buen estado, y pedían constantemente el ser devueltos a aquella habitación y disponer de nuevo del gas con el que les habían tratado desde el principio del experimento. El otro, quien empezó a gritar hasta desgarrarse la garganta, fue operado sin anestesia, al haber hecho esfuerzos por que no se la pusieran. No se inmuto durante toda la operación y al terminar, el doctor encargado de la misma se dio cuenta de que trataba de decirle algo, pero no podía. Al entregarle un papel y un lápiz para que escribiera lo que quería, el sujeto solo manifestó "Siga cortando".

Los otros dos sujetos fueron paralizados a través de anestesias, para poder realizarles las operaciones pertinentes e intentar recolocar todos sus órganos en su sitio. Al terminar dichas operaciones, los doctores trataron de sonsacarles las razones por las cuales se habían herido a sí mismos y por las que pedían constantemente volver a ser encerrados con el gas. Ellos simplemente decían que debían seguir despiertos. Se decidió devolverlos a la habitación al considerar los altos mandos militares que el proyecto podía tener interés. Durante la preparación para encerrarlos de nuevo en la habitación, los tres sujetos fueron conectados a un monitor EEG. Seguían peleando y tratando de zafarse hasta que supieron que iban a volver a encerrarles con aquel gas que les permitía seguir despiertos. Entonces pararon.

Al poco tiempo, uno de los sujetos murió después de que su corazón se parara varias veces, y volviera a latir al instante. Parecía que al cerrar los ojos y dormirse, estos sujetos acababan muriendo. Al ocurrir aquello, el sujeto que todavía podía hablar, comenzó entonces a gritar pidiendo que le encerraran enseguida. El comandante militar al mando decidió hacerlo así y encerrar a los dos sujetos que todavía estaban vivos, junto con otros tres científicos. Estos se negaron en rotundo y, viendo que su destino iba a ser fatal, uno de los investigadores tomó un arma y mató al comandante al mando de un disparo entre los ojos. No dudó mucho en hacer lo mismo con el sujeto mudo, que permanecía asustado. Sus compañeros huyeron despavoridos tras este repentino ataque de furia, y el investigador se quedó solo con el arma y el único sujeto superviviente, que estaba atado en un camastro.

—¡No me van a encerrar allí contigo! ¡Ni siquiera sé lo que eres¡

El sujeto sonrió de una manera terrible:

—¿Tan fácilmente te has olvidado de mí? Somos vosotros. Somos la locura que está encerrada en todos ustedes, rogando por ser libre en cada momento de tu vida, desde lo más profundo de su mente animal. Somos aquello de lo que te escondes en tu cama todas las noches. Somos lo que duermes, silencias y paralizas cuando te vas a tu cielo nocturno, donde no te podemos alcanzar.

Horrorizado, el investigador decidió que ya había sido suficiente y le disparó en el corazón al sujeto. Todavía conectado al monitor EEG, su corazón tardó poco en pararse, mientras el pobre diablo apenas podía susurrar sus últimas palabras:

—Casi… tan… libre

La historia

Esta creepypasta juega con la sensación que todos los seres humanos tenemos al pensar en lo que los gobiernos nos pueden ocultar, en qué tipo de experimentos macabros y terribles se habrán llevado a cabo a lo largo de la historia sin que lo sepamos. El llamado Experimento Ruso del Sueño es, según lo hemos descrito aquí en la historia, una invención de algún usuario de la red. Lo cual no quiere decir que un experimento de este tipo no pudiera haber sido llevado a cabo por algún gobierno, incluso en las mismas condiciones que se comentan en la historia.

Es uno de los mejores ejemplos para exponer como las creepypastas se aprovechan de la delgada línea que, en muchas ocasiones, divido lo real de lo falso, lo auténtico de lo inventado. No podemos afirmar categóricamente que este tipo de experimentos no se hayan llevado a cabo en algún momento, y menos después de conocer lo que los nazis hacían en su tiempo. Pero no solo ellos experimentaron con llevar las capacidades del ser humano más allá. Seguramente todos los grandes servicios de inteligencia lo hayan hecho, y probablemente lo sigan haciendo hoy en día, aunque no podemos estar seguros de ello, ni comprobarlo empíricamente, al menos por ahora.

Así pues, uno puede creer la historia que se cuenta como creepypasta tal cual es, o simplemente entender que es una invención de alguien que ha querido aprovechar esa duda existente en lo que concierne a esa etapa oscura de la Unión Soviética que siguió a la caída del telón de acero. Nosotros vamos a ceñirnos a contar el origen y expansión de la creepypasta, como hemos hecho con todos los demás, de manera cronológica.

El Experimento Ruso del Sueño aparece por primera vez en el blog de Wordpress Rip747, donde su autor cuelga la historia, aclarando que la ha recibido a través de un correo electrónico de su hermano. Se desconoce, por lo tanto, el creador primigenio de la creepypasta (en caso de que el autor del blog diga la verdad y no sea una invención suya, que también es posible). El caso es que la historia pronto empieza a propagarse por otros blogs y páginas, como el tablón de miscelánea del foro Body Building (que poco tiene que ver con el misterio). Un año después, la historia llega a Creepypasta Wiki, haciéndola "oficial" en todo Internet y propiciando una mayor expansión entre los usuarios.

Sin embargo, el creepypasta ganó verdadera fama en los años 2012 y 2013, especialmente gracias a varios vídeos de Youtube en los que se contaba esta extraña historia del experimento ruso del sueño. En octubre de 2013, el usuario MrCreepypasta, especializado en subir vídeos sobre este tipo de historias, colgó el del experimento ruso del sueño, combinando la locución del texto con una serie de perturbadoras imágenes en blanco y negro, formato que luego sería copiado por muchos otros usuarios a la hora de subir su versión de esta creepypasta. Hay que mencionar que el vídeo de MrCreepypasta ha conseguido, en menos de un año, más de 12 millones de visitas.

Es sorprendente que esta creepypasta se haya mantenido inalterada a lo largo de todo este tiempo, sin que nadie haya cambiado ni una sola coma de la historia que se ha ido copiando y pegando en los diferentes foros y blogs. Por ello, nosotros también hemos querido mantenernos fieles a dicha historia, y traducirla de una forma algo más resumida a lo que se suele hacer comúnmente en Internet. No resulta ni mucho menos complicado encontrar la versión completa, tanto la original en inglés, como la traducida en español.

A pesar de que la trayectoria de la creepypasta es bastante clara, todavía existen muchos usuarios en Internet que lo toman como una historia totalmente auténtica. Tal vez sea la falta de un autor reconocido, como si ocurre en otros casos, lo que permite que se especule con la posibilidad de que la historia pueda ser real. La falta de pruebas es un arma de doble filo tanto para los defensores de esta teoría, como para los que afirman que es solo una invención. Y es que al no poder comprobarlo, ni unos ni otros pueden demostrar fehacientemente que su versión sea la correcta.

En lo que sí podemos profundizar un poco más es en la parte real de este experimento, el interés de la ciencia por conocer los efectos que la privación del sueño puede acarrear en el ser humano. Dicho interés sí que es evidente a lo largo del siglo XX, e incluso desde mucho antes, pero no fue hasta 1964 cuando se pudo comprobar científicamente que el estado de vigilia continuado puede suponer un grave peligro para la vida de cualquier persona. El experimento más intenso de privación del sueño del que se tiene documentación sirvió para que Randy Gardner, un joven estadounidense de solo diecisiete años, batiese el record del mundo de la persona que aguantaba más horas sin dormir.

Gardner se presentó voluntario a este experimento y logró mantenerse despierto durante once días, 264 horas. Y todo ello sin ningún tipo de estimulación, solo con su propia fuerza de voluntad. Durante todo el experimento, tanto la salud del joven como su comportamiento fueron estudiados al milímetro, en lo que es posiblemente el mejor estudio sobre la privación del sueño que se haya realizado nunca. Según el catedrático de Stanford William Dement, los efectos de estar once días sin dormir no son tan extremos como cabría esperar, al menos en el caso de Gardner. Aparte del recurrente mal humor y la pérdida de concentración, Dement no encontró ninguna otra alteración reseñable, llegando a atestiguar que el sujeto llegó a ganarle una partida de pinball cuando llevaba ya diez días sin dormir.

Sin embargo, el propio Gardner confirmó haber sufrido alucinaciones a partir del quinto día sin dormir, que se fueron acentuando conforme pasaban las horas sin sueño. Esto se correspondía con unas alteraciones cognitivas importantes a partir del octavo día sobre todo, que fueron captadas gracias al monitoreo constante al que el sujeto era sometido. Sin embargo, después de batir el record, Gardner llegó a ofrecer incluso una rueda de prensa en la que contestó a preguntas y expuso su experiencia, en un aparente buen estado de salud. En las siguientes semanas, Gardner recuperó su estado normal de sueño y no sufrió ningún tipo de efecto a largo plazo.

A lo largo de estas décadas, parece que varias personas han sido capaces de batir el record de Gardner, aunque se tiene poca información sobre ello y mucho menos una comprobación oficial. A pesar de que probablemente ya no sea la persona que más tiempo ha logrado mantenerse despierto, el experimento al que se sometió Gardner propició un estudio detallado de las consecuencias de la privación de sueño en el ser humano, que ha sido muy útil en este campo desde entonces.

BEN DROWNED

Universidad de Portland, Oregón (Estados Unidos). Septiembre de 2010

Alex no podía dormir. Apenas cerraba los ojos, la imagen de aquella terrorífica estatua sin cara aparecía en su mente. Era como si estuviese allí, esperándole, sabiendo que tarde o temprano caería en el sueño, en la pesadilla donde tendría vía libre para destrozar su mente, si es que no lo estaba haciendo ya... ¿Cómo era posible que aquello le estuviese sucediendo a él, un chico normal de solo 20 años? Es el tipo de historia que uno escucha por ahí, o lee por Internet, y se ríe pensando que es una broma pesada.

Y sin embargo, Alex no podía negar lo que le había ocurrido aquel día. Decidido a dar una vuelta por la ciudad, se encontró uno de esos mercadillos que se hacen cada cierto tiempo en algunos barrios, para que los vecinos vendan sus cosas usadas. Para echar el rato, decidió pasear en busca de algo interesante. Y lo encontró, desde luego que lo encontró. Al llegar a la altura de la casa de un anciano con apariencia algo tétrica, Alex se fijó en una caja bastante desordenada que había sobre una mesa. Allí, sobresaliendo entre todos los demás chismes, estaba aquel cartucho negro con letras rojas. Se trataba de una especie de copia pirata de Majora´s Mask, o al menos eso pensó Alex al leer el nombre del cartucho. A él le encantaban los juegos de Zelda, y decidió llevárselo.

El anciano le dijo que era totalmente gratis, y se despidió de él. O eso pensaba Alex. En realidad, aquel anciano se despedía del cartucho, al que había llamado Ben, o algo así. Alex lo descubrió cuando, al meterlo en la consola, vio que había ya un archivo guardado en el juego, precisamente con ese nombre, Ben. Aquella partida estaba ya bastante avanzada, y lo que Alex quería era jugar, así que decidió comenzar un juego nuevo, como siempre, eligiendo el nombre de Link, el protagonista principal, para su partida.

Todo iba bien, salvo aquel estúpido bug por el cual los otros personajes le llamaban Ben, en lugar de Link. Al principio Alex no le dio mayor importancia, pero llegado a cierto punto de la partida, decidió borrar el otro archivo guardado, el llamado Ben, pensando que así se arreglaría el fallo. Sin embargo, desde entonces los personajes de sus partida no le llamaban de ninguna forma en los textos sobre la pantalla, solo aparecía un espacio en blanco. Aquello le molestaba, pero al fin y al cabo podía pasar.

Sin embargo, al llegar la noche, las cosas empezaron a ponerse extrañas de verdad. Después de intentar un pequeño truco en una de las zonas del mapa, cuando debía aparecer en la torre del astrónomo, su personaje cayó en la sala del jefe final, el llamado Skullkid (Chico Calavera). Alex no entendía absolutamente, y trató de salir de allí por todos los medios, pero el maldito juego no hacía más que bugearse y no se lo permitía. Cuando por fin consiguió abandonar aquella pantalla, todo se volvió más tenebroso.

Apareció en el nivel de la Torre del Reloj, aunque todo estaba muy distorsionado, como más oscuro y tétrico. Se escuchaba la música al revés, y Alex comenzó a pensar que aquellos bugs no eran normales, sino que estaban hechos a propósito para causar miedo. ¿Pero por qué? ¿Con qué razón? Alex continuó jugando, pero cada vez más asustado. Su personaje era perseguido por una temible estatua sin cara (la imagen que ahora también le perseguía en sueños) y cuando trataba de huir de aquella zona del juego, siempre pasaba algo extraño y volvía al mismo lugar. A veces aparecía Skullkid junto a él, y al tratar de atacarlo, su personaje moría de una forma terrible, como nunca antes lo había visto en el juego. Aquello era imposible, pensaba Alex, debía tratarse de una broma.

Pero los sucesos extraños continuaban en el juego, y Alex tenía la sensación cada vez más clara de que algo o alguien se estaba tratando de comunicar con él a través de su personaje. Después de morir varias veces, la imagen de Skullkid apareció junto a la de su propio personaje muerto, con el rótulo "Has encontrado un destino terrible,

¿verdad?". Muy asustado, Alex volvió a la pantalla de inicio, y se dio cuenta que el archivo con el que había estado jugando había desaparecido, y en su lugar había otro llamado TU TURNO, con solo tres vidas y sin ninguno de los ítems conseguidos anteriormente.

Al tratar de jugar esta partida, la imagen de Skullkid junto a Link muerto volvía a aparecer mientras una risa malévola se escucha cíclicamente, una y otra vez. Alex pensó que todo aquello debía ser una maldita broma de mal gusto, y reseteó la consola. Al intentar iniciar el juego de nuevo, se dio cuenta de que se había creado otro archivo junto al de TU TURNO. Se llama Ben.

Alex no pudo más y siendo ya muy tarde decidió apagar la consola e irse a dormir para descansar y olvidar todo aquello. Tal vez al día siguiente podría descubrir porque el juego era tan extraño. Puede que fuera simplemente algún chiste entre los creadores del juego, o algún programador que había hecho su propia versión macabra del mismo.

Alex seguía sin poder pegar ojo, y decidió que al día siguiente volvería a buscar al hombre que le dio el juego, para pedirle explicaciones. Quizá jugando a la partida de Ben podría descubrir la solución…

Solo que Alex no consiguió dormir absolutamente nada en toda la noche. Y curiosamente, ese fue el inicio de la peor de sus pesadillas.

La historia

Las creepypastas, en su mayoría, se idearon para ser copiados y pegados fácilmente en blogs, páginas web o incluso en correos electrónicos. Son historias normalmente cortas que tienen como centro el terror, en muchas ocasiones relacionado con las nuevas tecnologías. Pero también existen otras creepypastas mucho más amplias, con una historia muy bien elaborada detrás. Es el caso de Majora´s Mask, también conocido como Ben Drowned (Ben ahogado en su traducción al español).

Esta creepypasta fue ideada por Alexander D. Hall, un joven estudiante de segundo año de la universidad, quien la creó por las noches y en sus ratos libres, cuando apenas tenía 20 años. Alexander ideó toda una truculenta historia acerca de un cartucho de Zelda presuntamente maldito por el espíritu de un joven llamado Ben, que murió ahogado en extrañas circunstancias en 2002, en la misma casa donde su alter ego de internet, el usuario Jadusable, consiguió encontrar ese cartucho. Alex pensó en esta historia no solo como una creepypasta normal y corriente, sino como un juego de realidad alternativa (ARG en sus siglas en inglés), con varias fases de la historia y la utilización de medios reales para contarla. Incluso pensó en poder interactuar directamente con todos los que participaran en ella, leyéndola o formando parte del juego de un modo u otro.

Tras crear el argumento de la historia, Hall consiguió recrear todo lo que contaba acerca de las extrañas situaciones que se estaban dando con su juego de Majora´s Mask, y grabarlas en vídeo, para tener así un buen soporte sobre el que sostener su historia. Se hizo pasar por un usuario cualquiera en el foro /x/ de 4chan, sabiendo que era el lugar idóneo para lanzar una bomba como la que tenía preparada. El 7 de septiembre de 2010, Jadusable cuelga su primer post en este foro, hablando sobre la experiencia que había tenido con el supuesto cartucho encantado de Majora´s Mask. En los días siguientes otros dos mensajes son posteados por Jadusable, contando como la cosa está yendo a más en cuanto al juego, y haciendo que la historia se vuelva interesante para los usuarios de aquel foro. En cada actualización, Jadusable subía igualmente un vídeo a Youtube, atestiguando que todo lo que contaba era verdad, una prueba que hizo que muchos creyeran toda la historia desde el primer momento.

El cuarto vídeo subido traía una descripción inusual, ya que era el propio compañero de dormitorio de Jadusable el que hablaba, no él. Al parecer, el usuario se había marchado a casa, después de quedar muy afectado por todo lo que le había ocurrido con el juego. Su compañero aseguraba no saber mucho más del asunto, solo que Jadusable le había dejado un pendrive con un vídeo llamado Free.wmv, para que lo colgara el día 15 de septiembre, junto a un archivo de texto llamado TheTruth.txt, donde tendría anotadas todas las cosas que le habían sucedido en los últimos días. Todo esto, obviamente, formaba parte de la estrategia de Alexander Hall para dotar de mayor credibilidad a su historia.

Llegó ese día 15 de septiembre y el archivo de texto se pudo descargar, comprobándose que eran las anotaciones del propio Jadusable desde el primer día que compró el juego. Al parecer, a partir del segundo día (8 de septiembre), Jadusable se pudo comunicar con el supuesto espíritu de Ben a través de la aplicación Cleverbot, un bot de Internet que suele dar respuestas relativamente inteligentes a las preguntas que la gente le hace. A través de esta aplicación, Jadusable y Ben mantienen una conversación. Éste último le pide que le libere, porque ahora va a tomar el control de su ordenador. Todo ello viene anotado en cada hora, de forma cronológica, viendo como Jadusable va perdiendo las fuerzas y las esperanzas poco a poco, y como empieza a volverse loco, sufriendo pesadillas y sintiendo que algo sobrenatural está ocurriendo, no solo en el juego, sino afectando a su propia vida.

En los días posteriores al posteo del último vídeo y del archivo de anotaciones, el canal de Jadusable en Youtube cambia, como si el propio Ben hubiera tomado también el control de eso, colocándose el enlace a una página llamada youshouldnthavedonethat.net (nodebistehacereso.net traducido al castellano), una página en la que se hablaba sobre una supuesta secta llamada Moon Children (curiosamente, hijo o chico de la luna). Esta página formaba parte de la segunda fase de la historia planeada por Alex Hall para continuar con su juego de realidad alternativa.

Tan solo tres días después de esto, el 20 de septiembre, Alex Hall decide desvelar por fin la verdad y reconoce ser Jadusable, el usuario responsable de toda la historia, que por supuesto, es falsa. Éste es su mensaje, traducido al castellano:

"Yo tengo un montón de emails ahora mismo, pero estad seguros de que contactaré con todos y cada uno de vosotros para responderos. Muchas gracias por vuestro interés en esta historia, y gracias por apoyarla. Solo para que todo el mundo lo entienda – la historia no se ha terminado todavía, pero se ha parado por ahora. Revisad la barra de menú para nuevos links en la parte de Archivo/Historia/Preguntas y Respuestas, llegarán todos mañana."

Alex Hall reveló que la historia se le había ocurrido mientras estaba en la universidad, y que era todo un montaje, lo cual no evitó que siguiera adelante con este juego de realidad alternativa, ahora que había llamado la atención de tanta gente. Cabe destacar que, aunque muchos usuarios siguieron con interés la historia, creyéndola desde el primer momento, otros tantos pensaron desde el principio que todo era una farsa, e incluso mostraron la forma en la que Jadusable habría manipulado los vídeos para apoyar sus teorías. El usuario HolyHeeroYui colgó un vídeo explicando los métodos para manipular el juego de manera que la gente pudiera creer que todo lo posteado por Jadusable sucedía realmente mientras jugaba. Este vídeo fue colgado en plena vorágine de la historia, el 12 de septiembre.

La historia en sí, en formato de creepypasta, fue colgada completa, incluyendo los registros de notas del archivo TheTruth.txt, en el foro Within Hubris bajo el nombre de "El cartucho encantado: la historia completa", el 21 de Febrero de 2011, tan solo unos meses después de que Jadusable la lanzara a la red. Desde ese momento siguió expandiéndose por diferentes foros, sobre todo dedicados al misterio, las creepypastas y, como no, a los juegos. También se crearon los primeros vídeos contando la creepypasta en Youtube, aparte de los subidos por Jadusable.

Una gran influencia en la expansión de esta creepypasta la tuvieron las imágenes sacadas del mismo con las frases más lapidarias, como You´ve met with a terrible fate, haven´t you? (Te has encontrado con un terrible destino, ¿verdad?) o You shouldn´t have done that… (No debiste haber hecho eso...), que se multiplicaron como memes por todo Internet, otorgándole mayor fama a la historia sobre el cartucho encantado de Majora´s Mask y Ben.

En lo que respecta al juego de realidad aumentada ideado por Alexander Hall, más allá de la creepypasta comúnmente conocida, hay que añadir que durante el arco 2, la segunda fase de la historia, se profundizó mucho más sobre los personajes de la misteriosa secta Moon Children, de la que ya se habló en el primer arco, relacionándola con Ben y su muerte. En febrero de 2011, Hall comienza con el arco 3 de su historia, a través de varios foros propios o ajenos, y centrando la información en la página web Youshouldnthavedonethat.net, además de su canal de Youtube.

El propio foro de Within Hubris, donde se colgaron por primera vez los dos primeros actos de la historia, sirvió a Jadusable para seguir con el juego en este tercer acto, a través de mensajes encriptados de forma binaria, que iba dando algunas pistas a los usuarios sobre lo que vendría después. Al poco tiempo se descubrió, a través del administrador del foro, un usuario de nombre Guide, que Jadusable estaba preparando un juego de ordenador como parte del tercer acto de esta historia. Se lanzó un tráiler del mismo, pero pocos meses después, el propio Jadusable dejó el proyecto en suspenso.

Posteriormente, el 1 de abril de 2012, Jadusable volvió a subir un nuevo vídeo a su canal de Youtube, con motivo del April Fools Day, el día de los inocentes en su versión americana. El vídeo era una simple parodia de los que había colgado en su día, utilizando a diversos personajes de los juegos de Nintendo en situaciones extrañas y divertidas, dentro del marco del universo Zelda. Alex Hall ha mantenido el juego de realidad aumentada en suspenso, hasta poder llevar a cabo el videojuego con el que poder terminar el tercer acto. Además, ha lanzado un proyecto de crowfunding para poder realizar su primera película indie, que llevará por título Methods of Revolutions. Hall ha asegurado que quiere retomar la historia del juego de realidad aumentada en el futuro.

Aunque esta creepypasta ha sido copiado tal cual, e incluso traducido a otras lenguas en su totalidad, muchos otros usuarios han cogido solo partes de la historia, la han resumido o han buscado incluso otras historias alternativas para encajarlas mejor en el estilo creepypasta, de historia de terror corte de copiar y pegar. Muchas de estas nuevas historias tratan del origen de Ben, de cómo murió y de la vida que llevaba antes de ese suceso, extendiendo el universo de la historia a un pasado del que Alexander Hall no ha contado mucho, por lo que había un terreno libre donde crear.

JEFF THE KILLER

Port-Perry, Ontario (Canadá) Noviembre de 2007

¿Sabéis? La gente piensa que una pesadilla es algo horrible, terrorífico. Y lo es, desde luego. Pero no es más que un sueño, al fin y al cabo. Nada puede hacerte daño en un sueño, no importa lo terrible que sea. Hay algo mucho peor que tener una pesadilla. Y es despertarte para vivir una todavía peor en la realidad. Lo sé por experiencia.

Aquella noche yo tuve un sueño terrible. Si digo la verdad, ni siquiera recuerdo como era, pero sí que me desperté muy sobresaltado, casi gritando. Es algo que ya me había pasado en otras ocasiones y, a los pocos segundos, ya me había repuesto, aunque mi corazón seguía latiendo a máxima velocidad. Una ráfaga de viento hizo que tiritara de frío. Miré hacia la ventana y estaba abierta. Pensé que era extraño, porque creía recordar que la había cerrado justo antes de irme a la cama. No le di mayor importancia y tras cerrarla, volví a meterme entre las sábanas.

Y entonces lo sentí. Esa sensación de que no estás solo en un lugar, aunque pienses que lo estás. Esa intuición de que alguien te está observando. Todos la hemos sentido alguna vez, y normalmente son solo imaginaciones nuestras. Pero esta vez era totalmente real. Me volví para mirar hacia arriba y allí estaban, aquellos dos siniestros y brillantes ojos, iluminados por la luz que procedía de la calle, a través de las rendijas de las cortinas. Dos ojos extraños, enormes y que parecían estar bordeados de negro... Dos ojos que me aterrorizaron de una manera indescriptible. Hasta que vi su boca.

Tenía heridas en las comisuras de sus labios, a ambos lados de la cara, formando una grotesca sonrisa que me dejó helado de puro pánico. El vello se me erizó y ni siquiera pude gritar. Pensaba que estas cosas no eran reales, que solo pasaban en las películas de miedo. Pero allí estaba aquella figura, plantada delante de mí, mirándome fijamente pero sin decir absolutamente nada. No sé cuanto tiempo estuvimos así, aunque me pareció una auténtica eternidad. Cuando por fin se movió, aquel extraño tipo se acercó hacia mí y me dijo aquella horrenda frase:

—Ve a dormir.

Una frase inocente en boca de cualquier madre que envía a su hijo a la cama. Una auténtica pesadilla cuando es un lunático el que te la dice, en tu propia habitación, y acercando su espeluznante rostro hacía ti. Mientras se aproximaba me di cuenta de que tenía la cara como quemada, dándole un aspecto de auténtico monstruo. No pude evitar el lanzar un grito, que pareció asustarle en un primer momento. Nada más lejos de la realidad.

El tipo reaccionó sacando un gran cuchillo y acercándose hacia mí mucho más rápidamente. Vi como saltaba sobre mi cama y entendí que no tenía otro objetivo más que el de acuchillarme, así que me defendí como pude. Le di un par de patadas y él también me golpeo, pero logre esquivar sus ataques con el cuchillo. Por suerte, mi padre entró en mi habitación, alertado por mi grito.

Sorprendido por aquello que estaba ocurriendo, mi padre se quedó un momento mirando hacia donde estábamos el tipo y yo. Este asesino saltó sobre él y logró clavarle el cuchillo en el hombro. Mi padre gritó de puro dolor y logró zafarse de aquel ser, que trataba de golpearle en la cabeza. En ese instante escuchamos afuera las sirenas de un coche de policía, y a través de la ventana se colaron las luces rojas y azules, estacionando en la parte delantera de la casa.

El tipo pensó que lo mejor era huir, y salió corriendo fuera de mi habitación, por el pasillo. Al poco se escuchó un sonido de cristales rompiéndose, que procedía de la parte trasera de la casa. Me acerqué allí y miré por la ventana que estaba totalmente destrozada, solo para comprobar como aquel indeseable huía a toda velocidad por la parte de atrás, mientras los policías trataban de echar abajo nuestra puerta delantera.

Al parecer, ese tipo sigue todavía huido de la ley, ya que no han conseguido capturarle. Después de contarles lo ocurrido, la policía nos comentó que no era el primer caso en el que se habían topado con aquel criminal, y que éramos afortunados. Se trataba de un asesino en serie que había conseguido matar ya a más de cinco personas en el último mes en las cercanías de la ciudad. Los policías me pidieron que les diese una descripción lo más detallada posible de aquel sujeto, ya que era uno de los pocos que había podido sobrevivir a sus ataques:

—¿Serás capaz de acordarte bien? —me preguntó el más alto de los dos.

—Jamás podré olvidarlo…

Y así es. Ha pasado ya más de un año y mi padre está totalmente recuperado. No hemos vuelto a recibir la visita de este monstruo asesino, pero aun así, yo no he logrado olvidar su horripilante cara, sus ojos tan abiertos y enormes, y especialmente, aquella forma en la que me dijo "ve a dormir".

La historia

Siendo un medio audiovisual e interactivo, Internet se ha convertido en los últimos años en el rey del entretenimiento en casa. Son muchos los que ya pasan más tiempo delante del ordenador que de la televisión, por ejemplo. Y es lógico que, por tanto, los creadores también tengan eso en cuenta a la hora de lanzar sus ideas. Aunque sean simples formas de asustar a los demás, a través de una imagen. Una imagen que resulta más extraña que aterradora, que por su rareza nos hace imaginarnos mil y una cosas diferentes. Una imagen que, gracias a la magia de Internet, puede volar literalmente alrededor del mundo en unos pocos segundos, y estremecer a millones de personas.

Una imagen, una simple imagen como la que dio origen a toda la historia de Jeff The Killer (Jeff el asesino), tan extraña y horripilante que se ha convertido en un icono de la cultura popular en la era de Internet. Una imagen aterradora, aunque lo que en ella aparece es alguien (o algo) sonriendo. En ese sentido, podríamos compararla con la creepypasta de Smile.dog. Solo que aquella parecía estar maldita y llevar a la locura a todo aquel que la viese, ya que nadie sabía de donde había salido. En el caso de la imagen icónica que representa la historia de Jeff sí que se tiene constancia de su origen, y puede ser casi igual de terrorífico que la creepypasta en sí, o más aun, porque es cien por cien real…

Basado siempre en una imagen que la ha popularizado más allá de lo que nadie podría haber imaginado jamás, la historia de Jeff es una de las favoritas entre los amantes de las creepypastas. Podemos afirmar sin miedo a equivocarnos que, con el permiso de Slenderman, Jeff es el personaje terrorífico de ficción más popular en la era de Internet. La expansión de su leyenda es un ejemplo del éxito que las creepypastas están consiguiendo en estos últimos años, donde la gente busca nuevos miedos, nuevos monstruos, una vez que ya lo ha visto todo en lo que a las películas y series tradicionales se refiere.

La creepypasta de Jeff se puede considerar multiplataforma, ya que su origen y primeros pasos están en Youtube, aunque su expansión tiene que ver también con la imagen prototípica de la creepypasta utilizada en foros, páginas webs y similares, incluso como pop-up para asustar a todo el que pinchase en él. Al hablar de la historia en sí, de la creepypasta detrás de la imagen, siempre se hace referencia a la misma y a la frase Go To Sleep (ve a dormir).

La primera vez que la historia de Jeff The Killer aparece en Internet, al menos de forma oficial, es el 3 de octubre de 2008, en un vídeo de dos minutos y medio que el usuario Sesseur sube a Youtube. El vídeo comienza anunciando una pequeña historia sobre Jeff y su hermano Liu, y continúa con la imagen de un extraño ser de rostro aparentemente blanco, con los ojos extremadamente abiertos y una sonrisa anormalmente grande, parecida a la que luce el conocido Joker de Batman. Este personaje lleva el pelo negro, y aparece en el lado derecho de la pantalla sonriendo de una manera espeluznante. Unida a una risa tétrica, la aparición de la imagen puede asustar a cualquier que vea el vídeo, sobre todo si es la primera vez que se encuentra con el supuesto rostro de Jeff.

A lo largo del vídeo, mientras se escucha de fondo la canción I Guess You´re Right, del grupo The Poses, se nos va contando la historia de Liu, del que se llega a poner incluso una supuesta fotografía real. Se nos dice que Liu tenía mucho éxito con las chicas, y que es un buen tío con el que te puedes tomar una cerveza. Luego nos presentan a Jeff, con una foto de cuando era adolescente. Tras esto vuelve a aparecer la terrorífica imagen del rostro como desfigurado, y conocemos que Jeff supuestamente hacía un favor al mundo, matando a aquellos humanos que lo infestaban.

Tras otras imágenes que no tienen mucho interés para la historia, el texto nos cuenta que Jeff estaba llevando un bidón de ácido para limpiar su bañera cuando este se le cayó encima del rostro, desfigurándolo. Sus vecinos, al oír los gritos de Jeff, corrieron a socorrerle y le llevaron al hospital. Su hermano Liu se encontraba trabajando, pero corrió al hospital en cuanto se enteró de la noticia. El vídeo termina con un texto que afirma que Jeff nunca volvió a ser el mismo…

El vídeo no tuvo mucho impacto en ese primer momento, y apenas recibió visitas al principio. Pocos días después, la imagen de aquel extraño ser de rostro blanco, supuestamente Jeff, aparece también en otro foro llamado Newgrounds.com, conformado sobre todo por programadores, desarrolladores de juegos, artistas y dibujantes. Un usuario con el nick killerjeff colgó la fotografía añadiendo una corta descripción: Hola, soy killerjeff. Soy un buen tipo. Muchos usuarios se quedaron extrañados con aquella imagen y le preguntaron al usuario si era él quien aparecía en la foto. Este respondió que sí.

Debido a su carácter aterrador, la imagen pronto comenzó a expandirse por Internet. En un momento dado se le añadió el texto Go To Sleep (ve a dormir), para darle un trasfondo más tenebroso si cabe. La siguiente referencia que encontramos sobre esta imagen es en la Encyclopedia Dramatica, donde se lleva a cabo una discusión para conocer el origen de la misma. Un usuario llamado KillerJeff, que podría ser el mismo del otro foro, aseguraba que era el creador de aquella imagen, y que ese ser era el mismísimo Jeff The Killer, desmintiendo las teorías que otros usuarios lanzaban, sobre la posibilidad de que todo fuera una broma por parte de una pareja que realizó la fotografía al encontrar una máscara japonesa en un hotel (de ahí el aspecto horripilante del ser que aparece en la foto).

Encyclopedia Dramatica catalogó posteriormente a esta imagen como un Screamer, un pop-up o anuncio que se crea con la intención de asustar a la gente que pincha en él. Durante un tiempo, la imagen de Jeff y la frase Go To Sleep fueron utilizadas para este fin, lo que también contribuyó a popularizarla, sobre todo a partir de 2011.

La creación del creepypasta

La historia creada en el vídeo de Sesseur fue reescrita y dotada de mucho más interés, aunque no se sabe quién fue el encargado de hacer esta nueva versión de la historia. Tomando como base lo apuntado por Sesseur en su vídeo, la creepypasta nos hablaba primero del incidente ocurrido en un barrio normal en medio de la noche, en donde una chica descubre a un siniestro personaje en su habitación que la intenta atacar con un cuchillo. Es la parte de la historia que hemos dramatizado, cuando se da a entender que ese asesino, por su aspecto, podría ser Jeff, introduciendo además la frase que va siempre asimilada al personaje, Go To Sleep.

Esta nueva versión dota de un pasado mucho más profundo y sobre todo coherente al personaje de Jeff y a la situación de cómo llega a convertirse en un maníaco asesino deforme. Al parecer, Jeff y su hermano Liu eran constantemente atacados por unos abusones en su nuevo colegio. Tras una pelea en la que Jeff consiguió apuñalar a uno de estos abusones, la policía llega a casa para llevarse al culpable de aquella agresión, y Liu mienta para proteger a su hermano. A partir de ese momento, la ira de Jeff va creciendo poco a poco, llegando a su cenit cuando esos mismos abusones vuelven a incordiarle en una fiesta de cumpleaños, tratando de hacerle explotar.

Y así es como, al parecer, algo se rompió dentro de la mente de Jeff, haciendo que su cordura se perdiese en favor de una locura extraña y visceral, acercándole a su lado más animal, más bestial. Jeff mató a los tres abusones en esa fiesta, pero fue herido por uno de ellos, que le quemó el rostro, dejándole desfigurado. Tras estar en el hospital recuperándose, Jeff vuelve a casa con su familia, que no sabe cómo tratar a su hijo, ya que se dan cuenta de que algo ha cambiado en el joven Jeff, de que algo oscuro se ha apoderado de él.

Esa misma noche, la madre de Jeff se despertó al escuchar un ruido en el baño. Descubrió que era Jeff, quien se había quemado los párpados para poder ver siempre su "hermoso" rostro, y se había cortado las mejillas para estar "siempre sonriendo". Horrorizada, la madre quiso avisar a su marido, pero al llegar al cuarto, se dio cuenta de que Jeff la había seguido. El adolescente no tuvo reparo en matar y eviscerar a sus padres allí mismo. Aquello despertó a Liu, pero al no sentir ningún ruido más, trató de volver a dormirse. Lo siguiente que vio fue a Jeff, que le miraba de una forma aterradora a los pies de su cama. Quiso gritar, pero su hermano le tapó la boca, preparado para asesinarle. Antes, le dijo una simple frase: "Shh, solo ve a dormir".

Esta historia, compartida en cientos de foros y webs, otorgó una increíble fama al personaje de Jeff The Killer, que fue aumentando gracias a las creaciones basadas en él que realizaban artistas gráficos y dibujantes de DevianART, y que también eran colgadas en estos foros. Por supuesto, 4Chan jugó un papel importante en la expansión del mito a partir de aquel año 2011, cuando esa versión 2.0 de la historia de Jeff, con el creepypasta ya terminado y completo y con la imagen complementada con la frase Go To Sleep ya estaba llegando a todos los rincones de la red.

Una nueva vuelta de tuerca al origen de la historia llegó en el año 2013, cuando los usuarios de 4Chan y Reddit decidieron investigar para conocer de dónde había salido aquella aterradora imagen que dio comienzo a todo, la que aparece en el vídeo de Sesseur. Tras varias teorías, se apunta a la posibilidad de que la imagen sea un montaje sobre una fotografía real, una instantánea que haya sido transformada a través de photoshop en lo que hoy conocemos como el rostro de Jeff The Killer. Los usuarios encuentran por fin una historia que encaja en el origen de aquella imagen, y apunta precisamente a 4Chan.

Apenas unas semanas, quizá días antes de que Sesseur colgar al primer vídeo hablando sobre Jeff The Killer, en 4Chan una joven llamada Katy Robinson subía una fotografía suya, según algunos, para recibir halagos. Al ser una joven algo rellenita y poco agraciada, los crueles usuarios de 4Chan no tuvieron piedad con ella, y aquella foto fue photoshopeada una y mil veces, incidiendo en la fealdad de la joven, que recibió burlas e insultos durante varios días. Tras desaparecer del foro, un usuario que afirmaba ser su hermana colocó un mensaje en el mismo, días después. El mensaje es simplemente demoledor:

"Atención, 4chan.

Ayer encontré a mi hermana en su habitación llorando. Le pregunté por qué se sentía así, y dijo que "porque era gorda". Me enfurecí y le ordené que me dijera quien se había estado burlando de ella. Me dijo que había puesto una foto suya en un sitio llamado 4chan. Y continuó contándome que en este sitio se habían burlado de ella y postearon montajes de su foto. Miren bien esta imagen, porque esta hermosa mujer, mi hermana; se suicidó anoche."

No hay confirmación "oficial" de que Kathy Robinson acabara suicidándose realmente tras recibir las burlas y el ciberbullyng de los usuarios de 4chan. Lo que sí está comprobado, gracias al usuario de Reddit ninetofivehero, es que la imagen que Katy colgó fue utilizada como "base" para crear la de Jeff, en su primera versión, la que no tenía tanto Photoshop. Se le había cambiado el fondo, y se le habían añadido algunos detalles, como los ojos y la boca, para darle más terror a la imagen, logrando el resultado que conocemos hoy en día. No se sabe si esta imagen formó parte de todos los montajes que se colgaron en su momento para burlarse de la chica, o fue una creación propia de algún usuario, tal vez el propio Sesseur, utilizándola por primera vez en el vídeo que se colgó a principios de octubre de ese mismo año.

Puede parecer casi irónico, en un modo realmente aterrador, que lo que hoy se conoce como uno de los personajes más populares dentro del mundo de la ficción terrorífica de Internet haya podido surgir del verdadero sufrimiento e incluso la muerte de una joven en la vida real. El supuesto suicido de la joven Kathy a causa de imágenes como la que representa el rostro de Jeff ha creado una gran controversia con esta creepypasta, siendo borrada de muchos sitios importantes, también por el hecho de representar no a un monstruo sobrenatural, sino a un asesino en serie humano, deformado y desequilibrado mentalmente, pero humano al fin y al cabo. Las mentes jóvenes, más proclives a no discernir correctamente el bien del mal, podrían pensar que Jeff, un personaje ficticio, es un buen ejemplo a seguir en un momento dado, porque todo el mundo habla de él, de sus historias, y es "famoso".

Hay que apuntar también que, como ocurre en otros muchas creepypastas, el de Jeff también ha sido cambiado, o más bien, expandido, gracias a las aportaciones de diferentes usuarios de la red, aportándole un nuevo trasfondo, como ya sucedió al escribirse la primera versión completa de la historia, o incluso creando a nuevos personajes de creepypasta a partir de la historia de Jeff. El mejor ejemplo es el de Jane The Killer, que al contrario que Jeff, parece no haber caído demasiado bien dentro de la comunidad de aficionados a las creepypastas.

THE GRIFTER (EL TIMADOR)

Edimburgo (Escocia). Febrero de 2008

La lluvia repiqueteaba en la venta de Billy, que seguía despierto a esas horas de la madrugada. Aquella noche de sábado había vuelto muy pronto de estar con sus amigos, y había decidido conectarse un rato a Internet, en busca de algo interesante. Y lo encontró, desde luego.

Como era habitual, Billy comenzó por las páginas web que conocía de sobra, sabiendo que nunca le defraudaban. La primera era 4chan, el foro más popular de todo el mundo, en el que cada día se posteaban miles de mensajes. Imposible aburrirse en un sitio como aquel.

Fue revisando los mensajes, solo por sus títulos, sin pararse a leer nada más. Llevaba bastante tiempo navegando en aquel foro, y se podría decir que era capaz de encontrar un buen post a primera vista. Pasó un rato hasta que por fin sus ojos se clavaron en un extraño y sugerente título: The Grifter. Billy comprobó que todavía no era muy tarde, solo las dos de la mañana, y decidió echar un vistazo a aquel post, que parecía estar dando mucho que hablar, a tenor de la cantidad de mensajes dejados por los usuarios.

Se trataba de uno de tantos "casos paranormales" que un usuario determinado llevaba a estudio en el foro. En esta ocasión se hablaba de un extraño video llamado The Grifter, en el que se podían ver unas imágenes literalmente aberrantes. El link del vídeo se encontraba en el mismo post, y el usuario que lo posteó advertía que era realmente jodido. Aseguraba que había tenido pesadillas e incluso nauseas al verlo, y que no recomendaba su visionado. Y aun así lo colgaba... Aquello olía a mentira por todos lados.

Billy tomó consciencia de donde se encontraba justo antes de pulsar el link para ver el supuesto vídeo aberrante. Solo en casa, con sus padres de fin de semana en Aberdeen, en plena madrugada, a oscuras y solo con la luz de la pantalla del ordenador iluminando de manera tétrica su cuarto. Y para colmo, la tormenta que no parecía parar ahí afuera. Sonriendo, pensó que era el marco perfecto para ver una película de terror, así que sin pensarlo más, pulsó en el link.

Lo que apareció en su pantalla le dejó embobado durante todo lo que duraron aquellas imágenes. Primero, por curiosidad, luego por puro terror. El vídeo, tremendamente granulado y de mala calidad, mostraba cortes sin ningún orden aparente ni coherencia. Cientos de gusanos en una bañera, oscuros bosques de noche, pinturas antiguas que se derretían de forma tétrica o luces de colores parpadeantes en medio de esos insertos de imágenes. Y todo ello con una voz susurrante de fondo, indistinguible, pero que ponía los pelos de punta.

Billy no podía apartar los ojos de la pantalla, incluso cuando aquellas imágenes se hicieron más y más perturbadoras. Un cachorro que llora desconsoladamente, como si fuera humano, al ser agarrado por un brazo amenazante. Una sala llena de cunas siniestras, en la que parecen yacer niños sin vida. De pronto, uno de esos niños se despierta y comienza a llorar y a gritar. Se ve también como ese pequeño bebe empieza a sangrar por sus ojos y su boca, de manera alarmante.

Por si fuera poco, las siguientes imágenes no son menos aterradoras. Unos primeros planos de lo que parecen ser cadáveres, un texto en idioma extraño y por último, personas retorciéndose de forma antinatural y mostrando un aspecto horripilante, como si estuviesen poseídas. En ese momento, la voz que antes solo susurraba de fondo comienza a subir y acaba lanzando un inquietante grito de puro dolor intenso.

Aquel grito fue lo que sacó al joven Billy de su ensimismamiento. Retrocedió en su silla y corrió a encender la luz de la habitación, habiendo terminado ya el vídeo. Lo que acababa de ver era realmente perturbador, desde luego, la obra de un maldito enfermo... Pero no dejaba de ser un vídeo más de la red, como tantos otros que hay, al fin y al cabo. ¿Qué daño podía hacerle un vídeo?

Billy fue hasta la cocina, encendiendo todas las luces que encontraba a su paso, eso sí, para beber algo de zumo y tal vez picar un poco, ya que tenía hambre. Sin embargo, nada más darle un bocado al delicioso pastel de carne que su madre había dejado preparado para él, sintió como algo en su estómago iba mal. Era como si le estuvieran quemando con un hierro ardiente en las mismas entrañas, y tuvo que soltar el pastel, porque le estaba dando nauseas. Lo que un primer momento parecía un simple retortijón se convirtió en algo mucho peor, y Billy se vio corriendo hacia el cuarto de baño, intentando no vomitar por el camino.

Después de más de cinco minutos de tortura, echando hasta la bilis, el chico pareció quedarse algo más tranquilo. Se enjuagó la cara y se limpió los dientes, decidido a acostarse en ese momento. Y así lo hizo, pensando que ahí acabaría esa noche que tan mal se había puesto al final. Pero se equivocaba. O tal vez no del todo…

Al volver sus padres al día siguiente, abrieron la puerta de su cuarto lo encontraron en la cama. No era muy tarde, y pensaron que todavía estaría durmiendo, después de una noche de juerga. No fue hasta las tres de la tarde cuando su madre, preocupada, fue a despertarlo. Le gritaba, le tiraba de la manta, pero su hijo no respondía. Al ir a tocarle se dio cuenta de que estaba frío. Billy no respiraba. Había muerto aquella noche, de un ataque al corazón, mientras dormía.

La historia

Las creepypastas sobre vídeos malditos o perturbadores son todo un clásico en Internet. Gracias al éxito de la plataforma Youtube y a la rápida expansión de cualquier vídeo hoy en día a través de la red, está claro que es un género que da mucho juego a los creadores de estos nuevos mitos del terror. Hemos podido ver algunos inquietantes, como Obedece a la morsa o Dead B'art. Sin embargo, posiblemente el que más haya dado que hablar sea The Grifter (el timador, en español).

En 2009 y 2010 se expandió por la red la historia de un supuesto vídeo que contenía imágenes tan aberrantes que podrían causar nauseas, dolor de cabeza y malestares diversos. Incluso algunos llegaban a asegurar que todos los que lo habían visto en su totalidad habían aparecido muertos en sus casas, con algo en común. Al poco tiempo se encontraba una extraña muñeca en algún lugar de la vivienda. Este detalle, que seguramente sería añadido a la historia más adelante, servía para poner un punto más tétrico si cabe a la misma.

La historia primigenia, la original, comenzó en agosto de 2009 en 4chan, como no, a través de un extraño post del usuario the_solipist, en el que aseguraba haber visto un vídeo terrorífico que le había perturbado como ninguna otra cosa en su vida. Aseguraba que se había quedado totalmente traumatizado y que eran los dos peores minutos que había pasado nunca. Añadía algunas de las capturas del vídeo, realmente tétricas y perturbadoras, en las que aparecía, por une ejemplo, un bebe en una cuna.

En los siguientes mensajes de ese mismo post se decía que aquel vídeo había aparecido en ese mismo foro año y medio antes, a finales de 2007 o principios de 2008. Un usuario anónimo aseguraba haberlo visto, gracias a un link que se colgó en el foro en aquella época, un enlace que parecía llevar a una web extranjera. Describía el vídeo como tenebroso y perturbador, de la misma manera que lo hacía the_solipist. Daba muchos detalles sobre las imágenes que aparecían en el mismo, el perro llorando, el bebé con sangre en los ojos, la bañera llena de gusanos... Es este mensaje y la supuesta experiencia real que cuenta la que dan inicio a la creepypasta en sí, otorgando profundidad y concretando más lo dicho por el iniciante de la historia.

Aunque no se sabe con seguridad, se piensa que fue el propio the_solipist quien escribió también ese mensaje, más largo y detallado, como si fuese un usuario cualquiera. De esta manera, habría podido utilizar el primer mensaje para llamar la atención, como cebo o anzuelo, para que los demás usuarios se interesaran por el tema del vídeo, y él mismo lo podría haber resuelto, cerrando su propia historia, aunque abriéndola en forma de creepypasta.

No sabemos si fue exactamente así o no, pero el caso es que el vídeo empezó a ganar popularidad en la red. Lo prohibido nos da morbo, y solo hace falta que nos digan que no veamos algo, porque lo vamos a pasar mal, para que estemos deseando verlo. El ser humano es así, por eso nos gusta tanto pasar miedo.

Cabe reseñar que tan solo cinco días después del lanzamiento de la leyenda urbana en 4chan, un usuario realiza la primera pregunta relacionada con el tema de The Grifter en el sitio Yahoo Answer, pidiendo el link al supuesto vídeo maldito. Al poco tiempo, el usuario Accipe Hoc responde con un texto largo en dos párrafos, argumentando que el vídeo era una mentira y que seguía el método de difusión de un trolleo de libro. Esto es, el mismo usuario se encarga de trolear (fastidiar) a los otros montando un post en el que él mismo se responde, con diferentes usuarios o identidades (o con mensajes anónimos, de forma mucho más sencilla, como en este caso). Según este usuario, todo el tema del vídeo maldito había sido gestado por the_solipist, creador de la trolleada, que habría arrastrado también a otros usuarios a "entrar al trapo" para animar la discusión y hacerla parecer más auténtica. Actualmente, esta es la respuesta más votada por los usuarios en dicha pregunta de Yahoo Answer, dando por válida esta teoría.

Y de hecho, era totalmente cierta. Como muchos ya sospechaban, todo el asunto de The Grifter había sido ideado por the_solipist, quien viendo como los demás usuarios ya no se tomaban en serio su historia, decidió admitir que era todo un montaje, el 21 de agosto, apenas once días después de comenzar con todo el asunto. Este usuario reconoció haber tomado imágenes de una película llamada Little Otik, una comedia checa del año 2000 que cuenta la historia de una pareja sin hijos que quieren convertir una raíz tomada de su patio trasero en su precioso bebé. Desde luego, las imágenes son realmente perturbadoras y, sacadas de contexto, encajaban a la perfección en lo que the_solopist pretendía vender.

Poco después, en septiembre de ese mismo año, el usuario

jojacob666 sube a Youtube un vídeo titulado The Grifter, que incluye aterradoras imágenes, basándose seguramente en la descripción leída en el post de 4chan sobre el vídeo. A día de hoy, este vídeo original lleva casi medio millón de visitas. Meses después, en marzo de 2010, otro vídeo sería subido a Youtube bajo el nombre de The Grifter, agregándolo esta vez el REAL detrás, para darle más énfasis a la supuesta autenticidad del metraje. El usuario shirtfag aseguraba que era una copia auténtica del famoso vídeo maldito, aunque las imágenes eran muy parecidas a las del vídeo de jojacob666, incluyendo escenas de Little Otik.

Para aquel momento, cualquier intento de devolver la autenticidad al supuesto vídeo perturbador quedaba totalmente desprestigiado, habiendo reconocido incluso su autor que todo era un montaje. Sin embargo, todavía hay personas que piensan que existe realmente ese vídeo maldito, y que si lo ven caerán en una especie de estado de histeria, o acabarán traumatizados de por vida. Lo mejor de estas creepypastas es que te erizan el vello y te provocan un miedo atroz, al menos hasta que sabes que son solo invenciones. O incluso después, cuando ya tienes claro que son historias inventadas, no puedes evitar el dudar durante algún instante y pensar ¿y si no fuera todo falso?.

SEED EATER

Magrath, Alberta (Canadá). Enero de 2010

Kristen cogió con gesto ofuscado el abrigo que colgaba del perchero, junto a la puerta frontal de su casa. Fuera hacía como 5 grados bajo cero, y ella no tenía el menor interés en salir para morirse de frío. Pero no le quedaba más remedio que ir en busca de Laney, su hermana pequeña, que como siempre habría perdido la noción del tiempo mientras jugaba en uno de los bosques cercanos a la casa, a las afueras de Magrath.

Su madre volvería en menos de una hora, y si Laney no estaba en casa al llegar seguro que pondría el grito en el cielo. Además, estaba empezando a anochecer, y aunque todavía era temprano, a Kristen le preocupaba que su hermana estuviera jugando sola cuando cayera la noche. Magrath era un sitio muy tranquilo, con familias de bien, pero, ¿quién sabía lo que podía pasarle a una pequeña de solo 10 años, con lo inocente que era Laney?

Mientras se enfundaba el gorro y los guantes, Kirsten recordaba las miles de veces que había advertido a su hermana para que volviese a casa antes del anochecer. Nunca le hacía caso, y ella ya estaba harta de tener que dejar lo que estuviera haciendo para salir a buscarla. La solía encontrar a los pocos minutos, observando anonadada a los pájaros, recolectando hojas caídas al suelo o catalogando a los insectos que hallaba en las rocas cercanas al arroyo. Al verla, le reñía por no haber vuelto a casa a tiempo, pero era imposible enfadarse con aquel duendecillo tan adorable.

Aunque es cierto que a veces Kristen sentía celos de Laney por ser la princesita de la casa, ella misma entendía perfectamente que sus padres la mimaran tanto. Era una niña curiosa, algo traviesa, pero muy divertida, dulce y cariñosa. Su pelo rubio, herencia paterna, y sus preciosos ojos verdes, por parte de su madre, le daban ese aire de angelito que encandilaba a todo el mundo. Kristen, en cambio, tenía los ojos color café y el pelo de un marrón oscuro bastante feo, o al menos eso le parecía.

Pensando como tantas otras veces que la genética había sido tremendamente injusta con ella, Kristen salió de casa y se metió al instante las manos en el bolsillo del forro polar, porque a pesar de llevar guantes, parecía que iban a congelarse. Se encaminó hacia al lugar favorito de Laney, donde solía encontrarla la mayoría de las ocasiones. Mientras sus manos jugueteaban con las llaves en el interior del bolsillo, Kristen llamó por primera vez a su hermana, por si andaba cerca. No obtuvo respuesta alguna.

Decidida a adentrarse un poco más en el bosque, echó un último vistazo a su alrededor. Todo parecía estar en calma, ni un solo coche, nadie caminando por aquella zona… solo el ulular del viento y el canto lejano de algún pájaro. Aquel silencio la estremeció, porque pensó que su hermana debería haberla escuchado, estuviera donde estuviera, siempre que no fuese demasiado lejos. La sola posibilidad de tener que estar un rato buscando a Laney le producía una sensación de pesadumbre que sabía que solo podría pasar cuando la encontrase. Por eso se puso manos a la obra, caminando por aquel sendero por el que ella misma se había colado tantas y tantas veces cuando era niña, y que su hermana había tomado como su particular camino de baldosas amarillas.

Kristen andó por varios minutos, llamando a Laney cada poco, sin obtener respuesta alguna. La densidad de los árboles y su cercanía, unida a la llegada cada vez más inminente de la noche, sumían aquel bosque en una oscuridad tétrica y fría en la que Kristen estaba lejos de sentirse a gusto. Pensó que su hermana también tendría esa sensación, pero Laney parecía ajena a todos aquellos temores. Era feliz en el bosque, daba igual que hubiera luz u oscuridad. Era como si perteneciera a aquel hábitat y se sintiera cómoda allí a cualquier hora del día, incluso cuando el frío arreciaba y la luz se escapaba poco a poco por el horizonte.

Empezando a estar preocupada, Kristen aceleró el pasó y trató de llamar a Laney con todas sus fuerzas. El frío entraba en su garganta y varias veces la hizo toser por el esfuerzo, pero debía encontrar a su hermana cuanto antes. Comenzaba a pensar que podía haberle ocurrido algo cuando de pronto, al mirar hacia su izquierda, vio el inconfundible anorak naranja chillón de Laney justo detrás de un árbol, en lo que parecía un pequeño claro del bosque. Una zona que ella desconocía o al menos no recordaba, y eso que se había llevado toda su vida explorando esos parajes.

Kristen llamó a su hermana, pero esta no respondió. Temió que no fuera ella, pero al encender la linterna de su teléfono móvil comprobó que aquel anorak era, efectivamente, el de su hermana. Su pelo rubio caía como una cascada dorada por la espalda, y ese adorable moño de color blanco que su madre solía ponerle lucía en lo alto de su cabeza. A pesar de ser enfocada con aquella potente luz, Laney ni se inmutó. De espaldas como estaba, al menos debería haber sentido a su hermana. Y sin embargo, no se volvió.

Decidida a ir a por ella, Kristen comenzó a caminar a paso ligero para llegar hasta aquel claro cuanto antes. Conforme se acercaba, llamaba una y otra vez a su hermana, pero esta seguía sin responder. Estaba a unos quince metros de distancia cuando escuchó que Laney susurraba algo, de una manera frenética y desquiciante. Kristen todavía estaba algo lejos para escucharla adecuadamente, pero la niña parecía estar diciendo algo como "devorador de se...", una y otra vez.

Kristen volvió a llamarla y esta vez, Laney sí que se volvió. Su mirada chocó con la de su hermana, que la encontró totalmente vacía. Como si estuviera hipnotizada, como si ni siquiera la reconociera. Seguía teniendo ese rostro adorable y encantador, pero una sombra oscura parecía cubrir su expresión. Una expresión que puso los pelos de punta a Kristen. Ahora sí pudo oir más claramente lo que su hermana pequeña decía: devorador de semillas, devorador de semillas. Su voz era plana, pero tenía un matiz escalofriante.

En ese mismo instante, una especie de sombra altísima e inquietante apareció a espaldas de Laney. Kristen se quedó paralizada por el miedo, porque aquello no era una persona, o al menos no una persona normal. Era mucho más alto, sobre todo en comparación con la pequeña Laney. Sus extremidades eran delgadas, y parecía estar vestido completamente de negro, o al menos su piel era de ese color. Pero lo que más horrorizó a Kristen era la cara de aquel ser, o lo que había en lugar de su cara. Una cabeza en forma de almendra, alargada y de color claro, con una abertura a la altura de la boca y otra en el ojo derecho, como si fuera una especie de máscara rudimentaria.

Los movimientos de aquella cosa eran rápidos y antinaturales. Antes de que Kristen pudiera darse cuenta, el ser cogió a Laney con sus interminables brazos y se la llevó junto a él, hacia la espesura del bosque. La pequeña ni siquiera gritó. Kristen tampoco lo hizo. Estaba demasiado asustada, paralizada por completo. Pasaron varios minutos hasta que pudo recuperarse del shock, cuando su madre la llamó al móvil, que sostenía en su mano derecha.

Entre un mar de lágrimas, Kristen solo podía gritar:

—Se la ha llevado, mamá, se la ha llevado... el devorador de semillas se la ha llevado...

La historia

De todas las criaturas que aparecen en las creepypastas de este libro, el Devorador de Semillas (Seed Eater en su nombre original en inglés) es sin duda una de las más terroríficas y espeluznantes. No tan conocida como el Rastrillo o el propio Slenderman, el modus operandi de esta supuesta criatura humanoide, mezcla de ser humano y pájaro, es muy parecido al de estos otros seres. Su forma de acechar entre las sombras, especialmente en lugares apartados como bosques, el hecho de que solo capture y ataque a los niños (aunque también a algún adulto que ha tratado de interponerse en su cacería) y sobre todo, su horripilante aspecto, han hecho del Devorador de Semillas una criatura de auténtica pesadilla que destaca entre las demás.

Aunque no se tiene constancia exacta de que nazca en este blog, la principal fuente de información acerca del Seed Eater es la página personal del blogger canadiense Clifford Howry, un joven que ha ido recopilando historias, teorías y supuestos avistamientos de esta criatura en el blog Seed Eater Experiences. Por supuesto, se entiende que Howry crea este blog para relatar, a modo de experiencias personales, su historia acerca del Devorador de Semillas, aunque otras teorías apuntan a que la criatura ya existía anteriormente como leyenda urbana de Internet, y este blogger canadiense se limitó a recoger los testimonios auténticos de supuestos testigos que habrían tenido encuentros con la criatura, o tenían información relevante sobre ella.

El caso es que Seed Eater Experiences se convirtió en el blog de donde se ha sacado toda la información concerniente a este ser y es complicado encontrar referencias anteriores al mismo, datando las primeras entradas del blog de Howry de abril del año 2010. A partir de ese momento, el chico comienza a recopilar información sobre una criatura humanoide que ha sido vista en varias ocasiones en pueblos del sur de Canadá y norte de Estados Unidos, como si moviese por la frontera entre los dos países.

Según las entradas de este blog, el Seed Eater sería una criatura alta y delgada, algunos dicen que con forma de pájaro (tomando tal vez como referencia al mítico Mothman), que destaca especialmente por su rostro, cubierto por una especie de máscara en la que solo hay dos aberturas, una para el ojo derecho y otra para la boca. Debido a esta máscara, también se le conoce como Rag Face o Cara de Trapo.

Su piel es de color café verdoso, y tiene el cabello largo y muy oscuro. Además, desprende un olor sumamente desagradable, una forma de saber cuando está cerca, ya que sabe ocultarse muy bien entre las sombras y pasar desapercibido cuando lo desea.

El comportamiento del Devorador de Semillas se basa en su necesidad de salir de cacería cada cierto tiempo, sobre todo en lugares apartados, en busca de niños pequeños. Se dice que solo se lleva a niños, y nunca a adultos, aunque si alguno interviene en su cacería y le impide llevar a cabo su plan, puede ser igualmente abducido. Según algunas teorías del propio blog de Howry, estos adultos que son raptados por el Devorador de Semillas podrían convertirse en otros seres igual que él, para perpetuar su "especie".

Existe una supuesta organización que se ha interesado por el modus operandi de la criatura y ha ideado una serie de normas para seguir en caso de encontrarse con el Seed Eater cuando esté de cacería, momento en el que es realmente peligroso:

1. No se le cazará durante su propia caza, pues será fuente de provocación para éste.
2. No se interrumpirá su caza, de otro modo el intruso será quien sea cazado.
3. No habrá intentos de evadir su caza.
4. No habrá escrutinio de las víctimas o su desaparición.
5. No habrá representaciones gráficas de su actualidad, o sus intenciones.
6. No habrá evidencia de sus intenciones a excepción de esta guía.
7. No habrá una confrontación intencional.

La misma organización que desarrolló esta guía con siete normas básicas es la que supuestamente está cuidando al único superviviente del ataque del Seed Eater, un chico llamado Brady que desde entonces vive en un sótano, aquejado de una horrible herida en la garganta, provocada supuestamente por el Devorador de Semillas. El propio Howry, autor del blog, visitó según cuenta a Brady y recibió del chico un cuaderno rojo en el que se incluía mucha información acerca de un ser muy similar al Seed Eater.

El blog de Howry habla también de la historia de Todd Cave y sus amigos, que supuestamente fueron abducidos por la criatura, uno a uno, después de empezar a investigar su existencia y tomar algunos vídeos y audios en una zona cercana a su ciudad. Es muy parecido a lo que ocurre en la serie web Marble Hornets, centrada en este caso en el personaje de Slenderman.

Se entiende que el Devorador de Semillas solo necesita salir de caza cada cierto tiempo, y se han dado encuentros con la criatura en otros momentos en los que el ser se ha limitado a observar al testigo unos pocos segundos antes de huir y perderse entre las sombras. Algunos de estos testigos, que no han sido atacados en primera instancia por el Devorador de Semillas, sí que han sufrido posteriormente estrés emocional, pesadillas y todo tipo de temores relacionados con la criatura, que podría tener la capacidad de hostigar mental y psicológicamente a sus víctimas.

Su nombre, Seed Eater, proviene de uno de los encuentros con la criatura, cuando una testigo escuchó a su hermana pequeña pronunciar esas palabras momentos antes de ser raptada por el ser. Al tener parte de pájaro, parece que es lógico llamarle devorador de semillas, aunque en realidad, lo que devore sean niños pequeños.

Cliff Howry nunca ha reconocido ser el autor de esta historia como tal, sino que se presenta como el blogger que recoge los testimonios de otros muchos testigos de este extraño ser, los investiga y los recopila en su web. Aun así, se da por hecho que todo es una invención de Howry, aunque se desconoce si todos los mensajes colgados en su blog son suyos, o ha recibido realmente correos de otras personas que, interesadas por seguir el hilo de la historia que había creado, han ido aportando nuevas características al comportamiento y la apariencia de esta criatura.

WANNA
SEE
MY
HEAD
COME
OFF
?

ABANDONADO POR DISNEY

Resort cerca de Isla Esmeralda, Carolina del Norte (Estados Unidos). Abril de 2011

Después de un buen rato caminando por aquel lugar, decidí sentarme para recuperar fuerzas. Coloqué uno de los trozos de metal que encontré cerca en la escalera, que estaba totalmente llena de polvo. Como era de esperar, aquel cartel también tenía el lema "Abandonado por Disney", que aparecía por todo el recinto. Seguramente algún trabajador cabreado con la empresa por haber dejado morir ese impresionante resort hasta convertirlo en lo que yo tenía ante mis ojos, un auténtico pueblo fantasma.

A pesar de algún que otro susto entendible en un sitio como aquel (grifos que gotean, el viento golpeando las paredes y azuzando las plantas) no tenía miedo al estar en aquel lugar. Sabía que estaba totalmente abandonado, y quería realizar un reportaje del sitio. Con mi cámara fotográfica iba plasmando todos aquellos lugares que un día estuvieron destinados al disfrute de niños y mayores, y que hoy estaban destartalados. Como aquella misma escalera que parecía conducir a un piso inferior. Por simple curiosidad, apunté hacía el fondo de la escalera y con el flash de la cámara activado, pude ver por un solo segundo donde terminaba.

Tan solo unos metros por debajo de donde yo me encontraba, siguiendo la escalera, se llegaba a una puerta metálica parecida a las que ya había tenido que traspasar anteriormente para llegar a aquel lugar. Lo curioso es que en la puerta había un letrero, y no, no era otro más de Abandonado por Disney. En este se leía algo distinto: Solo mascotas, gracias.

Después de dudar solo unos momentos decidí retomar mi investigación por aquel lugar, ya que seguro que debía haber algo interesante allí abajo. La puerta tenía un candado, lo cual me animó aún más. Eso significaba que nadie había pasado por allí, que sería el primero en ver esa parte del resort después de que fuera abandonado. Iba a tenerlo más difícil para acceder allí, o al menos eso pensé, pero el candado apenas se resistió a mis embestidas, y utilizando la placa de metal de la puerta pude romperlo fácilmente. Ahora ya no había nada que me detuviera en mi afán de encontrar algo interesante que fotografiar o… quien sabe, tal vez me llevase un bonito souvenir de aquel lugar.

Lo primero que me sorprendió de la zona de mascotas es que estaba bastante bien preservada en comparación al resto del resort. Las luces seguían funcionando, y los fluorescentes iluminaban mi camino aunque, de vez en cuando, parpadeaban dando a aquel lugar un siniestro toque. Algo que no mejoraba al llegar al área de descanso, una habitación en la que todavía quedaban restos de comida putrefacta, así como una televisión encendida, aunque solo se podía ver estática. Era como una de esas películas postapocalípticas en las que la tragedia ha llegado en medio de cualquier actividad cotidiana, llevándose por delante toda la vida, pero dejando lo demás.

Mientras caminaba por los pasillos de aquella zona, llenos de moho y suciedad, pensaba en cómo esas luces podían seguir funcionando todavía. ¿Se habría activado algún generador al entrar en ese recinto? Conocía de algunas fórmulas para que la electricidad solo funcionase cuando hubiera alguien en un lugar determinado, aunque no recordaba haber escuchado ningún sonido de motor ni nada parecido a un generador encendiéndose. No le di mucha importancia, porque estaba demasiado preocupado fotografiando todos aquellos escritorios llenos de papeles viejos, sacando unas magníficas instantáneas de aquel lugar que seguramente me servirían de maravilla para mi reportaje.

La luz cada vez era más escasa y las lámparas fallaban cada poco, e incluso la humedad se sentía más intensa en aquel lugar, pero no había llegado hasta allí para darme la vuelta por un poco de sofoco, así que seguí adelante hasta toparme con una extraña puerta a rayas negras y amarillas. En ella se podía leer Pruebas de Personajes 1. No hacía falta ser un Sherlock Holmes para entender que era el sitio donde guardaban los disfraces de los personajes. Aquello sí que me interesaba, así que decidí entrar para tomar unas cuantas fotos. Sin embargo, aquella puerta no se habría por más que empujaba. Parecía mucho más sencilla de abrir que las anteriores, pero era como si se hubiera quedado atascada.

Después de varios intentos desistí y volví sobre mis pasos. Pero al momento escuché detrás de mí el inconfundible sonido de aquella puerta metálica abriéndose lentamente. Pensé que finalmente había cedido, y me sumergí en la oscuridad de aquella habitación. Traté de encontrar un interruptor con el flash de la cámara, pero no tuve suerte. Iba a darme por vencido cuando de pronto las luces sobre mí comenzaron a encenderse, al principio parpadeando, y luego subiendo en intensidad, tanto que pensé que aquellas bombillas iban a estallar. Pero no pasó nada, simplemente se atenuaron un poco y pude acostumbrarme a aquella luz que ahora me mostraba el interior del cuarto.

En las paredes, tal y como había imaginado, montones de trajes y disfraces colgados, como si fueran espectros colgando de la horca. Estaban todos, desde los más conocidos dibujos animados de la factoría hasta los trajes que se debían poner los nativos, consistentes en poco más que un taparrabos. Y sin embargo, eché en falta a uno de los personajes de inmediato, al más importante de todos: Mickey Mouse.

No tardé demasiado en darme cuenta de que el disfraz del simpático ratón no estaba junto a los demás, sino tirado en el suelo, como si se hubiera caído... solo que se encontraba en el centro mismo de la habitación. El aspecto de aquel disfraz era realmente extraño, ya que parecía corroído por algunas zonas, y debajo de esa corrosión podía verse algo parecido a la piel, aunque de un color extraño. Sin embargo, lo que más me llamó la atención es que el traje no reproducía exactamente los colores que acostumbramos a ver en Mickey, sino que era como un negativo, con todos los colores cambiados. Su piel estaba blanca en lugar de negro, y en cambio, sus manos aparecían de un color oscuro.

Aquel traje me causó demasiada perturbación, así que me centré en los otros, y quise colocarlos de una manera especial para sacar una fotografía única, como si estuvieran mirando el cadáver de su amigo

Mickey, tirado en el suelo. Al ir a coger el traje del Pato Donald, algo cayó sobre mis pies rompiéndose en mil pedazos. Sorprendido, pudo comprobar que era un cráneo humano, del cual ya solo quedaba la parte superior, que parecía mirarme desde allí abajo.

Solté rápidamente aquel traje y retrocedí con miedo hasta la pared. En mi mente, las piezas comenzaban a encajar de una forma terrible, aunque lúcida. Cómo aquel sitio, que había costado tanto dinero, había quedado abandonado. Cómo hubo tantas quejas en su momento... Decidí que era el momento de tomar la foto definitiva, no ya para mi propio reportaje, sino para pedirle explicaciones a Disney por todo aquello, si hacía falta. Y fue entonces cuando vi que aquella cosa comenzaba a levantarse, muy poco a poco.

Aquel extraño Mickey-negativo se incorporó mientras yo me negaba a creer que lo que estaba viendo era real. Llegué a pensar que me había tropezado en algún lugar del recinto y había perdido el conocimiento, siendo todo aquello una mala pesadilla. Pero no era nada de eso. Ahí estaba aquello, porque no sé ni siquiera lo que era, embutido en ese traje negativo de Mickey Mouse, y mirándome de una manera desquiciante. No sé cómo me las arreglé, pero levanté la cámara para sacarle una foto a aquella cosa. Tal vez en mi interior, una vocecita me decía que, de no hacerlo, nadie me creería.

Sin embargo, la cámara comenzó a fallar, y un montón de píxeles muertos se fueron expandiendo por la pantalla hasta que esta, finalmente, se apagó. No entendía cómo había podido ocurrir aquello, pero la cámara ya no funcionaba. Se había estropeado, tal vez incluso se habían perdido las fotos que había sacado durante toda esa visita. Por un segundo pensé que aquello era un verdadero fastidio, hasta que recordé el problema que tenía delante. El extraño Mickey-negativo seguía allí, en medio de la habitación, mirándome fijamente.

—Oye, ¿quieres que me quite la cabeza? –me dijo en un tono burlón y perverso.

Yo ni siquiera respondía. Estaba paralizado por el miedo y no sabía qué hacer. Aquel ser se tomó mi silencio como un sí, y comenzó a desgarrarse la cabeza desde el cuello, con movimientos violentos, arañándose, hundiendo sus enormes dedos en lo que debería ser su piel. Del cuello comenzó a brotar entonces un líquido viscoso y denso a borbotones. Aseguraría que era sangre, pero de un color amarillo, como si estuviera infectada...

No lo soporté más. Aparté la mirada y decidí que debía escapar de allí fuera como fuera, lo más rápido que mis piernas pudieran correr. Justo antes de salir de aquella maldita habitación, tuve tiempo para fijarme en el cartel que colgaba sobre la puerta. Era una placa metálica, como las que había visto por todo el recinto, y también tenía una inscripción. Sin embargo, esta parecía estar escrita con un hueso, un palo o algún otro objeto punzante. Solo había tres palabras en aquel cartel: ABANDONADO POR DIOS.

La historia

Abandonado por Disney (Abandoned by Disney en su título original en inglés) es posiblemente una de las creepypastas más recientes que han conseguido un gran éxito en su expansión y han aterrorizado a millones de usuarios a través de la red. Basándose en la historia real del abandono por parte de Disney del complejo Discovery Island, el usuario Slimbeast creó esta historia a finales de 2012 y la subió a la web especializada CreepypastaWiki, así como a su propia web personal, consiguiendo un enorme éxito desde el primer momento.

Slimbeast era conocedor de este tipo de historias y supo sacar partido a toda esa experiencia leyendo creepypastas para crear una que tuviera las dos bases más importantes para cualquier leyenda urbana moderna: debía ser aterradora y parecer totalmente real. El usuario consiguió un relato de lo más tétrico y espeluznante a través de la descripción en primera persona, metiéndonos en la piel del protagonista, que investiga en los restos del abandonado Palacio de Mowgli, un complejo que Disney supuestamente construyó en Isla Esmeralda, en la costa de Carolina del Norte, pero que no cuajó y fue abandonado al poco tiempo.

A través de las descripciones del narrador se nos muestra aquel extraño complejo abandonado de una manera tremendamente realista, con profusión de detalles que nos hacen visualizarlo como si lo tuviéramos delante. El paseo de nuestro protagonista cada vez se hace más y más peligroso conforme se va a adentrando en el complejo, lleno de carteles con la inscripción "Abandonado por Disney". La historia comienza a tomar un matiz aún más aterrador cuando llegamos a la zona de Solo Mascotas. Esta parte es mucho más tétrica que todo lo anterior, a pesar de estar mejor conservada, según nos cuentan en la historia.

La creepypasta termina con el espeluznante encuentro del protagonista con una especie de Mickey Mouse en negativo en una de las salas de esta zona. El extraño Mickey solo le hace una pregunta, pero es tan surrealista y desquiciante que basta para ponernos los pelos de punta: ¿Oye, quieres que me quite la cabeza? Tras esto, el supuesto investigador sale huyendo del lugar y escribe lo acontecido para que todo el mundo tenga constancia de lo que ha pasado en aquel Palacio de Mowgli.

La historia fue dramatizada por el popular usuario MrCreepyPasta en uno de sus vídeos de Youtube en Enero de 2013, apenas unos días después de ser compartida por su autor Slimbeast. Este vídeo ayudó también a la expansión de esta creepypasta de manera notoria. En febrero de ese mismo año comenzaron a subirse los primeras fanarts a la web DevianART, diseños basados en la historia, sobre todo en el extraño Mickey Mouse en negativo, lo que también ayudó a dar más fama a la leyenda, que no ha hecho más que crecer desde entonces, convirtiendo al extraño Mickey en negativo en todo un icono de la red.

Slimbeast posteó el 11 de enero de ese mismo año una precuela para la historia, titulada Algunas Sugerencias, en la que se contaba, a modo de sugerencias de los usuarios y trabajadores del parque dejadas en el buzón para las mismas, cómo estaban empezando a ocurrir cosas extrañas en el Palacio de Mogwli. Al principio, las quejas son relativamente lógicas, pero se van haciendo cada vez más aterradoras desde la aparición, según una de ellas, de mascotas disfrazadas que no debían estar allí. Así mismo, una secuela de Abandonado por Disney apareció en Agosto de 2013, bajo el nombre de Habitación Zero (Room Zero). En esta tercera parte de la historia se cuenta como el protagonista de la historia original comienza a sentir que es perseguido por las mismas criaturas que encontró en el parque, a la vez que descubre que no es el único que está siendo atemorizado por aquellos seres, ya que hay otras personas que están sufriendo lo mismo que el después de explorar el Palacio de Mogwli.

Como ya hemos visto en otras creepypastas, el autor escoge un tema globalmente conocido y que nos toca muy de cerca, como es Disney, y se inspira en el abandono real de un recinto por parte de la productora para crear una historia terrorífica sobre cuál pudo ser la causa de dicho abandono. La gran cantidad de detalles de la creepypasta y la manera que tiene Slimbeast de sumergirnos en ese cada vez más sofocante y asfixiante recinto abandonado han hecho que destaque sobre las demás historias terroríficas de la red. La guinda del pastel es esa escalofriante imagen del Mickey negativo sacándose la cabeza, un toque de terror puro y duro con un punto de surrealismo que supone el broche perfecto a una historia bien construida, demostrando que en estos tiempos cibernéticos también se pueden hacer grandes creaciones de terror.

GATEWAY OF THE MIND

Laboratorio a las fueras de Chicago, Illiniois (Estados Unidos). Invierno de 1983

Diario del Dr Eli sobre la investigación de privación de los sentidos.

Participantes: Dr Brown, Dr Scherbatzky, Dr Fonseca, Dr Radnor, Dr Eli.

Objetivo de la investigación: Conseguir demostrar científicamente la existencia de Dios a través de las experiencias de un ser humano privado de sus sentidos, dejando que su mente pueda contactar con lo que hay más allá.

Sujeto de las pruebas: Hombre de raza blanca, 66 años, buen estado físico, buena salud, sin problemas mentales. Se presenta voluntario al haber perdido las razones de vivir, después de que su mujer y sus hijos murieran.

Día 1 – Cirugía y primeros avances en el monitoreo de la actividad del sujeto.

El doctor Scherbatzky y el doctor Radnor han realizado la pertinente operación sobre el sujeto para privarle por completo de sus sentidos, a través de una compleja cirugía neuronal. El sujeto todavía puede moverse, pero no siente nada. No puede escuchar, ni oler, ni ver, ni sentir ni degustar. Solo puedo hablar y comunicarse con nosotros a través de su voz, que sigue intacta. Sin embargo, no podrá recibir la respuesta que le demos. La comunicación será unilateral. Después de la operación, se comienza con el monitoreo de su actividad y funciones vitales, siendo durante este primer día normales teniendo en cuenta la operación a la que el sujeto acaba de ser sometido.

Día 2 – El sujeto ha comenzado a susurrar algunas cosas ininteligibles. Sus constantes vitales siguen siendo normales. Nos gustaría que pudiera hablar más alto, pero no hay forma de hacérselo saber.

Día 3 – La actividad cardiovascular ha comenzado a ser más alta de lo habitual, como si el sujeto se encontrase en un estado de nerviosismo constante. Sigue balbuceando extrañas palabras que no logramos entender. Sus horas de descanso se han reducido, y parece cada vez más alterado.

Día 4 – El ritmo cardíaco aumenta. El sujeto afirma que ha comenzado a escuchar voces en su cabeza, aunque no las entiende. Se siente cada vez más alterado. El doctor Fonseca apunta a que podría estar comenzando a sufrir un brote psicótico. Seguimos adelante con las pruebas y esperamos nuevos avances.

Día 5 – Las funciones vitales empiezan a ser algo inestables, pero decidimos seguir adelante. El sujeto se muestra alterado por las voces en su cabeza y puede que el brote psicótico avance, aunque es posible que sea otra cosa. Tal vez no estemos lejos de nuestro objetivo.

Día 6 – El doctor Radnor, el doctor Scherbatzky y el doctor Fonseca han abandonado el experimento después de que el sujeto asegurara que estaba hablando con sus parientes fallecidos. Ha contado secretos familiares de todos nosotros, secretos que solo personas muy cercanas conocían… El doctor Brown y yo seguimos adelante, asustados, pero también intrigados, por todo lo que pueda venir a partir de ahora. El sujeto afirma que puede comunicarse con los muertos, y que escucha la voz de su esposa fallecida.

Día 7 – El sujeto sigue afirmando que puede escuchar a los fallecidos, y que mantiene conversaciones con ellos. El doctor Brown y yo estamos muy intrigados, ya que no hay manera de saber hasta qué punto sus pensamientos y sensaciones son reales y no una mera ilusión o alucinación.

Día 8 - ….

Día 9 - ----

Día 14 – Después de una semana entera sin avanzar, el sujeto está cada vez más angustiado, ya que lo que antes eran unas pocas voces parecen haberse convertido ahora en cientos de ellas, y se siente abrumado. Afirma que no le dejan solo, que tiene que escuchar todas aquellas aterradoras voces en su cabeza. Trata de golpearse contra las paredes para causarse dolor, pero no siente nada. Después de que nos lo suplicara varias veces, decidimos proporcionarle sedantes, ya que la situación se puede complicar demasiado.

Día 15 – La sedación permite al sujeto estar la mayor parte del tiempo en un estado seminconsciente y tranquilo. La angustia ha bajado notablemente.

Día 16 - ….

Día 17 – El sujeto comienza a tener terrores nocturnos durante sus periodos de sedación, que son cada vez menos efectivos. Afirma no solo poder escuchar, sino también ver a los muertos en sus sueños. El doctor Brown y yo estamos preocupados por su estado, pero ya no hay vuelta atrás.

Día 18 – La gravedad de la situación se agrava cada vez más. El sujeto sigue escuchando esas voces en su cabeza, solo que ahora son amenazantes, y le hablan del infierno y del fin del mundo. El sujeto se ha llevado casi cinco horas repitiendo la misma frase: "No hay paraíso, no hay perdón". Luego nos ha pedido poder morir de una vez. Brown y yo no podemos dejarlo aquí, estamos seguros de que está muy cerca de poder escuchar por fin al Todopoderoso.

Día 19 – El sujeto podría haberse vuelto loco definitivamente, ya que desde hace horas solo es capaz de gritar frases incoherentes, y ha intentado morderse el brazo para causarse una lesión grave. Brown y yo hemos tenido que atarlo a su cama para que no pudiera moverse. Después de horas gritando y peleando, se ha detenido en seco y ha comenzado a llorar de forma constante, hasta el punto de que hemos tenido que rehidratarle. Cada vez estamos más cerca del objetivo…

Día 20 – A las 3:33 horas, el sujeto ha dejado de llorar y se ha girado hacia nosotros, por primera vez en tres semanas. No podía vernos, pero aun así, sabía que estábamos allí, no sabemos cómo. Sus últimas palabras antes de expirar han sido: "He hablado con Dios, y él nos ha abandonado".

La historia

Algunas de las creepypstas que hemos visto hasta ahora se presentaban como historias ciertas que los usuarios iban copiando de foro en foro no solo para asustar, sino también para advertir a los demás, puesto que las creían reales al ciento por ciento. La investigación posterior revelaba que solo eran invenciones. Sin embargo, en otras ocasiones la historia inventada y asumida como tal desde un primer momento logra tanta fama que muchos comienzan a dudar de que sea ficción, y piensan que puede haber algo real en su trasfondo.

Así ha ocurrido con Gateway of the Mind (que podría traducirse por "puerta de entrada a la mente"), sin duda una de las más impactantes y reveladoras leyendas urbanas cibernéticas que se pueden leer hoy en día en forma de creepypasta. La historia fue posteada en el sitio Creepypasta.com el 23 de noviembre de 2009, por un usuario anónimo. Llama la atención que se haya mantenido inalterada hasta el día de hoy, seguramente debido a lo bien estructurada que está y al efecto tan devastador que causa en todo aquel que la lee.

En la versión que hemos querido realizar para este libro hemos escogido presentar esta creepypasta a través del diario de uno de los supuestos científicos presentes en el experimento Gateway of the Mind. Como se explica al principio, según la historia que nos cuenta la creepypasta, estos científicos quieren probar la existencia de Dios a través de las experiencias de un hombre cualquiera, al que privarán de todos sus sentidos. Los científicos piensan que nuestros sentidos son como un velo que nos hace imposible el poder contactar con el ser supremo, con Dios, y por ello teorizan con la posibilidad de que, en ausencia de todos los sentidos, el ser humano pueda por fin contactar con su creador.

Los científicos llevan a cabo el experimento sobre un hombre ya anciano que se presenta voluntario al no tener nada por lo que seguir viviendo. Después de una cirugía intensa, le privan de sus sentidos, para que se quede solo con sus pensamientos. De esta forma esperan conseguir que, tarde o temprano, el sujeto escuche la voz de Dios. Sin embargo, algo parece salir mal y el sujeto empieza a escuchar voces, pero no agradables, ni mucho menos.

Al parecer entra en contacto con los difuntos, demostrando

aquello a los científicos al contarles cosas que solo sus familiares fallecidos podían saber. El experimento continúa después de que varios de estos científicos, muy asustados, lo abandonaran. Finalmente el hombre muere, sin causa aparente, después de confesar que efectivamente ha podido hablar con Dios, y que nos ha abandonado.

Está claro que la historia del creepypasta juega con un concepto muy potente, el de poder contactar con Dios. Algo recurrente en ciertas historias sobrenaturales, y exclusivo de algunos iniciados religiosos o santos en un estado de éxtasis absoluto. Se contrapone igualmente la ciencia a la religión, al menos así se destila del final de la historia. Tratamos de alcanzar a Dios con métodos científicos, para poder probar su existencia, pero esta depende únicamente de la fe. Y lo más terrible no es que nosotros hayamos perdido la fe en Dios, sino que, como asegura el sujeto de la historia, él nos haya abandonado.

La historia se publicó en el sitio Creepypasta Wiki en el agosto de 2010, casi un año después de su primera aparición en la red, aunque algunos consideran que su "estreno" fue en ese artículo de Creepypasta Wiki. Gateway of the Mind se ha convertido en una de esas historias que van pasando de foro en foro, y que aun habiendo nacido como ficción, acaba por convertirse al menos en duda, con respecto a todos los usuarios que piensan que pudo haber un experimento de este tipo, si no en las condiciones que se cuentan en la historia, en unas muy parecidas.

La discusión ha seguido durante mucho tiempo, a pesar de que basta con enlazar a alguna de las páginas anteriormente mencionadas para darse cuenta de que esta historia es pura ficción. En el año 2012, un usuario de Youtube llamado creepypaste colgó en el portal un vídeo del supuesto sujeto del experimento. En él aparece un ser humano deformado en su rostro, que apenas puede emitir algunos sonidos de queja, y que mueve sus manos de forma casi espasmódica. Obviamente, el vídeo es solo un montaje, y pertenece a una performance del artista Olivier de Sagazan, que de hecho se puede encontrar también en Youtube sin mucho esfuerzo

LOLITA ESCLAVA DE JUGUETE

Alguna ciudad de Europa del Este, finales de los 80.

—De acuerdo, señora. Comience desde el principio, por favor.

Sasha Kasumova mantenía los ojos fijos en el suelo y las manos cruzadas en su regazo. Sabía que allí, en aquel lugar, estaba segura, pero aun así no sabía si había hecho lo correcto acudiendo a la policía. Temía que no la creyeran. Y no era una idea tan descabellada, porque lo que tenía que contarles era algo demasiado inverosímil, demasiado horripilante. Hizo acopio de fuerzas y comenzó a hablar.

—El doctor Glurich solía visitar el orfanato, al menos una vez al mes. Nosotras lo sabíamos porque una vez se lo escuchamos decir. Decía que iba de compras… Al principio no queríamos enterarnos de nada más, era nuestro señor y no debíamos entrometernos en sus asuntos. De vez en cuando llegaba aquella furgoneta destartalada, procedente del mismo orfanato, pero no aparcaba en la puerta, sino en la zona de atrás, donde el señor tenía su parte privada. Karolina, la otra chica del servicio, y yo siempre habíamos sospechado que ocurría algo extraño en aquella parte, pero claro, no teníamos permiso para ir allí…

Los dos agentes escuchaban a aquella mujer, ya casi anciana, con mucha atención. En sus mentes, una firme idea se iba abriendo paso. Como si la mujer les leyera el pensamiento, continuó diciendo:

—Lo primero que se nos ocurrió es que el doctor pudiera estar utilizando a aquellos niños huérfanos, a los que ni siquiera el orfanato quería, para algunos experimentos, o incluso para quitarles los órganos y venderlos a gente rica que los necesitara... Se escuchan muchas historias sobre la cantidad de pobres huérfanos que hay en estos sitios ¿saben?. No dan abasto para alimentarlos a todos. Una prima de Karolina ha estado trabajando en uno de estos orfanatos durante un tiempo, y contaba cosas horribles de aquel lugar. Los niños apenas comen, no hay agua para que todos se duchen y muchos lo hacen una vez al mes solamente. Con un poco de suerte, alguno de los más pequeños son adoptados y pueden salir de aquel agujero pero cuando llegan a cierta edad ya son demasiado mayores y nadie los quiere... El orfanato no puede hacerse cargo de todos ellos, pobrecillos, y están encantados de que cualquier persona se los quiera llevar a casa, incluso sin saber qué intenciones tiene esa persona... Es una boca menos que alimentar para ellos y con eso tienen suficiente.

Los agentes notaron que aquella mujer era especialmente sensible con ese tema. Tal vez ella misma había tenido que abandonar hace tiempo a alguno de sus hijos en esas mismas circunstancias. El nudo en la garganta de la mujer era evidente, pero pudo continuar después de beber un poco de agua:

—Fue la última vez que vimos aquella furgoneta. Llegó tarde, como siempre, de madrugada, pero Karolina y yo estábamos despiertas y pudimos ver como pasaba a la parte trasera de la finca. Por un momento pensamos en seguirla, pero seguro que nos habrían visto, y de haber sido descubiertas, el doctor nos hubiera puesto de patitas en la calle... o algo peor. Así que no hicimos nada aquella noche, pero nos quedamos con la curiosidad de saber qué pasaba allí, y decidimos que, en cuanto tuviéramos ocasión, investigaríamos un poco por aquella zona a la que nunca habíamos entrado.

—¿Y cuándo pudieron entrar en aquel lugar? —preguntó uno de los policías, con un tono suave aunque algo ansioso, que denotaba su interés absoluto por saber qué pasaría a continuación.

—Pues... creo que pasaron como nueve o diez días. El doctor salió con su esposa de fin de semana y nos dejó allí con Alfred y Gunter, sus hombres de confianza. A mí nunca me han caído bien, porque son unos animales, siempre con malos modos, nunca te saludan ni tienen una sonrisa para ti... Ellos se encargaban de que la parte privada de la finca estuviera segura, de que nadie entrara allí. Eran parte de la seguridad privada del doctor.

—¿Y cómo consiguieron entonces acceder a aquel lugar si estaba tan bien protegido?

—Nosotras éramos las encargadas de servir la cena a aquellos dos tipos, así que pusimos tranquilizantes en sus sopas, para que cayesen redondos esa noche y tener vía libre. Pensábamos que no ocurriría nada malo si simplemente esperábamos a que se durmiesen, echábamos un vistazo y lo dejábamos todo tal y como estaba, que no se darían ni cuenta.

—¿Y funcionó? —preguntó el otro policía, más novato que su compañero. La obviedad de la pregunta hizo que tanto él como la mujer le miraran de una forma extraña.

—Claro que funcionó, ¡por eso estoy aquí! Apenas una hora después de la cena, mientras estaban en su pequeña habitación justo al lado de la puerta del edificio privado de la finca, los dos cayeron redondos en sus sofás mientras veían no sé qué programa en la televisión. Karolina y yo aprovechamos para colarnos en aquel lugar, que para nuestra sorpresa, estaba muy bien cuidado. No lo habíamos pisado nunca, pero estaba claro que alguien se encargaba de limpiarlo y mantenerlo en condiciones, porque estaba impecable. En las paredes había un montón de cuadros exquisitos, cortinas de sedas, jarrones carísimos en mesitas ornamentadas… Era incluso más lujoso que la parte que nosotras conocíamos. Continuamos un rato explorando aquella zona, y llegamos a una escalera que parecía llevar a un sótano. Lo pensamos durante un momento, pero decidimos bajar… Y allí estaban…

La mujer empezaba a derrumbarse, y apenas podía contener el llanto. Ya les había contado la historia a los dos agentes hasta ese punto un par de veces, pero era incapaz de seguir desde ahí. Simplemente no podía hablar. Algo impacientes, los agentes le pidieron por favor que continuara, que era de vital importancia para la investigación.

—Sabemos que debe haber sido muy duro lo que ha visto… pero si no nos lo cuenta, no podremos hacer nada, señora Kasumova.

Enjuagándose el llanto con la manga de su viejo jersey, Sasha trató de recomponerse. Le costó bastante, pero al final pudo seguir contando la historia:

—Eran niñas, niñas pequeñas… no debían tener más de once o doce años, Dios… Estaban mutiladas, colgadas del techo o de la pared… Y había una en la camilla, tumbada, inconsciente o muerta… tan dulce, con unos ojitos azules preciosos y… oh Dios.

Los agentes se miraron entre sí sin entender muy bien lo que aquella mujer les estaba contando. ¿Niñas colgadas y mutiladas? ¿Aquel doctor las mantenía encerradas para abusar de ellas?

—¿Qué le dijeron esas niñas, señora Kasumova?

—No... no podían decir nada... Ni siquiera gritar. Emitían un leve sonido hueco, como si hubieran perdido sus cuerdas vocales... Tal vez el doctor también las mutiló así. Agentes, era horrible, no se pueden hacer una idea de lo horrible que era tener aquella escena delante... ¡Las niñas no tenían piernas ni brazos, estaban colgadas de muñones, como animales en un matadero, y totalmente desnudas! Dios santo, ¿cómo ha podido hacer algo así el doctor Glurich?

Aquellos dos agentes no salían de su asombro ante lo que esa señora estaba contando. Si era real, y desde luego parecía que no estaba mintiendo ni mucho menos, se estaban metiendo en un tema más que peliagudo. No solo por lo horrible de los crímenes que el doctor habría podido cometer, sino por la propia posición social y económica de Glurich, uno de los hombres más respetados y ricos de aquella ciudad. Aquello sería todo un escándalo...

—Tienen que hacer algo, por favor... Les suplico que vayan allí y saquen a esas niñas de ese horrible lugar, se lo suplico... No merecen sufrir de esta manera. Detengan a ese monstruo en cuanto vuelva, por favor. Enciérrenlo de por vida, que se pudra en la cárcel, o lo que sea, pero no dejen que siga destrozando la vida de esas muchachas...

Los agentes le prometieron a la mujer que harían todo lo posible por arreglar la situación y, si estaba en lo cierto, detener y juzgar duramente al doctor Glurich.

Solo que aquello jamás sucedió. La policía se desentendió del caso en cuanto habló con Glurich, quien les contó que todo era una mentira absurda urdida por aquella vieja loca. Sasha Kasumova tuvo que huir de la ciudad porque sabía que su vida corría peligro, y acabó sobreviviendo como pudo en Berlín. Aquel caso ni siquiera llegó a abrirse, y los dos policías que la habían atendido fueron enviados a dos comisarías distintas, en cada extremo del país.

Todavía hoy, los rumores de lo que aquel doctor podía hacer con las niñas del orfanato siguen escuchándose, como susurros, en las esquinas más oscuras de aquella ciudad.

La historia

Internet es sin duda uno de los inventos más revolucionarios de la historia de la Humanidad, comparado por muchos con la llegada de la imprenta de Gutemberg, un método que posibilitó la expansión del conocimiento a unos niveles inimaginables anteriormente. Ha permitido que el hombre pueda compartir información necesaria que le ha otorgado una parcela de libertad importante. Pero como todo, también tiene una parte oscura. Y no nos referimos a la que cualquiera puede encontrar a través de los buscadores usuales. Hablamos de la llamada Deep Web, la parte no visible de Internet, páginas en las que se llevan a cabo acciones inimaginables, delictivas y perversas.

Parece que hay varios métodos para acceder a la Deep Web, siempre de forma anónima, y poder "disfrutar" de lo que solo allí se encuentra. Se habla de un mercado negro de todo tipo de mercancías, desde cuadros o joyas robadas hasta órganos e incluso personas. Webs en las que se anuncian asesinos a sueldo, foros pedófilos, imágenes y vídeos de una brutalidad insoportable... La parte más oscura, cruel y depravada del ser humano parece haberse concentrado en esa Deep Web, que en los últimos tiempos está demostrando no ser tan segura, ya que también se están realizando redadas sobre páginas de difícil acceso dentro de esta parte del mundo cibernético, logrando desarticular las mafias que campan a sus anchas.

La Deep Web es un lugar en el que, según se cuenta, uno puede encontrar cualquier cosa que imagine, y comprarla si es que dispone del dinero necesario. Y cuando decimos cualquier cosa, nos referimos a historias como la que presentamos aquí, Lolita Slave Toy, o traducido al español, Lolita Esclava de Juguete. Se dice que la historia apareció por primera vez en uno de los foros más depravados de la Deep Web, y causó tantísimo impacto en los usuarios que lograron llegar hasta ella, que tuvieron que compartirla. Así fue como se coló en las webs normales, en formato de historia de terror, de creepypasta, una de las pocas que no tienen componentes sobrenaturales, ni falta que hace, porque el terror viene dado de la propia mitad oscura del hombre.

Lolita Slave Toy se cuenta en primera persona, por parte de un supuesto cirujano que vive en la periferia de Europa del Este, un lugar devastado por guerras, hambrunas y pobreza hasta hace bien poco. Una de las consecuencias de esta situación extrema era que muchos niños y niñas quedaban totalmente desamparados, sin familia, y tenían que acudir a los orfanatos. Llegaba un punto en el que ni siquiera estos podían hacerse cargo de ellos, al ser demasiados.

Entre todos estos niños existen también niñas en edad prepubescente, entre los 9 y los 12 años, que al ser ya demasiado mayores, no tienen posibilidades de ser adoptadas y están prácticamente condenadas a buscarse la vida de la manera en la que mejor puedan. Estos países son conocidos por la belleza de sus mujeres, y en este caso, también se habla de la extrema belleza de estas niñas, que parecen muñecas angelicales. Algunas de ellas son vendidas a prostíbulos, pero otras corren incluso peor suerte, ya que se convierten en lolitas esclavas de juguete, según cuenta esta historia.

La palabra Lolita, además de ser un nombre, se atribuye a las niñas que demuestran un temprano interés sexual, y que tratan de seducir a hombres mayores que ella, para conseguir algún tipo de premio o recompensa. Se alude a ellas con ese nombre por la publicación del libro Lolita, del ruso Vladimir Nabokov, protagonizado por una niña de 12 años que trata de seducir al nuevo marido de su madre. Por tanto, las lolitas son chicas jóvenes que atraen con sus incipientes encantos a hombres mayores que ellas, en una relación que traspasa la línea entre lo romántico y lo pedófilo.

Así pues, según el propio cirujano que cuenta la historia, estas jóvenes quedan en muchas ocasiones abandonadas por los propios orfanatos, y el aprovecha eso para conseguir a algunas hermosas chicas, de entre 9 y 12 años, para sus propósitos. En el orfanato intuyen que el cirujano no hace nada bueno con las niñas, pero no les importa demasiado, porque se las lleva y les quita una boca más que alimentar, así que no hacen muchas preguntas.

El cirujano, siempre en primera persona, empieza a contar cómo convierte a estas jovencitas en esclavas sexuales de juguete, auténticas muñecas que solo pueden sentir, y que están dispuestas a satisfacer a los hombres tanto como ellos lo deseen. De esta forma, el cirujano consigue mucho más beneficio que el que podría sacar, por ejemplo, vendiendo los órganos de las jóvenes, o al menos eso cuenta en la historia. El orfanato, además, se encarga de hacer desaparecer cualquier documentación relativa a las niñas, para que así dejen de "existir" legalmente en cuanto salen de allí. Porque ya no van a ser niñas, sino esclavas de juguete.

En la historia, el cirujano explica con pelos y señales el proceso por el cual convierte a estas jóvenes en auténticas muñecas sexuales, privándolas de toda capacidad de comunicación, amputándoles las extremidades para que no puedan escapar, quitándoles las cuerdas vocales para que no hablen ni griten, y hasta arrancándoles todos los dientes para que no puedan morder. En su lugar, fabrica unos moldes de silicona para insertarlos en sus mandíbulas, y en sus muñones, una vez curados, incluye unas juntas para poder colgar con cadenas a estas esclavas sexuales a una pared, al techo o a donde el cliente necesite.

Lo hace todo dentro de la máxima higiene, ya que las chicas tienen que estar presentables. Gracias a sus conocimientos como cirujano, puede llevar a cabo estas operaciones tan complicadas de una manera eficiente, en su propia villa. Porque ante todo, este cirujano es un hombre muy rico en un país muy pobre, y por supuesto, se aprovecha de su posición y de sus contactos para llevar una vida lo más plácida posible, habiendo encontrado además este negocio que tanta rentabilidad le da. De hecho, asegura que puede vender a estas muñecas vivientes por 30.000 o incluso 40.000 dólares.

El cirujano no solo convierte a estas niñas en auténticas muñecas vivientes, que no pueden moverse ni comunicarse, y que simplemente pueden sentir, que es lo único que necesitan para satisfacer correctamente a los hombres que las compren. Se jacta además de entrenarlas psicológicamente para que entiendan su nueva vida como esclavas, para que disfruten del sexo y conozcan el placer, pero que no sepan discernirlo del dolor, por ejemplo, para que así se puedan llevar a cabo con ellas las prácticas más perversas y depravadas, algo que deja en manos de cada cliente.

Por supuesto, el procedimiento para crear a estas esclavas de juguete no es sencillo, y aunque la pericia del cirujano parece ser excelente, algunas chicas no sobreviven a esta dramática transformación, que no se da de golpe, sino que se va dando poco a poco, a lo largo de meses, e incluso años. Después de eso, según el cirujano, las niñas están totalmente preparadas para servir como esclavas sexuales durante muchos años antes de ser desechadas. Una práctica inhumana que traspasa todos los límites de depravación que uno pueda imaginar.

La historia, claro está, se vende como absolutamente real, no como una creepypasta, y todavía sigue habiendo mucha polémica en los foros de Internet acerca de cuánto hay de cierto en Lolita Slave Toy. Posiblemente la historia tal cual se cuenta, con toda la parafernalia del cirujano convirtiendo a las niñas en muñecas vivientes, sea totalmente falsa, ya que es complicado que unas niñas tan pequeñas pudieran sobrevivir a todo este depravado método. Además, si durante todo el tiempo se había guardado de no dejar rastro alguno de lo que hacía, ¿por qué el cirujano de repente cuenta la historia, con pelos y señales, en un foro de Internet? Por más que la historia tenga como trasfondo una época convulsa, de hace 20 o 30 años, en unos países donde la justicia no estaba ni mucho menos desarrollada en aquel momento, hacerlo público sería casi un suicidio, incluso en un sitio tan oscuro como la Deep Web, donde solo está lo peor de lo peor.

Por tanto, ¿es todo ficción en esta historia tan macabra y depravada? Pues por desgracia no lo es, porque como en toda leyenda, Lolita Slave Toy también tiene una parte de verdad. Y es que el tráfico de niñas para la prostitución es una cruel realidad que azota no solo a los países de Asia y África, sino también a algunos del este de Europa, o al menos así ha sido en las últimas décadas. Además, parece cierto que algunas redes de pedofilia se han servido de la llama Deep Web para llevar a cabo sus crímenes, llegando incluso a venderse a algunas de estas niñas a través de foros y páginas de esta parte oculta de Internet.

Una horrible realidad que es exagerada de forma macabra y

morbosa por la historia de Lolita Slave Toy, cuyo origen real todavía es desconocido. Tal vez sea cierto que apareció en la Deep Web, aunque fuera como una broma de mal gusto. El caso es que la persona que creó semejante historia de depravación absoluta debe tener una mente retorcida cuanto menos, lo que ha convertido a Lolita Slave Toy en una de las más aterradoras historias modernas de la red, sin ser ni siquiera una historia de terror propiamente dicha.

THE HANDS RESIST HIM

Pasadena, California (Estados Unidos) Enero de 2000

Jason y Tori estaban tremendamente satisfechos por haber encontrado aquella pintura en el sitio menos esperado. Sabiendo de su gusto por los cuadros antiguos, un viejo amigo les avisó de que en la antigua fábrica de cervezas donde trabajaba había un almacén con un montón de trastos inservibles. Los iban a tirar al lunes siguiente, así que avisó a sus amigos para que, si lo deseaban, se dieran una vuelta por allí, por si podían encontrar algo que les fuera interesante.

Y lo encontraron, desde luego.

Entre un montón de cacharros oxidados y periódicos antiguos, Jason se topó con un gran envoltorio, que sin duda alguna estaba protegiendo algo valioso. Después de un tiempo de coleccionar este tipo de cosas, uno desarrolla una especie de sexto sentido para encontrarlas. Y al quitar aquel envoltorio, Jason sabía que algo importante estaba a punto de ocurrir.

Pinturas, seis en total, con unos marcos a medio corroer, pero en buen estado en su mayoría. Jason avisó a Tori, y juntos fueron sacando, una por una, aquellas pinturas de su envoltorio protector. Nada fuera de lo habitual, copias de copias de cuadros que se habían vendido bien hace dos décadas, algún paisaje que podía servirles para decorar la entrada… Pero al llegar a la sexta y última pintura, ambos se quedaron embobados mirándola. Era especial, sin duda, de una calidad muy superior al resto, con unos trazos gruesos y unos colores en contraste, intensos en primer plano y oscuros y lúgubres en el fondo. Pintado al óleo, el cuadro tenía cierto aire grotesco que no pasó inadvertido a la pareja.

En el cuadro aparecían dos niños, un chico y una chica, justo delante de una puerta acristalada. El chico miraba directamente al frente, pero la niña estaba de lado, sosteniendo algo en sus manos. Lo que más llamó la atención de Tori y Jason es que detrás de la puerta, en la aparente oscuridad del fondo, surgían unas manos que parecían tratar de traspasar los cristales, dándole a la pintura un aire realmente tenebroso. Sin embargo, ellos la encontraban encantadora e incluso infantil, por lo que no dudaron en llevársela a casa. Sería un regalo perfecto para poner en la habitación de Tracy, su pequeña de cuatro años.

Al llegar a casa y enseñarle el cuadro a la niña, esta se quedó un poco extrañada al verlo. Sus padres pensaron que le entusiasmaría, pero no prestó demasiada atención al mismo, ya que estaba jugando con sus muñecas favoritas. Le dijeron que lo pondrían en su habitación y al no contestarles la pequeña Tracy, lo tomaron como un sí. Cambiaron el marco por uno nuevo en perfectas condiciones y lo colgaron en la pared de la habitación de su hija, justo al lado de la cama. En la habitación quedaba mucho mejor, combinando perfectamente con el ambiente de la misma y los colores que imperaban en ella.

Pasaron tres días, y todo parecía estar en total normalidad, salvo porque la pequeña Tracy no dormía bien. Se levantaba cansada por las mañanas y aseguraba que no había podido dormir demasiado por escuchar ruidos. Sus padres no le dieron mayor importancia hasta que, en la cuarta noche, la pequeña les despertó en medio de la madrugada. Traía a Sparkles, su pequeño conejo de peluche, apretándolo con fuerza sobre su pecho, y tenía los ojos llorosos.

—¿Qué te ocurre, cielo? ¿Por qué estas despierta tan tarde?

—No podía dormir. Se han puesto a pelear y a gritarse, y no me dejan dormir.

—¿Quién se ha puesto a gritar?

—Los niños. Quieren salirse del cuadro.

Al oír estas palabras y ver el estado de nerviosismo de su hijo, Tori y Jason cruzaron una mirada preocupada. Lo que la niña decía era imposible, y lo más probable es que fuera fruto de un mal sueño, de una pesadilla. Pero, ¿y si fuera verdad? Tracy era una niña muy tranquila, nunca había tenido ningún problema por las noches y llevaba durmiendo sola desde hacía ya un año. Jamás había llorado, ni siquiera los primeros días. Y ahora estaba visiblemente asustada por lo ocurrido.

Tracy se quedó a dormir con sus padres y, a la mañana siguiente, Jason decidió tomar cartas en el asunto y llegar hasta el final para comprobar si lo que su hija decía era cierto o no. Con una cámara de vídeo, grabó durante tres noches el cuadro, de manera ininterrumpida. Su objetivo era demostrarle a su hija que no pasaba nada, que todo había sido producto de su imaginación. Lo peor llegó al visionar aquellas cintas con detenimiento.

Tori y Jason pudieron comprobar cómo, en medio de la madrugada, aquellos niños comenzaban a moverse, de una forma casi imperceptible al principio, pero que era mucho más evidente cuando se aceleraba la imagen. Los labios de los dos niños se movían, como si estuvieran hablando entre ellos, sus cabezas se giraban, e incluso en un momento dado, aquella tétrica niña amenazaba al niño con lo que llevaba en la mano, aparentemente tratando de que saliera del cuadro. Y de hecho, al poco tiempo, los niños aparentemente desaparecían del mismo.

Horrorizados, Jason y Tori descolgaron aquella pintura del cuarto y se la llevaron a un trastero, fuera de casa, donde la ocultaron bien. Sabían que era complicado que alguien la quisiera, sobre todo después de aquello, pero decidieron ponerla a la venta a través del sitio de subastas más famoso de Internet, eBay. Seguro que algún comprador extravagante y amante del misterio estaba dispuesto a hacerse con ella. Y entonces, lo que pasara ya no sería su responsabilidad.

Sin saberlo, Tori y Jason iban a comenzar una de las leyendas más escalofriantes y populares del siglo XXI en la red. Pero eso es otra historia…

La historia

Era el año 1972, y Bill Stoneham vivía con su esposa en California. Era artista, pintaba cuadros y realizaba dibujos de distintos estilos. Consiguió un contrato con una galería de la zona, propiedad de Charles Feingarten, que le encargaba dos cuadros mensuales a razón de 200 dólares cada uno. Estaba a punto de finalizar uno de los plazos y todavía no había realizado la pintura pertinente. Buscando inspiración, encontró una foto suya de pequeño, a los cinco años, en la que aparecía junto a una pequeña niña, que por aquellos tiempos era su compañero de juegos. A la vez, su esposa le enseñó un poema que había escrito acerca del proceso de adopción del propio Bill, y la desazón al no conocer a su familia biológica. El poema se titulaba Hands Resist Him (manos que le resisten en su traducción al español). Algo debió encenderse dentro de Bill, porque consiguió terminar un cuadro en tiempo record para entregárselo a su galerista.

En 1974, cuando el contrato de Bill con Charles Feingarten terminó, se realizó una gran exposición con algunos de sus mejores trabajos. En ella, el actor John Marley, bien conocido por haber participado en la película El Padrino, decidió comprar aquella pintura, embriagado por su surrealismo y por ese punto aterrador que tenía. Y es que The Hands Resist Him (Stoneham decidió conservar el título del poema para su cuadro) es la representación de un niño de cinco años al lado de una pequeña muñeca (no una niña, como muchos piensan). Los dos están delante de una puerta de cristales, y prestando atención, en la parte inferior se pueden observar como algunas manos tratan de traspasar el cristal para llegar a ellos. El cuadro tiene connotaciones oníricas, pero en ningún momento su autor pretendió causar terror o miedo con el mismo. Sin embargo, la compra por parte de Marley iba a dar origen a una de las leyendas más aterradoras e increíbles que han circulado por la red en estos años.

Porque hay que remontarse a ese momento, 1974, para comenzar a seguirle la pista a The Hands Resist Him y entender el comienzo de la leyenda negra que acompaña a esta pintura. En los años siguientes, tres de sus dueños fallecieron después de haber tenido la pintura, Seidis, Charles Feingarten y John Marley, si bien este último la vendió tiempo antes de morir. Parece que la pista de la pintura se pierde en 1984, y durante muchos años, permanece oculta en la trastienda de una fábrica de cerveza en California, sin que nadie sepa absolutamente nada de ella. Hasta que una pareja la encuentra y se la lleva a casa.

Tal y como hemos expuesto en la dramatización de esta historia, la pareja había visto una oportunidad única de tener en casa una obra que destacaba por su buen hacer y su innegable estilo. Según se cuenta, esta pareja decidió poner el cuadro en la habitación de su hija pequeña, con el resultado que ya conocemos. La niña aseguraba escuchar las voces de los personajes del cuadro por las noches, e incluso ver cómo escapaban del mismo. Tenía un miedo atroz a dormir sola, y eso alertó a sus padres.

Su padre decidió comprobar si allí estaba pasando algo extraño, y aunque en un principio era bastante escéptico, al realizar grabaciones nocturnas durante los siguientes días pudo comprobar como aquello que su hija estaba contando era totalmente cierto. Vio con sus propios ojos como los niños del cuadro se movían, parecían hablar entre ellos, e incluso salían del mismo en plena noche.

Aterrorizada, la familia decidió deshacerse del cuadro en cuanto tuvieran ocasión. Y lo hicieron a través de una web de subastas que en aquellos tiempos empezaba a despuntar, al igual que el propio uso de Internet, en todo Estados Unidos. Esta pareja colgó un anuncio en eBay en el año 2000, vendiendo la pintura, y advirtiendo a todo aquel que deseara comprarla que estaba maldita. Los propios vendedores incluyeron las capturas de las imágenes grabadas con la cámara, en la que según ellos, podía verse cómo los niños del cuadro se movían. Incluyeron también una cláusula por la que no se hacían responsables de lo que pudiera pasar después de vender el cuadro.

Esta es la historia que se ha ido creando en torno a la pintura The Hands Resist Him pero, ¿es totalmente cierta? Pues lo es tal y como la hemos contado hasta ahora, salvo por un pequeño detalle. La pareja que vendía esta supuesta pintura maldita en eBay la puso primero a la venta por 200 dólares sin ningún tipo de descripción especial, y nadie pujo por ella. Pero un día, volvieron a subir la pintura para venderla, incluyendo los detalles de la supuesta maldición y los episodios paranormales que la rodeaban.

En pocos días, el anuncio se convirtió en uno de los primeros virales de Internet, consiguiendo más de 30.000 visitas. Muchos usuarios aseguraban que la pintura tenía sin duda algún tipo de poder paranormal, porque incluso a través de la pantalla ellos habían sentido extrañas presencias, se habían sentido mal al mirarla durante un tiempo, habían escuchado risas de niños… Algunos usuarios aseguraban que sus mascotas habían reaccionado violentamente al ver esa imagen en sus pantallas, o que las impresoras se volvían completamente locas y se estropeaban si se intentaba imprimir. Todo este jaleo tuvo sus frutos, ya que la pintura se vendió por 1205 dólares a un galerista llamado Kim Smith.

El revuelo levantado por la supuesta pintura maldita ya era incontrolable, y la historia, convertida en leyenda, circulaba por todas las webs y foros de misterio, convirtiéndose en una de las primeras creepypastas de la historia de la red, aunque de forma involuntaria. Si bien los vendedores de la pintura no tenían intención de crear una historia de terror en sí, al inventarse aquella descripción y la maldición sobre el cuadro dieron lugar a una leyenda urbana que se ha hecho conocida en todo el mundo. Y como toda gran leyenda urbana, ha conseguido imponerse incluso a la cruda realidad.

Al poco de recibir la pintura, la prensa, que había seguido con emoción toda la historia del cuadro embrujado, entrevistó a su nuevo dueño, Kim Smith. Este admitió que, aunque le gustaría poder hablar de fenómenos paranormales, de gritos de niños y sucesos extraños en torno al cuadro, lo cierto era que no había ocurrido absolutamente nada de eso desde que lo tenía. Smith lo achacaba todo a malas pasadas de nuestra mente.

Más tarde se comprobaría que las imágenes que acompañaban a la pintura en la descripción de eBay, supuestamente reales y tomadas por la cámara del vendedor en el cuarto de su hija, eran solo un montaje para refutar la teoría de la maldición del cuadro. La realidad asomaba, como siempre, detrás de cada leyenda urbana, pero eso no impedía que la historia, aterradora como pocas, se hubiera extendido ya más allá de lo concebible, hasta llegar incluso a oídos de Bill Stoneham, que tantos años después volvía a saber de su pintura.

El autor del cuadro se sentía abrumado y sorprendido por ver cómo su obra había terminado convirtiéndose en una leyenda en la red. El propio Bill lo explicaba de esta manera:

"Vivimos en una era de ciencia, duras realidades y hechos concretos, pero todavía nos sentimos atraídos por el misterio. ¿Y qué es más misterioso que las pinturas? Más que cualquier otro objeto, las pinturas son una especie de cosa creada por alguien usando sus manos. Y a veces, esas manos crean algo que aterroriza a la gente durante décadas."

Stoneham también dio las claves del simbolismo de su cuadro, para acabar con todas las teorías que habían surgido en relación a la supuesta maldición. Explicó que el niño era él mismo a los cinco años, y que la separación entre lo que hay detrás de la puerta y lo que hay delante de ella es la separación entre el mundo del sueño y la vigilia. La muñeca que tiene a su lado corresponde a un guía imaginario, que le ayuda a discurrir entre esos dos mundos, y las manos que aparecen de forma amenazadora simbolizan todas las opciones de futuro que tiene el pequeño protagonista del cuadro.

Actualmente, parece que el cuadro sigue en posesión de Smith, quien ha permitido, en muy contadas ocasiones, que algunos grupos de curiosos puedan verlo directo. La reacción sigue siendo la misma, un temor aterrador, una sensación de desasosiego al estar frente a la obra. Aunque Smith y Stoneham hayan repetido mil y una veces que la historia de la maldición no es más que un bulo que sirvió a estos vendedores de eBay para ganar mucho dinero por el cuadro, la gente sigue temiendo a los niños de la pintura. Smith asegura que ha recibido ofertas muy jugosas, incluso de seis cifras, para vender la pintura, pero que no desea deshacerse de ella.

Lo que sí es totalmente cierto es que la carrera de Bill Stoneham ha crecido enormemente gracias a este cuadro, esté maldito o no. Actualmente, sus reproducciones se venden a 400 dólares la pieza, el doble de lo que le pagaron por su original, y ha conseguido ser conocido en el mundo entero, tal vez no de la forma que más le hubiera gustado, pero algo es algo. En estos años, la pintura se ha convertido en un icono de la cultura popular moderna, no solo en internet. El cuadro aparece en el corto Sitter, del director A. D. Calvo, y también en la portada de un disco de la banda Carnival Divine, así como en numerosos videojuegos de aventuras o terror.

Las pinturas malditas han estado siempre entre nosotros, siendo un tema ocurrente en la literatura, con el ejemplo más popular en El Retrato de Dorian Gray, la obra de Oscar Wilde. Existen numerosas leyendas, tanto antiguas como modernas, de pintores que, por vender su alma al diablo en un contrato fáustico o por la simple impregnación de maldad y venganza, han dado lugar a obras malditas que han causado el pesar, la devastación y el dolor en todos aquellos que han tenido contacto con ellas.

The Hands Resist Him podría ser un buen ejemplo de esto, aunque solo en el terreno de la leyenda, ya que como vemos, la realidad no es, por fortuna, tan descarnada.

THE BUNNYMAN

Clifton, Virginia (Estados Unidos). Octubre de 1985

Tratando de parecer lo más tranquilo posible, Eddy se dirigió a sus primos, que caminaban unos metros por delante de él:

—¿Adónde me lleváis? ¿Creéis que un maldito bosque de mierda me va a dar miedo?

Sean y Miles cruzaron una mirada de complicidad, mientras seguían caminando sin contestar a su primo. Sabían que les seguiría, y que estaba empezando a estar asustado de verdad, a pesar de lo que dijera. Su tono transmitía mucho más que sus palabras.

Cabreado y cansado, Eddy siguió refunfuñando durante cinco minutos más, hasta que de pronto, sus primos se pararon muy cerca de un puente de aspecto tenebroso, encalado en blanco y bastante estrecho, o al menos eso le pareció a él. Empezaba a anochecer y eso seguramente le daba un aire más tétrico al lugar:

—¿Qué es esto? –preguntó Eddy.

—Esto, primito —contestó Miles, el mayor— es el puente de Bunny Man, el sitio más aterrador de todo el estado de Virginia.

—¿En serio? ¿Para esto me habéis hecho andar durante una hora? ¿Para traerme a un viejo y sucio puente medio derruido? Aquí no debe haber ni espectros…

—Tienes razón, Eddy, no hay fantasmas, o al menos que sepamos —intervino Sean, un año mayor que su primo, aunque mucho más maduro.

—En este lugar hay algo mucho, mucho peor que cualquier espíritu… algo maligno de verdad, y sobre todo, muy real…

—¿Qué quieres decir con eso?

—¿No conoces la historia de Bunnyman, Eddy? Es escalofriante.

—¿Bunnyman? ¿Cómo puede dar miedo una estúpida historia sobre un conejo?

—Porque no es un simple conejo, es un hombre conejo, y además… porque es cien por cien real.

Cuando Miles ya había captado la atención de Eddy, que cada vez miraba con mayor inseguridad hacia aquel túnel, comenzó a relatar la historia que llevaba años aterrorizando a los niños de la zona.

—Es normal que no la conozcas, porque nunca has venido por aquí hasta ahora. Pero si vivieses en Fairfax seguro que no pensarías que el Bunnyman es estúpido. Seguro que te cagarías en los pantalones con solo escuchar su nombre.

—Eso no…

—Tss, calla y escucha. Voy a relatarte su historia, una historia de sangre y muerte, de terror y venganza… Y sobre todo una historia totalmente cierta.

"Dicen que fue en 1904, El antiguo sanatorio a las afueras se estaba convirtiendo en una prisión preventiva para convictos todavía no juzgados, y muchos eran trasladados aquí a espera de lo que dictaminara el juez. En uno de esos traslados, el camión en el que venían sufrió un horrible accidente. Murieron casi todos los reclusos, así como el conductor y los guardias que los custodiaban. Pero algunos lograron escapar, y se escondieron por los alrededores.

La policía rastreo toda la zona y logró dar con ellos… con todos menos con dos. Estos dos convictos fugados eran Marcus Walter y Douglas J. Grifon. Habían logrado despistar a la policía, que seguía persiguiéndolos por toda la zona, incluso fuera del condado, tratando de darles caza. Sin embargo, se encontraron con otra cosa espeluznante. En los alrededores del pueblo, en aquellas semanas, aparecieron decenas de conejos blancos colgados de los árboles y a medio devorar. Era algo dantesco, que hizo que todos en Clifton pensaran que uno de estos convictos seguía por la zona y se divertía matando a los conejos.

Siguiendo la pista de los conejos, que parecían tener un patrón, los policías llegaron a un puente cercano a Colchester Road, por donde antes pasaba el Ferrocarril del Sur. Y allí encontraron algo que sin duda no esperaban. Colgado del puente, y también a medio devorar, como los conejos de las últimas semanas, el cadáver de Marcus Walter se mecía con el viento, horriblemente mutilado. Fue entonces cuando se dieron cuenta de que Grifon estaba detrás de aquel crimen, así como de la masacre de los conejos. Por ello le apodaron Bunnyman.

La policía no logró encontrar a Grifon hasta tiempo después, precisamente en el mismo puente en el que había aparecido muerto su compañero Walters. Cuando trataron de apresarlo, sin embargo, Bunnyman logró escapar lanzándose sobre el tren. Dicen que los policías escucharon una risa maléfica y desquiciada justo antes de verlo desaparecer. Nunca más se supo de él, aunque se cuenta que suele volver por aquí, en vísperas de Halloween, para demostrar a todos que sigue vivo."

Eddy temblaba y casi no podía contener las lágrimas después de que su primo contase toda esta historia mirándole fijamente a los ojos. Aunque en su mente se repetía una y otra vez que solo era un cuento de fantasmas para asustarle, algo en su interior le decía que era real, y que había pasado muy cerca de allí. De hecho…

—El… el puente —comenzó a balbucear Eddy, sin atreverse a seguir.

—Sí —continuó su primo Miles por él—, es este mismo puente. Justo aquí arriba apareció Walters ahorcado. Justo aquí es donde desaparece Bunnyman. Y también se dice que es por aquí por donde suele aparecer, en noches como la de hoy.

—Eso no puede ser verdad. Aunque hubiera escapado, ese tipo ya estaría muerto –Eddy parecía reconfortado escuchándose así mismo. Su teoría era indiscutible, y pensaba que echaría por tierra los intentos de Sean y Milles de asustarle.

—Bueno, no hemos dicho que sea el mismo Bunnyman… —dijo Sean.— Al parecer, otros tipos han cogido el testigo de Douglas Grifon, y han seguido viniendo a este puente, en estas fechas, para conmemorar aquel asesinato. Como si quisieran demostrar que, por más que muera el hombre, Bunnyman siempre va a existir.

—Menuda estupidez. Eso no se lo cree nad…

Eddy se quedó callado de repente, con la mirada perdida por detrás de sus primos. Extrañados, Sean y Miles se volvieron. Los tres pudieron ver cómo, a unos veinte metros, una extraña figura se fundía con la vegetación. Miles encendió su linterna y enfocó directamente a aquel lugar. Orejas puntiagudas, una enorme boca sonriente… y lo que parecía un hacha, sostenida con la mano izquierda. No hizo falta mucho más para que los tres salieran corriendo como alma que lleva el diablo, sin ni siquiera mirar atrás hasta llegar de nuevo al pueblo.

—Habéis sido vosotros, ¿verdad? Todo esto es una broma, de muy mal gusto por cierto —gritaba Eddy enfurecido.

—Nosotros no tenemos nada que ver con eso, primo, te lo juro. Esa cosa… estaba ahí… era Bunnyman —contestó Sean preocupado.

—Joder, pensé que eran solo historias de viejas para asustarnos, pero es real… Ha vuelto —dijo Miles.

—No digáis tonterías, sería solo un imbécil que también conoce la historia, como vosotros, y ha querido asustarnos.

—No sé Eddy, nadie va por ahí con un traje de conejo y un hacha en la mano…

—Es Halloween, a la gente le gusta gastar bromas pesadas… —Eddy seguía escudándose en su teoría, para no tener que pensar que realmente sí que podía haber visto a un verdadero psicópata.

—¿Creéis… que debemos ir a la policía… o algo? –preguntó Sean, el más angustiado de los tres.

—No nos iban a creer… Pensarán igual que Eddy, que no era más que un tipo vestido con un traje de conejo para asustarnos —contestó su hermano—. Vamos, olvidémonos de esto y pongámonos los disfraces, o no nos van a dejar ni un solo caramelo.

Aunque los tres estaban todavía aterrados por aquel encuentro, decidieron que lo mejor era hacer como si nada hubiera pasado, y seguir con lo previsto para aquella noche de Halloween. Eddy se puso con esmero su disfraz de hombre lobo, Miles iba muy elegante de vampiro, con unos colmillos que parecían totalmente auténticos, y Sean, como siempre el más bromista, se había disfrazado de Frankestein con una peluca que recordaba al Sr Albom, el profe de Ciencias, que apenas hablaba y también era alto y cuadriculado.

Al poco tiempo, los chicos ya estaban deseosos de comenzar su noche de brujas, habiendo olvidado el incidente del puente. Milles abrió la puerta para salir, pero se quedó plantado en el umbral, mirando al suelo del porche.

—¿Pero qué co…?

Sus primos se acercaron para ver qué era todo aquello. No pudieron reprimir un grito de puro espanto al comprobar que, en el suelo del porche, a menos de un metro de ellos, había un conejo blanco muerto, a medio devorar, rodeado de un charco de sangres y vísceras.

La historia

A veces, un suceso totalmente real y verificable se convierte en el germen de una leyenda que va mucho más allá de los hechos ocurridos originalmente. Lo hemos visto en numerosas ocasiones, como un crimen o un asesinato múltiple pasa a ser como una especie de leyenda negra, haciendo caer una maldición sobre el lugar donde es cometido. Desde casas encantadas a cementerios, existen muchísimos lugares malditos en donde se ha derramado sangre de verdad, y que han pasado a convertirse en auténticas leyendas, pero con base real.

La historia del Bunnyman o Hombre Conejo también tiene una base real, aunque ni mucho menos es la que se tiene como cierta hoy en día. Con el paso del tiempo, la fina línea que separa los hechos reales de los inventados parece haberse difuminado, gracias en gran parte a que estos últimos están muy bien construidos y suponen una de esas historias que a todos nos gusta contar, aunque algo menos escuchar. Un cuento de terror moderno que ha dado mucho de sí, sobre todo gracias a su expansión por medio de Internet.

Y es que la leyenda del Hombre Conejo, a diferencia de la mayoría de historias recogidas aquí, no nació en Internet. Con esto nos referimos a que, durante años, esta leyenda recorrió la zona noreste de Estados Unidos como una de tantas historias para asustar a los niños, convirtiendo al Bunnyman en un moderno hombre del saco. La leyenda surge en 1970, debido a los auténticos incidentes reales, que no incluyeron ni mucho menos muerte alguna. Sin embargo, con el tiempo, esos incidentes reales sirvieron de base para que la creatividad de los lugareños fuera construyendo un relato sórdido y atroz, que se remontaba a primeros de siglo. Ese relato, con alguna que otra modificación, es el que nos llega actualmente, gracias a su publicación a finales de los años 90 en una web llamada Castle Of Spirits, por parte del usuario Timothy C. Forbes.

Forbes incluyó esta historia como si todo el mundo en Clifton, Virginia, la creyera como real. Se supone que en el lugar de los hechos, generaciones enteras de familias, desde principios de siglo, han creído en el Bunnyman, porque saben que los sucesos que se cuentan sobre él son reales. El autor trata de recopilar toda la información que conoce sobre la historia, remontándose al año 1904, cuando unos convictos fueron trasladados a la recién estrenada prisión de Lorton, muy cerca del pueblo de Clifton. Hubo un terrible accidente y muchos murieron, pero otros escaparon.

Según la historia de Forbes, tal y como la hemos trasladado nosotros en el relato anterior, dos de estos fugitivos lograron dar esquinazo a las autoridades durante semanas. Al tiempo, montones de conejos muertos y a medio devorar aparecían colgados de los árboles, en las cercanías del pueblo, dejando un reguero que los policías siguieron hasta llegar al puente de Colchester Road. Allí encontraron el cadáver colgado y también a medio devorar de Marcus Walters, uno de los convictos. El otro, Douglas Grifon, no aparecía por ningún lado. La policía decidió llamarlo Bunnyman.

Tardaron todavía un tiempo en encontrarlo, precisamente en ese mismo puente, pero justo antes de capturarlo, el psicópata se lanzó sobre el tren y consiguió escapar. Después de meses sin saber absolutamente nada de Bunnyman, de no encontrar más conejos devorados en los caminos, la gente se olvidó del tema. Sin embargo, según cuenta Forbes en su historia, cuando se acercaba la noche de Halloween los lugareños volvieron a encontrar montones de conejos muertos en los alrededores del pueblo, y el miedo regresó a Clifton. Fue precisamente en la noche de brujas cuando Bunnyman volvió a atacar, cobrándose la vida de tres jóvenes que estaban bebiendo y pasando el rato junto al ya famoso puente donde él mismo habría desaparecido meses antes.

La historia se repitió un año después, y cada cierto tiempo, en la noche de Halloween, Bunnyman volvía a aparecer para acabar con la vida de cualquier que merodeara por "su" puente. Varios incidentes tuvieron lugar a lo largo de estas décadas, y aparentemente, el último de ellos ocurrió en 1987, cuando unas chicas decidieron ir al puente de Bunnyman a esperarlo en Halloween. No se sabe exactamente qué pasó, pero el caso es que una de ellas, Janet Charletier, quedó totalmente perturbada desde entonces, en estado de shock, después de la experiencia vivida en aquel lugar la noche de Halloween.

Forbes acaba su relato aseverando que parece un mito, pero que es totalmente real, y que exceptuando los incidentes más recientes, todos los demás están documentados en archivos de la propia biblioteca de Clifton, por lo que no es difícil darse cuenta de que son cien por cien reales. Pero, ¿lo son realmente? Como en toda leyenda, siempre hay parte de verdad…

El auténtico origen de Bunnyman

19 de octubre de 1970. El cadete Bob Bennet y su prometida regresaban de un partido de fútbol y dejaron su coche aparcado en Guinea Road, cerca de Burke. Estando en los asientos delanteros, se dieron cuenta de que algo se estaba moviendo fuera del coche. De pronto, la ventana del copiloto se rompió en mil pedazos, y después del lógico susto, tanto Bennet como su prometida pudieron ver a una extraña figura blanca junto al coche, gritándoles. El cadete dio marcha atrás y huyó de aquel lugar, mientras aquel tipo le seguía gritando que estaban en una propiedad privada. Lo más extraño es que, pasado el susto, Bennet y su novia encontraron un hacha en el suelo del coche.

Cuando la policía les pidió una descripción sobre la persona que les había atacado, ellos solo pudieron asegurar que habían visto una especie de figura blanca. Mientras Bennet mantenía que era un traje de conejo con dos grandes orejas puntiagudas, su prometida recordaba algo más parecido a una capucha blanca, como la del Ku Kux Klan.

Un segundo avistamiento extraño tendría lugar solo unos días después, el 29 de octubre, cuando Paul Phillips vio una extraña figura parada en el porche de una casa todavía sin terminar, también en Guinea Road, Burke. Según la descripción del testigo, aquella figura vestía un traje negro, gris y blanco como un disfraz de conejo, y era alto y corpulento. El tipo comenzó a talar uno de los postes del porche de aquella casa con un hacha de mango largo, mientras gritaba enfurecido: "todos vosotros traspasáis esta propiedad como si fuera vuestra. Si no te largas de aquí voy a tener que reventarte la cabeza".

Después de estos dos incidentes, la policía del condado de Fairfax abrió una investigación para determinar quién era ese misterioso tipo vestido con un traje de conejo. En las siguientes semanas, medio centenar de testigos se pusieron en contacto con la policía para informar de avistamientos del Bunnyman. Sin embargo, la investigación se cerró poco después, por falta de pruebas.

Eso no impidió que varios medios de comunicación tan locales como nacionales se hicieran eco de estos extraños avistamientos durante esas semanas. Incluso The Washington Post llegó a publicar un artículo en el que se insinuaba que el extraño Bunnyman era un psicópata y había asesinado a un gato huido de casa de su dueño. La expansión del mito era ya imparable, y solo tres años después, en 1973, la estudiante Patricia Johnson, de la Universidad de Maryland, recopiló hasta 54 versiones diferentes relacionadas con estos incidentes. La leyenda ya empezaba a crearse sobre la base de los hechos reales, y su expansión fue increíblemente rápida, sobre todo por los estados de Virginia y Washington.

Fue poco después, en 1976, cuando un joven llamado Brian A. Conley escuchó por primera vez el mito del Bunnyman estando con sus amigos de campamento. Según decían, el extraño hombre conejo se había llevado a dos niños que habían sido desobedientes, además de haber mutilado y devorado a algunos animales en la zona cercana a Clifton. Conley se quedó tremendamente impactado por aquella historia, y al contrario que muchas otras leyendas, no se olvidó de ella cuando creció.

Con el tiempo, Conley llegó a convertirse en el historiador y archivador de la biblioteca pública del condado de Fairfax, donde consiguió hacerse todo un especialista en la información referente al propio estado de Virginia. Recuerda que, en 1992, una joven entró en la biblioteca y le preguntó por información acerca de un asesinato que se habría cometido muy cerca de su casa. Según la historia de la joven, un psicópata habría matado a dos niños y los habría colgado en un puente, muy cerca de allí. Además, la chica aseguraba que el asesino era un preso escapado, que vestía un traje de conejo. Tantos años después, Conley volvía a encontrarse con la leyenda del Bunnyman. Y aquello hizo que el historiador se pusiera manos a la obra para desentrañar el misterio de una vez por todas.

Después de su investigación, Brian Conley llegó a la conclusión de que no existían pruebas ni datos fehacientes para asegurar que había un asesino vestido de conejo que matara a niños en el condado de Fairfax. Lo máximo que pudo encontrar son los incidentes relatados anteriormente, que por supuesto, sí que fueron reales. La leyenda generada en torno a ellos había conseguido pervivir y convertirse en todo un mito en aquella zona, haciendo que el Bunnyman fuera una especie de hombre del saco local.

A pesar de demostrar con su investigación que el Bunnyman como asesino de niños es un simple mito moderno, Conley ha visto como la leyenda se seguía expandiendo en los últimos años, especialmente gracias a Internet, dándole una nueva visión y logrando que muchos que la desconocían tuvieran acceso a ella. Internet ha revitalizado el mito del Bunnyman, logrando también homogeneizarlo, ya que todos toman como veraz la versión de la leyenda publicada por Timothy C. Forbes, que ha sido traducida y copiada de foro en foro, como otra creepypasta más.

Es llamativa también el hecho de que las propias autoridades de Fairfax hayan tenido que limitar el acceso al puente de Bunnyman en la noche de Halloween, ya que eran muchos los seguidores del misterio y las emociones fuertes los que querían pasar allí esa noche, para comprobar si la leyenda del hombre conejo era cierta o no.

Una leyenda tan jugosa como la del Bunnyman no podía quedarse solo en unos cuentos o creepypastas copiados en Internet. En 2001, el director Richard Kelly (nacido y criado en Virginia) incluyó una referencia muy evidente a este mito en su película Donnie Darko, un film que se ha convertido en una obra de culto para muchos. En ella, Donnie es un joven que parece alucinar con un extraño demonio, vestido con un traje de conejo gigante. Por si esto fuera poco, en 2011 se estrenó la película de terror de bajo presupuesto Bunnyman, inspirada directamente en la leyenda del hombre conejo, presentándolo como un despiadado asesino en serie. Aunque la película no era precisamente una obra maestra, en 2014 se lanzó su segunda parte, conocida como The Bunnyman Massacre, en la que el asesino con traje de conejo seguía haciendo de las suyas.

Un mito moderno que ha aterrorizado a miles de jóvenes en todo Estados Unidos y que, gracias a Internet, ha logrado fama mundial convirtiéndose en una de esas historias que, a pesar de no ser reales, tienen una inquietante base de verdad.

EL JUEGO DE LA VENTANA

Antes de empezar a leer esto, debes saber que no es una historia más. Es diferente, porque no se trata de ninguna invención. Es un ritual extremadamente peligroso, un juego iniciático al que solo los más valientes se atreven a enfrentarse. Si tomas estas palabras como base para realizar el ritual será por tu propia cuenta y riesgo…

Debe ser el último día del mes, y no suele funcionar a la primera. Se necesitan varios intentos para que salga bien, algunos dicen que entre seis y diez. Por lo tanto, pueden pasar hasta diez meses antes de que el ritual surta efecto y de comienzo el juego de la ventana.

Lo primero que debes hacer es cerrar la ventana y las cortinas de tu cuarto antes de dormir, de la forma más sospechosa y cuidadosa posible. Esta será la señal para llamar al "otro participante". ¿Cómo saber si ha funcionado? Muy sencillo. En medio de la noche escucharás como alguien empieza a llamar en tu ventana, al principio de forma débil, pero cada más con más fuerza e insistencia.

Lo más importante de todo es que pase lo que pase, nunca, jamás ABRAS LOS OJOS. Tus ojos deben estar cerrados todo el tiempo, aunque estés despierto. Es necesario para fingir que sigues durmiendo. Si el "otro participante" se da cuenta de que no lo estás… el juego habrá terminado para ti.

Es importante fingir que estás durmiendo y pase lo que pase, no reaccionar ante nada. El "otro participante" va a seguir golpeando tu ventana, durante toda la noche. Habrá momentos en los que lo hará de forma tan intensa que pensarás que va a despertar a alguien en tu casa, o a romper el cristal. Pero no te preocupes, eso jamás ocurre.

Tú solo mantén los ojos cerrados y finge que estás dormido, para poder sobrevivir al juego.

Si en mitad de la madrugada, y después de tanto ruido, los golpes se frenan de repente, no pienses que ha terminado. Es una maldita trampa. Lo que quiere el "otro" es que te duermas, para así poder sobresaltarte más tarde y que habrás los ojos al despertar. No puedes abrir los ojos, pero tampoco puedes dormirte. Esto es igual de importante, ya que de lo contrario, podrías caer en su trampa y… seguro que no te gustaría.

Puede que estés muy asustado, y probablemente te arrepientas de haber comenzado este maldito juego. Pero ya no hay marcha atrás. No trates de salir huyendo, ni de pedir ayuda. Nadie va a poder ayudarte si rompes las reglas y abres los ojos. La única forma de acabar con todo esto es aguantar, con los ojos cerrados y fingiendo que estás dormido, hasta el amanecer. Cuando los primeros rayos del sol se cuelen por tu ventana, sabrás que has logrado vencer en este juego.

Este reto se ha vuelto muy popular, y son muchos los que aseguran que lo han jugado y han logrado sobrevivir. Nadie sabe que hay detrás de la ventana, quien es ese "otro participante", aunque seguro que no es nada bueno… De los otros, las personas que perdieron, por abrir los ojos o no fingir bien que estaban dormidos… De ellos nada se sabe.

La historia

Sin diálogos, con apenas unos pequeños párrafos, y aludiendo directamente al lector para que se atreva a realizar el juego que se le propone. Así se presenta la historia de El Juego de la Ventana, traducción ampliada de la creepypasta original Don´t Open Your Eyes (No abras los ojos, en español). A pesar de que no se parece demasiado a las demás historias que hemos visto en su construcción literaria, El Juego de la Ventana se podría considerar el ejemplo perfecto de lo que deben ser una creepypasta: corta, impactante y aterradora.

Condensar todos estos ingredientes en unas pocas palabras no es demasiado sencillo, pero el autor de esta creepypasta lo logró de manera soberbia. Al tratarse de una especie de ritual solo para valientes, el texto alude directamente al lector, para que sea él mismo quien lleve a cabo dicho ritual, si es que se atreve. Los principios para jugar al Juego de la Ventana son muy sencillos. No necesitas nada especial, cualquiera puede probarlo en casa y sufrir las consecuencias, si es que sale mal…

Según la historia, el juego debe realizarse siempre el último día del mes. Da igual el mes que sea, pero siempre debe ser ese último día, de lo contrario no funcionará. Debemos cerrar la ventana de nuestra habitación y correr las cortinas del modo más sospechoso posible antes de acostarnos, como si fuera una señal a alguien de afuera. Y de hecho, según el juego, lo es. Es la "invitación" para que el otro participante sepa que quieres comenzar en el juego. Se dice que no sale a la primera, y que a veces hay que esperar unos cuantos meses para que funcione. ¿Cómo sabes que el juego ha comenzado de verdad? Simplemente, porque oirás unos golpes en tu ventana en la mitad de la noche.

Debes estar preparado y al sentirlos, hacerte el dormido. No te muevas demasiado, sigue respirando como de costumbre y por nada del mundo abras los ojos. Lo que está dando golpes en tu ventana no es ningún amigo, es el otro participante del juego. Nadie sabe quién o qué es, porque si lo haces bien, no llegas a verlo, y si lo haces mal y pierdes… bueno, parece que nadie sabe lo que ocurre, porque no se tienen testimonios de nadie que haya perdido al Juego de la Ventana.

Debes mantenerte siempre en la cama, sin moverte, con los ojos cerrados, por muy fuertes que sean los golpes en la ventana. Según la historia, el ser que está al otro lado no puede romperla, y mientras piense que sigues dormido, estarás seguro. Si abres los ojos, habrás perdido. Si tratas de salir huyendo, habrás perdido. Si te levantas para pedir ayuda, habrás perdido. La única forma de ganar en el Juego de la Ventana es hacerte el dormido y no abrir los ojos hasta el amanecer. Cuando los primeros rayos de luz se cuelen por tu ventana, podrás respirar tranquilo y sabrás que has ganado.

Con esta consigna, el Juego de la Ventana ha logrado expandirse como la pólvora en los últimos años, por los principales foros y webs de Internet. Hay incluso discusiones acerca de que si esta historia es real o falsa, y mucha gente que afirma haber practicado este ritual y haber podido ganar. Cuentan escalofriantes historias de cómo aquello estuvo dando golpes en su ventana durante toda la noche, y aunque se enorgullecen de su valentía, recomiendan a los demás no practicar un juego tan peligroso, porque es fácil que algo salga mal.

Al ser un ritual y no una historia en sí, parece que el Juego de la Ventana puede conseguir más adeptos entre aquellos que piensan que es real, o al menos, los que dudan de si lo es o no, y en ningún caso se atreven a realizarlo. El autor de la historia, hasta ahora desconocido, supo jugar muy bien con esa ambigüedad tan interesante. Si no crees en el ritual, puedes hacerlo y seguro que no pasa nada. Pero, ¿y si pasa? ¿Y si después de hacerlo comienzas a escuchar golpes en tu ventana esa noche? Solo imaginar esa escena, sabiendo además que tendrás que fingir que estás dormido, ya pone los pelos de punta.

La versión original Don´t Open Your Eyes fue publicada por primera vez en la web Creepypasta.com en Septiembre de 2008. Parece que su fama fue extendiéndose pero muy poco a poco, por otros foros en inglés, hasta llegar también al célebre 4Chan. Llama la atención que su expansión en los foros en español fue mucho más intensa y rápida, toda vez que la versión original fue traducida a nuestro idioma. Hoy en día casi se pueden encontrar más vídeos y webs con la versión en castellano que con la versión original en inglés. Esta era mucho más corta y se limitaba a comentar los pasos a seguir para realizar el ritual.

Posteriormente, la historia se amplió un poco más, manteniendo la esencia impactante y provocadora del original, y añadiendo también algunos toques más inquietantes, sobre lo que podría pasar en caso de abrir los ojos en medio de la noche. Es esa la versión más popular, la que se ha traducido a otros idiomas, y en la que nosotros nos hemos basado para escribir la nuestra.

Como ocurre con el Escondite en Solitario, el Juego de la Ventana es uno de esos rituales mágicos que aluden a algo que está más allá, algo que no podemos entender. Parece peligroso jugar con ese tipo de cosas, pero si lo haces como te indica la historia, podrás estar seguro… siempre y cuando no habrás los ojos. ¿Te atreverás?

THE HOLDERS (LOS PORTADORES)

En cada ciudad de cada país puedes encontrar un centro de rehabilitación o una institución de salud mental. Busca allí uno de los objetos. Eran 2538, pero 2000 se perdieron. Ahora solo quedan 538. Y esos nunca tienen que ser reunidos en el mismo sitio. Jamás.

De ser reunidos en el mismo lugar, estos 538 objetos traerían al planeta la mayor de las desgracias, horribles consecuencias que nos condenarían a todos a la locura y la perdición.

Existen un montón de historias acerca de estos objetos, y la línea que separa la realidad de la ficción es muy fina. Nadie sabe, ni siquiera, si son reales o no. Nadie sabe exactamente cuántos son en realidad. Son las historias que se han ido encontrando, de personas que han conseguido alguno de estos misteriosos objetos, las que nos ponen en común las consecuencias de unirlos todos.

Aunque estos objetos son realmente poderosos y llevan dentro la fuerza para desencadenar las más terribles desgracias, no pueden juntarse por sí mismos. Necesitan de ciertos individuos capacitados para encontrarlos y reunirlos. Ellos son los Buscadores, y emprenden este viaje por tres razones. Buscan poder, buscan unir y buscan separar. Sea cual sea el motivo, dichos Buscadores corren el peligro de convertirse en auténtico villanos, en monstruos abominables que harán todo lo que sea necesario con tal de encontrar y reunir esos objetos malditos.

Nuestra única esperanza es que jamás lo consigan.

No obstante, tal vez haya una buena razón para que tú, precisamente tú, estés leyendo esto en este preciso momento. Los Objetos tienen muchas formas de encontrar a sus Buscadores, y puede que te estén llamando en este momento.

¿Responderás?

La historia

Las creepypastas se crearon, en un primer momento, para poder ser transmitidas de forma escueta en foros, webs y blogs. Por eso eran bastante cortas, y se podían leer fácilmente en pocos minutos. Sin embargo, evolucionaron a historias mucho más largas y complejas, incluso a series que se extendían en el tiempo a lo largo de días, semanas o incluso meses. The Holders, traducido como Los Portadores, sería una combinación de ambos conceptos. Una serie épica de cientos de creepypastas reducidas, que unidas consignan una historia común.

El origen de esta serie de creepypastas es tan misterioso como su propio contenido. Unos afirman que surgió en el ya clásico foro paranormal de 4Chan, mientras que otros aseguran que su origen está en 7Chan, un foro similar. Lo que si es cierto es que su popularización viene dada, como suele ocurrir, gracias a los usuarios de 4Chan, quienes compartieron y comentaron las primeras trece creepypastas de esta serie en el foro paranormal, consiguiendo que se expandieran rápidamente copiándolas a otros foros y webs. Se tiene constancia de estas primeras historias a comienzos del año 2007, aunque pueden ser anteriores.

Una de las características principales de esta serie de creepypastas es su variedad de autores, pudiendo cualquier fan crear una nueva creepypasta sobre uno de los Holders que todavía falten por encontrar y pasando así a formar parte del inmenso catálogo de decenas que ya existen. Esa posibilidad ha hecho que la implicación de los autores sea mayor en esta historia, y se han ido nutriendo unos de otros, tomando como base lo que los anteriores habían escrito y enriqueciendo a su manera el universo de The Holders.

El carácter comunitario de estas creepypastas constituye el mejor ejemplo de cómo se puede crear un universo completo de la sola idea de una persona, siendo engrandecida por muchas otras, aportando cada una su pequeñito granito de arena para hacer la historia más grande e interesante.

Como bien se explica en la historia, las creepypastas tratan sobre todos y cada uno de esos 538 objetos mágicos que se pueden encontrar llevando a cabo determinados rituales. Nunca se deben reunir, ya que eso supondría, según se dice, el fin del mundo. La mitología detrás de estos objetos ha crecido conforme se iban creando nuevas creepypastas en torno al universo de The Holders. Algunas de ellas añadían datos nuevos que han sido reafirmados posteriormente por otras creepypastas, como el supuesto origen extraterrestre de estos portadores, que son los verdaderos villanos de la historia, el mal en su más infinita encarnación. Ellos han maldecido cada objeto, consiguiendo así que la maldición se traspase a todo aquel que los encuentre o los posea.

El primer capítulo de esta serie de creepypastas nos presenta al Portador del Fin (The Holder of the End), y determina la estructura de los posteriores. Todos comienzan de la misma forma, ordenando al lector que acuda a la institución mental más cercana y pregunte por el portador X. Ahí comenzará el reto para poder hacerse con ese objeto maldito... o encontrar la muerte más atroz. En la mayoría de consiguientes capítulos, la estructura se ha mantenido, aunque en algunos casos, la institución mental se cambiaba por algún otro edificio público o particular.

Al ser una serie tan inmensa, normalmente solo se encuentra por partes, uniendo algunos capítulos. En la página TheHolders.org, sin embargo, podemos encontrar todas las creepypastas relacionadas con el universo de The Holders. Esta web fue iniciada a finales de 2007 como base de datos para recopilar estas historias y unir a los Seekers (Buscadores), aquellas personas que intentan encontrar dichos objetos malditos. Actualmente, los 538 objetos malditos ya tienen sus respectivas historias, pero se siguen añadiendo nuevas a una nueva categoría, los Objetos de Legión (Legion´s Objets). De hecho, en la propia página se dan unas pautas sobre cómo aportar tus propias historias al universo de The Holders sin romper la coherencia existente con las creepypastas ya escritas.

Dada la naturaleza colectiva de esta gran serie de historias, algunos han realizado también parodias sobre The Holders, utilizando la misma estructura que las creepypastas "oficiales", para ridiculizar o reírse de alguna forma de esta búsqueda de tantísimos objetos. En

TheHolders.org existe una sección exclusiva para estas parodias, todas ellas en inglés, que suponen un buen rato de risas aseguradas, llevando el concepto de búsqueda de objetos mágicos que propone la historia original a un extremo ridículo.

Es precisamente ese concepto el que vertebra todas las creepypastas pertenecientes al universo The Holders. Todas tienen algo en común, y es el objeto maldito que el Buscador está tratando de obtener. La reunificación de objetos malditos es un tema que se ha venido dando en muchas novelas, series o películas, y posiblemente sea un arquetipo de aventura que venga desde hace siglos. La propia saga de Indiana Jones, creada por George Lucas y Steven Spielberg, trata sobre un buscador de objetos malditos. Aunque tal vez el caso más interesante de comparar con esta saga de creepypastas sea el de la serie de misterio norteamericana Habitación Perdida (The Lost Room), emitida en 2006 por el canal SyFy.

En dicha serie, un detective debe encontrar una serie de objetos mágicos que podrían haber surgido después de que un extraño suceso hiciera desaparecer la habitación de un hotel. Estos objetos tendrían poderes sobrenaturales y se obtendrían visitando dimensiones alternativas, a las que se llegaría de una forma particular. Todo muy parecido a lo que se cuenta en las historias de The Holders, desde luego. Pero hay quien asegura que el origen de estas creepypastas es anterior al de la serie, cambiando las tornas y convirtiendo a The Holders en la supuesta inspiración para Habitación Perdida.

También se ha mencionado la novela Roadside Picnic, escrita por los hermanos Strugatsky y editada en 1971, como posible inspiración para The Holders. En ella, una serie de seres extraterrestres llegan a la Tierra, dejando algunos artefactos en nuestro planeta. Esta novela rusa ha conseguido convertirse en una ficción de culto para los amantes del género de ciencia ficción y distopía, y bien pudo servir de base o inspiración para los creadores de The Holders, que a día de hoy, siguen siendo anónimos.

EL HOMBRE SONRIENTE

Seattle, Washington (Estados Unidos). Octubre de 2011

¿Qué es lo más aterrador que te ha ocurrido nunca? ¿Has vivido alguno de esos momentos que te hielan la sangre de puro terror' Yo sí. Mi nombre es Charlie y acabo de pasar la peor noche de mi vida. No te preocupes, en esta historia no hay fantasmas, demonios, ni seres del inframundo. Es una historia real, que le puede pasar a cualquiera, en cualquier ciudad, en cualquier momento…

Vivo en una de las ciudades más grandes de esta parte del país, y estoy estudiando en la universidad, compartiendo piso con un compañero. Siempre he sido una persona nocturna, alguien a quien le gusta disfrutar de las horas de oscuridad, pero Joe, mi compañero, no es como yo. Él suele llevar un ritmo de vida más "normal", yendo a clases por la mañana, pasando la tarde en la biblioteca o viendo a su chica, y durmiendo a pierna suelta por la noche para recuperar fuerzas. No le culpo, entiendo que prefiera seguir el "orden establecido". Pero yo no puedo dormir tan temprano, así que no tengo opción…

Para matar el tiempo, suelo salir a dar largos paseos nocturnos por varias zonas de la ciudad. Me gusta la tranquilidad que se respira a esas horas de la noche, y es que a veces no me encuentro ni un alma en mi paseo. Joe siempre me pregunta si no tengo miedo de salir solo de madrugada, y yo suelo contestar que incluso los vendedores de droga parecen ser amables a esas horas. Nunca me he sentido amenazado en ninguno de mis paseos. Nunca, hasta esta noche, claro.

Estaba paseando por una zona bastante tranquila, cercana a una comisaría, a una media hora del piso. Es miércoles, por lo que no había mucho movimiento, pero incluso yo estaba sorprendido por el poco tráfico que me había encontrado, siendo un día entre semana. Era como si todo el mundo se hubiera ido pronto a la cama, incluso los seres nocturnos como yo. No serían más de los dos de la mañana cuando llegué a aquel cruce, totalmente desierto, y vi una figura a unos veinte metros. Se movía rápidamente y de forma acompasada, por lo que entendí que estaba bailando. Además, parecía una especie de vals.

"Un borracho", pensé al instante, viendo como aquel tipo se movía. Era muy alto y delgado, y su figura se mezclaba por momentos con la oscuridad de aquella calle. No tarde demasiado en darme cuenta de que, en su extraña danza, se estaba acercando a mí poco a poco. Conforme se acercaba, pude comprobar que vestía un traje elegante aunque bastante antiguo. Pero lo que más me llamó la atención fue su rostro. Con los ojos muy abiertos, el tipo parecía mirar intensamente a todos lados. Y aquella sonrisa... Sus labios estaban casi deformados, creando una sonrisa como de dibujos animados, amplia, grande, grotesca...

Aquel tipo me estaba poniendo muy nervioso, así que decidí seguir mi camino y desvié la mirada para cruzar la calle. Al llegar al otro lado, volví a mirar hacia atrás y allí estaba de nuevo, solo que había parado de bailar. Si creía que verlo moverse de aquella extraña forma era terrorífico, el tenerlo plantado frente a mí, aunque fuese a varios metros, con aquel rostro sonriente y con sus ojos clavados en los míos... Era más de lo que podía soportar. Por primera vez estaba comenzando a tener miedo en uno de mis paseos nocturnos.

Para colmo, el tipo comenzó a venir hacia mí, de una manera histriónica, como acercándose de puntillas. Aquella grotesca sonrisa seguía en su rostro, y yo quise gritar, salir corriendo, sacar el móvil y llamar a la policía... Pero no hice nada de eso. Tan solo pude quedarme allí parado, en medio de la acera, totalmente petrificado y con la mirada fija en aquel extraño que cada vez estaba más y más cerca.

Cuando apenas nos separaban tres metros se detuvo en seco.

Seguía sonriendo de aquella forma aterradora y miraba al cielo con los ojos perdidos en el abismo. Yo estaba paralizado por el terror y quise sacar fuerzas para pedirle explicaciones con la voz más dura y firme que tenía, pero apenas pude emitir un pequeño gemido indeciso que delataba aún más el miedo que estaba sintiendo por dentro. Yo mismo me di cuenta de cómo había sonido aquello, y temí que él lo tomara como el signo definitivo de flaqueza. Sin embargo, ni siquiera reaccionó. Se quedó allí, en esa misma posición, sin mirarme siquiera.

No sé cuánto tiempo pasó, pero aquel momento se me hizo eterno. Y lo que más me sorprendió es que al reaccionar, lo primero que hizo el tipo fue darse la vuelta y comenzar a alejarse bailando, como lo había visto por primera vez. Sin dejar de mirarle, respiré tranquilo, aunque fuera solo por un momento. Lo que tarde en notar que volvía hacia mí, y ahora estaba corriendo a toda la velocidad.

Su cara de maníaco y mi propio instinto de supervivencia (que ahora sí me respondió) hicieron el resto, y me vi corriendo calle abajo sin mirar atrás, echando el corazón por la boca, como no había corrido en mi vida. Cuando me alejé de aquel lugar me volví para comprobar si estaba siguiéndome... Pero por suerte, no había ni rastro de aquel maníaco. Volví al piso lo más rápido que pude, con esa sensación extraña de que algo te sigue, de que no estás solo. No volví a ver a aquel loco, seguramente porque fue el último paseo nocturno que di en aquella ciudad. Sin embargo, todavía puedo ver aquel rostro horripilante, con esa sonrisa grotesca y la mirada penetrante de ese tipo. Seguramente sea algo que no se me olvide jamás, aunque espero que se quede solo en un recuerdo, y no tener que enfrentarme otra vez con su locura.

La historia

Todos tenemos miedos, fobias, temores hacia situaciones que nos pueden pasar en la vida real. No hablamos de monstruos de pesadilla, de humanoides salidos de la oscuridad. Aunque las películas de terror nos han vendido ese estereotipo, por más que nos asusten, sabemos que no existen ese tipo de seres. Pero cuando se trata de un lunático, de un maníaco asesino, la cosa cambia.

Y es que si preguntamos a la gente cuál es su mayor miedo real, probablemente muchos aludan al encuentro con un lunático, alguien impredecible, que no sabes que intenciones tiene. Sabes que este tipo de personas te pueden hacer daño de verdad, que no son fantasmas ni espectros. Y así, uno de estos encuentros se convierte en tu verdadera pesadilla, porque es real. Como el que le ocurrió al autor de la creepypasta The Smiling Man, traducida como El Hombre Sonriente en español.

En Abril de 2012, el usuario Blue_tidal colgó una historia titulada The Smiling Man en el subreddit LetsNotMeet, que se podría traducir como No nos encontremos. Este tema de la red social Reddit trataba sobre encuentros indeseados y aterradores en la vida real. Fueron muchos los usuarios que postearon sus propias historias, pero la de Blue_tidal llamó la atención desde el principio por sus detalles y por lo extraño de la situación. Aparentemente, no ocurría nada malo, ningún atracador armado, ningún pandillero con ganas de pelea... Simplemente un hombre sonriendo y bailando en medio de la calle.

Blue_tidal aseguró que la experiencia era totalmente real y le había sucedido en las afueras de una gran ciudad en Estados Unidos, donde estudiaba y solía salir por las noches a dar paseos. La historia fue reposteada en otro subreddit poco después, titulado NoSleep (No dormir), en el que se contaban historias aterradoras. Obtuvo el mismo éxito y fueron muchos los que le felicitaron por la historia, aun sin saber si era real o inventada. Se tomó como una creepypasta más, a pesar de que según su autor, la historia era totalmente real.

En Noviembre, el usuario HeckToTheYeah65 decidió abrir un post en Reddit bajo el nombre The Smiling Man, en donde discutir acerca de la historia y todo lo relacionado con ella. En uno de los temas de ese subreddit, el propio Blue_tidal accedió a responder a las preguntas de los otros usuarios acerca de la historia. Reconoció entonces que la misma estaba basada en un encuentro real ocurrido en Seattle, Washington, años atrás. Mientras, la historia seguía expandiéndose tanto en Reddit como en otras páginas y foros de Internet. Era relativamente corta y lo suficientemente espeluznante para poner los pelos de punta, así que funcionaba muy bien como creepypasta.

Gracias a esa expansión, en Julio de 2013 se estrenó en Youtube el corto 2AM, dirigido por Michael Evans, que estaba basado en la historia del Hombre Sonriente. De hecho, el corto es una adaptación literal, plano por plano, del supuesto encuentro. Evans utilizó también Reddit para darle publicidad al vídeo, y consiguió en pocos meses superar el millón y medio de visitas. El creador de la historia original, Blue_tidal, felicitó a Evans por el corto y reconoció que, aunque en muchas cosas se alejaba del encuentro real, la situación era muy parecida a la que se podía ver en aquel vídeo.

Gracias a esta adaptación y a la repercusión del cortometraje, la historia del Hombre Sonriente tuvo un nuevo revival en 2013, momento en el que muchos usuarios la conocieron gracias a las noticias aparecidas en distintos medios digitales, relacionadas con la propia creepypasta y con el vídeo.

Lo más curioso de la historia es que en agosto de 2013, un usuario abrió un nuevo post en Reddit preguntando si algún otro usuario había leído en esa misma red social alguna historia que tuviera que ver con él. Fue entonces cuando el redditor ILL_Show_Myself_Out respondió que una vez, hacía tiempo, había atemorizado a un chico por la noche, bailando ante él y sonriendo de forma terrorífica. El usuario afirmaba estar bajo los efectos del alcohol cuando lo hizo, y que entonces pensó que era divertido, pero no tenía intención alguna de hacer daño al chico. Tiempo después se encontró con la historia de El Hombre Sonriente en Reddit y se dio cuenta de que podía haber sido escrita por aquel chico al que había atemorizado. Tal vez no era la misma persona, pero parecía demasiada casualidad, porque ILL_Show_Myself_Out se sentía muy identificado al leer la historia de Blue_tidal y su encuentro con aquel extraño hombre sonriente, que a fin de cuentas, era él.

LA CHICA SUICIDA

¿Qué puede ser más fuerte que sentir la pasión del amor en las entrañas, no como mariposas sino como un huracán que te devasta por dentro? ¿Qué puede evitar que uno acabe volviéndose loco cuando ha probado el sabor del amor verdadero y no puede pensar en otra cosa más que en eso? Para muchos yo ya lo estoy, he perdido la cabeza y ahora sufro las consecuencias de esta locura, de esta obsesión. Y sin embargo, jamás me había sentido más cuerdo en toda mi vida.

Bendigo el día en que me cruce con aquellos hermosos y penetrantes ojos azules. Mirarlos era como perderse en un mar hermoso, aunque amenazador. Sabía perfectamente que dentro de esos ojos había también tristeza, había melancolía. Pero pensé que yo podría cambiarlo. Que yo sería su salvador y conseguirá hacer brotar de nuevo su sonrisa. Ella me miraba con esa enigmática expresión que decía tantas cosas sin siquiera separar los labios... Impasible, inmóvil, hermosa como un ser de luz inalcanzable que, por alguna extraña razón, había decidido posar sus ojos en mí.

Al principio sentí miedo, y no me avergüenza reconocerlo. Era un miedo atávico, de estar ante algo imposible pero real. ¿Cómo no iba a ser real lo que estaba sintiendo por dentro? ¿Qué importaba si ella era solo una imagen en una pantalla? He conocido a decenas, cientos de chicas en todos estos años. Y ninguna de ellas se ha acercado ni por asomo a hacerme sentir lo que ella me transmite. Esa mirada, esa sola mirada, vale más que cualquier chica de carne y hueso.

Cuando quise darme cuenta estaba completamente enamorado de ella, como no lo había estado de nadie. Mirándola entendía que aquello que había sentido antes, por otras chicas, era solo un estúpido espejismo, una simulación del sentimiento real que embriaga a una persona cuando conoce a su alma gemela. Yo la tenía ante mí, y a cada segundo, mi corazón, mi mente, mi cabeza, lo tenían más claro. Ella debía seguir allí, mirándome desde la pantalla, como solo ella sabía hacerlo, como ningún otro ser de este mundo podría.

El tiempo que no estaba con ella, delante del ordenador, lo pasaba soñando en que algún día estuviéramos juntos. Despierto o dormido, era lo de menos. Ella siempre estaba en mi cabeza, y ahora sí que se movía, se desplazaba, me abrazaba, me envolvía en su ser y yo la sentía como mía, más allá de la distancia y de la carne, como si fuéramos uno. Pero su rostro, su mirada, siempre eran los mismos. Y aquello era lo que más me gustaba en ella.

Ahora no tengo duda alguna de que si la encontré fue por algo, de que estaba escrito que su mirada y la mía se cruzaran aquel día. Desde entonces es mi luz, iluminando un mundo que solo es hermoso por ella, dándome el valor para deshacerme de estas cadenas de vísceras y hueso que me tienen prisionero en esta insípida vida terrenal.

No puedo esperar más para marcharme con ella, porque cada segundo en esta fría habitación es una eternidad oscura y deprimente. Siento si os causo daño o mal, no es mi intención. Solo quiero ser feliz a su lado, y solo podré serlo de esta forma. Ojala algún día sintáis lo mismo que yo y podáis comprenderme. No os preocupéis, no tengo miedo. A donde voy, eso no existe.

Carta encontrada junto al cuerpo sin vida de Fernando Blanco, a las afueras de Monterrey, Nuevo León (México), el 18 de septiembre de 2007.

La historia

Hay algo en el interior de la mayoría de nosotros que nos hace disfrutar con lo prohibido, que nos hace tener curiosidad por todo aquello que se nos ha dicho que no debemos tenerla... Sobre todo cuando somos más jóvenes, basta con que nos digan que no hagamos algo para que nos entren unas ganas irresistibles de hacerlo, ¿verdad? De esa extraña fuerza se aprovecha esta creepypasta, la leyenda urbana de la chica suicida, que suele comenzar, en su versión más extendida, con una advertencia acerca del dibujo que acompaña siempre a la historia.

Al principio de esta leyenda urbana siempre se aconseja que no se mire a la chica del dibujo por más de un tiempo determinado. Suelen ser tres minutos, aunque a veces es menos, y otras más. El caso es que la historia cuenta que si te quedas mirando a la chica del dibujo, verás cómo sus ojos te devuelven la mirada, como sus labios comienza a moverse, cómo te habla, dentro de tu cabeza... Al poco tiempo, caerás presa de su embrujo (como el protagonista de la versión incluida aquí) y seguramente acabes loco, o incluso muerto. Porque esta imagen guarda un tenebroso secreto que se esconde detrás de la hermosa mirada de la chica.

Se dice que el dibujo fue realizado por una adolescente japonesa poco antes de suicidarse. Esta chica logró imprimirle toda su tristeza, rabia, melancolía y desesperación al dibujo, en apariencia hermoso y delicado, pero que encierra toda esa energía negativa en su interior. La joven habría escaneado el dibujo y lo habría mandado a algunas amistades por correo, poco antes de quitarse la vida. Desde ese momento, la imagen corrió como la pólvora por Internet, expandiéndose sobre todo en foros asiáticos, hasta llegar a Corea del Sur, donde consiguió un gran éxito.

Todo esto ocurría a principios de la pasada década, entre 2001 y 2002. La imagen empezaba a causar supuestos suicidios de personas que habían pasado demasiado tiempo mirándola, y la historia que la acompañaba sugería que se tuviera mucho cuidado, o se podría quedar atrapado en la hermosa pero maldita mirada de la muchacha del dibujo. La leyenda no tardó en llegar también a los foros de Occidente en 2006, donde se la conocía como "la versión en dibujo de The Ring". Al igual que en la famosa película japonesa, donde la historia giraba en torno a un vídeo maldito que mataba a todo aquel que lo veía, esta imagen era presentada también como portadora de muerte, locura y desastre. Aunque no se tiene constancia exacta de su punto de comienzo en inglés, muchos apuntan a un Google Site, el del usuario Jackson22, que es incluido como fuente en muchos de los artículos relacionados con esta leyenda. Gracias a numerosos foros, como 4chan, la leyenda pronto tuvo un gran impacto en la comunidad cibernética, siendo traducido a varios idiomas en poco tiempo.

Su impacto, al ser una simple imagen con una devastadora historia detrás, unido a esa invitación a lo prohibido, a probar lo maldito, hacen de Suicide Girl una de esas creepypastas infalibles que han conseguido mantenerse a lo largo del tiempo como favorita de muchos, aun sabiendo que no es una historia real. Porque obviamente, esta imagen no volverá loco a nadie, por mucho que te quedes mirándola, aunque es posible que acabes con un tremendo dolor de cabeza.

La historia es una invención, posiblemente de algún usuario chino o coreano, basándose en la propia imagen, que no es más que un diseño del afamado artista tailandés Robert Chang. Chang realizó este dibujo en Painter y Photoshoop y lo bautizó como Melancholic Princess. Según el propio autor, es un retrato de la princesa Ruu, protagonista de una película de animación que el mismo había escrito, Tellurian Sky. Algún usuario aprovechó la mirada intensa y por momentos misteriosa de la chica del dibujo para crear toda la leyenda urbana en torno a ella, sobre el suicido y la locura si te quedabas mirándola.

El propio Chang admite haber recibido durante años cientos de correos electrónicos sobre el tema, pidiéndole explicaciones por haber creado un dibujo tan diabólico. Explica que seguramente, la leyenda surgió en China, puesto que los primeros emails venían de allí. En 2006 volvió a escribir un post en su blog personal para negar por enésima vez que aquella imagen tuviera algún tipo de poder diabólico o paranormal, afirmando que estaban empezando a llegarle. muchos correos electrónicos en inglés, por lo que la leyenda habría cruzado el charco. Hablamos de mediados del año 2006, cuando el auge de esta creepypasta en Estados Unidos comenzaba a ser importante.

El gran trabajo realizado por Robert Chang al darle tanta viveza y melancolía a la mirada de esta princesa Ruu no nos debe pasar desapercibido, ya que a pesar de no hacerlo con esa intención, está claro que, según en qué momentos, uno puede encontrar realmente aterrador el mirar a los ojos a la chica del dibujo. Chang es un artista de mucho talento, que ha trabajado para Warner en diseños para películas como Locos por el Surf o Spiderman 3. Aun así, su fama en Internet se debe, en gran medida, a la tétrica leyenda de su retrato de la princesa Ruu.

Todavía hay quien tiene miedo de mirar el dibujo de esta chica de intensos ojos azules, ya que piensa que, como se dice en la historia, uno puede acabar inundado por ellos, encerrado en esa dulce melancolía, en esta misteriosa tristeza que emanan.

LA GALERÍA DE HENRI BEAUCHAMP

Si alguna vez vas a Paris, podrías buscar este piso, en uno de tantísimos edificios que pueden pasar desapercibidos en la ciudad. En él se esconde un pequeño bar con muchos secretos para aquellos que se atrevan a entrar en él. Existe una exclusiva galería en la que se guardan con celo las trece magistrales obras que el pintor Henri Beauchamp realizó justo antes de suicidarse. Unos cuadros que, según muchos, están malditos.

Sin embargo, no es tan fácil llegar a esta galería. Debes demostrarle al barman, su custodio, que eres un auténtico admirador de la obra de Henri Beauchamp, que conoces todas sus influencias, sus etapas más importantes, el significado profundo de sus obras… Y aún así, no será suficiente. En un momento dado, el barman te preguntará en perfecto inglés:

—¿Qué es lo que desea tomar en esta gloriosa noche?

No respondas sin pensar. Este es el paso más importante en todo este reto, porque solo hay una respuesta válida: absenta. Cualquier otra respuesta conllevará una muerte segura, ya sea por envenenamiento o por otro tipo de causas más truculentas… Si escoges la absenta, el barman te pedirá que le especifiques qué tipo de absenta quieres. Como antes, debes pensar bien la respuesta. En este caso hay dos opciones válidas: "La bebida que aquel señor no soportaba tomar" o bien "la buena, la mejor absenta". Cualquier otra respuesta vendrá acompañada de una absenta que te producirá terribles pesadillas durante trece días, y la última de ellas te atormentará hasta tu muerte.

Si respondes bien a lo anterior, el barman te servirá la absenta diciéndote que tengas cuidado al tomarla, porque es la mejor. Tú debes contestarle que has sobreestimado tu fortaleza, y desearle una buena noche. Y entonces llegará el momento crucial, ese en el que sabrás si puedes o no acceder a la galería maldita. El barman puede asentirte, y en ese momento, la decisión es tuya. Volverte por donde has venido, como si nada hubiera pasado, o seguir adelante para contemplar la obra que solo unos pocos han tenido el "lujo" de ver.

En el caso de que quieras continuar, el barman te servirá la absenta con una extraña cuchara en forma de llave, para que puedas prepararla, en un vaso con siete caras giratorias, muy especial. También te dará una botella de absenta con la etiqueta despegada y ajada. Guárdala, tal vez te apetezca un poco luego. Debes preparar la absenta de forma adecuada, ya que de no hacerlo así, sentirás como la nariz te quema. Si lo haces correctamente, vertiendo el alcohol sobre el cubo de azúcar colocado sobre la cuchara, la absenta estará lista para que te la tomes. Antes debes decir "salud", para luego beberte todo el vaso de un solo trago. No importa que la garganta te arda como si estuvieras tomando ácido. Bébetelo absolutamente todo sin dejar una gota de absenta en el vaso.

No te asustes por lo que ocurrirá a continuación. Todas las luces del bar se apagarán de golpe y te quedarás en la más absoluta oscuridad. Tranquilo, es la señal de que has sido aceptado, así que todo va bien. No hables, a no ser que el barman te pregunte. Permanece así un par de minutos, hasta que veas brillar una luz verde por debajo de la puerta del bar. Aquí es donde empieza lo bueno. Lo que hay detrás de esa puerta… bueno, lo descubrirás enseguida.

Pequeños orbes de luz de un verde intenso empezarán a flotar a tu alrededor, inundando el bar. No sabrás de donde han salido ni lo que son, pero eso no importa. El barman desaparecerá y tú te darás cuenta de que estás completamente solo… y has estado así desde que entraste por aquella condenada puerta. No es momento de ponerse histérico ni perder la compostura. ¿Estás en un sueño o es real? ¿Acabas de ver a un fantasma que te ha servido absenta? ¿Acaso importa de verdad todo eso? Has conseguido llegar donde querías. Ahora ya no hay marcha atrás.

¿Recuerdas la cuchara con la que has removido la absenta? ¿La que tenía forma de llave? Es exactamente lo que estás pensando. Cógela y encájala en la cerradura de aquella puerta de donde sale luz verde. Verás que, con un leve giro, la puerta se abrirá y tú por fin podrás entrar.

La más hermosa mujer que hayas visto jamás se presentará ante ti, y su belleza te dejará embelesado. A su lado, un pequeño ascensor. Ella te preguntará si vas para arriba, y tú tendrás que decirle que sí y acceder con ella al propio ascensor. Ella te mirará intensamente y te preguntará por la relación de Beauchamp con Magritte. No importa lo que sepas acerca del tema. Lo único que debes responder es que esa noche has ido a ver más que arte. De lo contrario, la luz se apagará y el ascensor caerá a toda velocidad, mientras te sumes en una oscuridad cada vez más impenetrable. Los gritos de las almas condenadas se harán ensordecedores, y la hermosa mujer que te acompañaba se transformará de forma progresiva en una bestia terrible, un demonio de garras y tentáculos cuya sola visión causa el espanto más absoluto. Acabarás condenado al infierno hasta que la misericordia de Dios te salve, si es que lo hace alguna vez.

Por eso, más te vale dar la respuesta correcta y decir que esa noche has ido a ver más que arte. Si lo dices bien, no tendrás que preocuparte, y el ascensor te llevará hasta el piso principal. Al salir, verás un salón exquisito con un cartel de Henri Beauchamp, en el que se cuenta, en francés por supuesto, la historia del gran pintor surrealista. Beauchamp soñaba con liberar el arte de una forma que nadie lo había hecho antes, y finalmente lo logró. Sin embargo, en la década de 1920 tuvo una profunda crisis personal que le apartó del arte. Hasta que una noche, visitó ese bar que tú acabas de dejar, como tantas otras, y comenzó a dibujar figuras, fractales, como si estuviera poseído. También realizó algunas pinturas proféticas sobre asuntos que ocurrirían la semana siguiente, o medio siglo después. Estas pinturas aparecieron al día siguiente en los periódicos, valiéndole a Beauchamp el aplauso de la crítica.

A pesar de que ahora los críticos alababan su arte, Beauchamp parecía seguir sumido en la más intensa tristeza. Decía Victor Hugo que la melancolía es la alegría de estar triste, y a Beauchump le gustaba sentirse así. Nunca tenía suficiente, a pesar del prestigio, de las buenas críticas y alabanzas, él quería llegar más lejos, hasta tocar la esencia misma del dolor en sus obras, plasmando con el lenguaje de las formas los grandes interrogantes a los que la humanidad se ha enfrentado desde siempre. Y encontró la manera de lograrlo, solo que aquello le costó la condena eterna de su alma. Él sabía perfectamente que su arte extremo acarrearía su fin, pero estaba seguro de que tras terminar sus últimas obras, a pesar de no poder darse el lujo de vivir, seguiría vivo en sus propias obras.

Aquella iba a ser su última noche en nuestro mundo, y Beauchamp lo sabía perfectamente. Raptó a tres niñas pequeñas y las mantuvo atadas en su taller, contra la pared, mientras la luz de la luna besaba sus desconsoladas lágrimas. Esa luz era también un anticipo de su futuro bautismo, en el reino de los espíritus.

A Henri no le importaba nada más que el arte, conseguir que su arte fuera eterno, llegara más allá de todo lo que se había visto hasta entonces, y así su fama, su alma más pura, podrían vivir para siempre. Pidió perdón a las niñas y las sacrificó, acuchillándolas de una manera certera y profunda, para que sufrieran lo menos posible. Ahora que estaban muertas, Henri podía dedicarse a abrirlas en canal y extraer de ellas todo lo necesario para crear su repertorio de colores y texturas especiales. Sus tejidos, la piel, la sangre, las vísceras, las bilis y los órganos, todo iba a servir para obtener ese tono especial que deseaba imprimir a sus pinturas. Su mente se mantenía despierta, electrizada por la inspiración, arrebatada por un espíritu trágico pero a la vez sublime. Entregó su mano a aquella fuerza que le estaba golpeando el pecho, sintiéndola como si fuera algo irrepetible. Era como si fuese otro quien realizaba aquellas obras, no él. Como si un ser superior le dictara las ideas y los pasos a seguir.

Henri Beauchamp dedicó toda la madrugada a realizar esas obras con los mórbidos y trágicos materiales que había conseguido. Poco antes de la salida del sol, las colgó satisfecho sobre la pared, las trece. Las primeras seis, de izquierda a derecha, reflejaban el origen del universo, la única imagen verdadera de Dios, desde el punto de vista del ser humano, la imagen real de Jesucristo, la entrada al Paraíso, y un cuadro representando a todos los Papas que han existido y existirán.

Las otras seis debían interpretarse en el orden inverso, de derecha a izquierda, y representaban el fin del mundo, la única imagen auténtica de Satanás, visto desde los ojos del ser humano, la imagen real de Judas, la entrada al infierno, una imagen de todas las personas que habían pactado con el Diablo, y la representación del Anticristo en su segunda venida.

Seguro que si has estado atento, te estarás preguntado por la obra número trece. ¿Qué pasó con ella? Se cuenta que Henri se suicidó tras cometer su horrendo crimen, pero no lo hizo ahorcándose, ni con una pistola, ni nada parecido. Primero se drogó para contener y resistir el dolor conservando la lucidez. Luego, empezó a cortarse a sí mismo, de una manera precisa para morir antes del amanecer, con tiempo suficiente para realizar su última obra. En sus últimos minutos de vida, Henri Beauchamp era un ser monstruoso, con las vísceras expuestas, habiéndose arrancado la piel, y mojando su pincel en sus propias entrañas para poder dibujar su último cuadro, el más especial de todos.

No fue fácil, pero lo consiguió. Antes de morir por sus aterradoras heridas, Henri logró terminar su última obra, hecha con su propia piel, con su propia sangre. Según se dice, esta ubicada en la misma sala que las otras doce, aunque volteada, con un letrero que se puede leer en tres idiomas: latín, el idioma de los ángeles y runas demoníacas. Según la traducción del latín, el letrero contiene una simple advertencia: NO TOCAR.

Poco se sabe sobre esta obra. Al parecer es un tipo de collage, y se piensa que el alma de Beauchamp está vinculada a ella, por lo que sigue vagando por ese bar que has conocido al inicio de la noche, por ese piso en el que ahora estás, que fue el suyo, y en el que siguen ocultas las horribles y escalofriantes obras realizadas con los cadáveres de aquellas tres niñas… y con el suyo propio.

Ahora que ya conoces la historia completa, ¿desearás buscar la entrada secreta a la galería? No son muchos los afortunados que han tenido esta oportunidad… Tal vez puedas llegar hasta la sala con las trece obras y darle la vuelta a la última, para ver lo que contiene… Si lo haces, por favor, regresa y cuéntanoslo a todos. Serás el primero que lo hace.

¿No sabes cómo encontrar la entrada?, ¿te queda algo en la botella? Quizás con una copa de absenta…

La historia

Considerada por muchos como una de las mejores creepypastas que se han escrito jamás, la galería de Henri Beauchamp es un ejemplo perfecto de cómo este género puede convertirse en la alternativa moderna del terror. Y es que la historia tiene ese regusto a Poe, Lovecraft y demás maestros del género que tanto nos apasionan, pero su desarrollo es distinto, más rápido, más trepidante, adaptándose a las nuevas normas de Internet, donde cualquier texto largo es obviado.

Y no es que esta creepypasta sea precisamente corta, al contrario. Nosotros hemos tratado de transcribirla lo más fielmente posible de la original, acortando ciertos puntos, y aun así es una de las más largas que se incluyen en este libro. Algo que se supone va a en contra de lo que te aconsejaría cualquier escritor de creepypastas. Y sin embargo, la historia ha conseguido un éxito notable, por ser diferente a todo lo demás, por tener un estilo cuasi gótico muy especial, demostrando que también se pueden hacer creepypastas utilizando el misterio "a la antigua usanza".

Ubicada en Paris, por ese encanto especial que tiene la ciudad de la luz, esta creepypasta es una de las pocas que no transcurre en suelo norteamericano o japonés. La vida bohemia de Paris a principios de siglo es el enclave perfecto para narrar la historia del desdichado Henri Beauchamp, un pintor que, como todos, quería ir más allá, conseguir a través de su arte transgredir las barreras físicas y plasmar el propio espíritu en sus obras. Solo que al parecer, escogió la parte más sórdida y oscura del ser humano.

La creepypasta plantea directamente un reto al lector, le habla a él, contándole los pasos a seguir para llegar a la galería secreta de Henri Beauchamp, donde podrás "disfrutar" de sus últimas obras, ocultas al gran público. Como si de unas instrucciones se tratase, la primera parte de la historia nos guía a través de este extraño bar donde solo podemos pedir absenta (bebida que se suele relacionar con artistas bohemios o caídos en desgracia, como sería el caso del propio Beauchamp). Tras cumplir el reto, podremos atravesar el umbral de la puerta que nos trasladará a ese extraño ascensor, para subir por fin al piso del pintor maldito.

En este caso, este paso representa nuestro camino hacia una especie de plano paralelo en el que, aunque estamos vivos, todo lo que nos rodea no es real, no es el mundo al que pertenecemos. Entramos en una especie de limbo en el que el color verde intenso, como el de la absenta, lo llena todo. No debemos dar por hecho nada de lo que vivamos a partir de ese momento, porque cualquier paso en falso puede ser nuestra perdición. Encontrarnos con esa tentadora y bella mujer es solo un obstáculo para que nos desconcentremos y acabemos fracasando en nuestra misión, lo que acarreará un final trágico.

Tras llegar al antiguo piso de Beauchamp, podremos leer, junto a su retrato, una escueta biografía en la que nos relataran sus últimos días de vida, cómo su pasión por plasmar el dolor y la tragedia en el arte le llevo a cometer el más horrendo de los crímenes, y cómo finalmente consiguió su cometido. Los cuadros que pintó en esas últimas horas con las vísceras, piel y sangre de tres niñas a las que el mismo había matado y descuartizado están detrás de la puerta que tenemos enfrente. Pero aún hay más.

En un intento por sobrevivir a su propia muerte, consciente de que después de sus crímenes no tendría más remedio que suicidarse, Beauchamp decidió crear una última obra, la número trece, con su propia piel, sangre y vísceras, suicidándose mientras se convertía en una obra de arte. Las otras doce pinturas expresan temas relacionados con Dios, el Paraíso y la Humanidad, así como con el Diablo, el Infierno y sus huestes. Son como la cara y la cruz de las preguntas filosófico-teológicas que la humanidad se ha hecho siempre. Pero esa treceava pintura… aparentemente nadie que la haya visto ha sobrevivido para contarlo.

El tema de la historia es tremendamente atrayente, y es que todos hemos oído hablar de esa especial sensibilidad que tienen los artistas, de la manera tan personal en la que ven el mundo y como son capaces de plasmar esas ideas en obras de arte que conmueven a millones de personas. Esta creepypasta coge ese concepto y lo lleva a su vertiente más oscura, a cuando esa pasión por ir más allá destruye la mente del artista, le hace volverse loco y cometer cualquier tipo de acto en pos de lograr ese fin que desea.

A lo largo de la historia ha habido muchos casos de artistas que han acabado quitándose la vida, por depresiones, malas experiencias, desamores… El caso más conocido seguramente sea el de Van Gogh, que podría ser una buena base para la historia de Henri Beauchamp. La vida del artista holandés no fue nada fácil, y sufrió durante buena parte de su adultez desequilibrios mentales que, según varios autores, pudieron determinar la singularidad de su obra pictórica. Eso sí, jamás llegó al punto de sacrificar a un ser humano para pintar un cuadro con su cadáver.

Como suele ocurrir en muchas leyendas urbanas, una base real sirve de pretexto al autor para llevar ese caso al extremo, consiguiendo mezclar con efectividad los elementos para que el lector no sepa discernir donde acaba lo real y empieza lo inventado. Los toques fantásticos de esta creepypasta son más simbólicos que otra cosa, enmarcándola en un estilo oscuro y diferente, arguyendo que solo podremos creer en esta historia si estamos dispuestos a dar como válidas esos sucesos paranormales que ocurren en ella, y que bien pueden ser causados por la propia ingesta de alcohol… o por otro tipo de viaje.

El recorrido que el lector hace por la historia de Henri Beauchamp no es más que el camino que se ha de hacer entre dos planos, dos mundos separados por una aparentemente inofensiva puerta cualquiera, en un bar cualquiera de París. Una vez que entramos por esa puerta, que atravesamos ese umbral, estaremos en otro plano distinto al nuestro, y cualquier cosa será posible. ¿Seguimos en ese plano durante toda la historia? ¿Tal vez solo hasta llegar al piso de Beauchamp, imposible de encontrar si no es de esa manera?

En cuanto al origen de esta creepypasta, se desconoce por completo quien fue su autor, y se tienen referencias de ella desde mitad de la década de 2000, tal vez un poco antes, en foros y webs dedicados a las leyendas urbanas e historias de terror. A lo largo de estos años ha vivido la misma expansión, tal vez algo más lenta, que el resto de creepypastas, pasando por 4Chan y demás foros importantes en donde miles de usuarios conocieron la historia y la expandieron.

En Youtube podemos encontrar multitud de vídeos referidos a esta enigmática creepypasta, tanto en inglés como en otros idiomas, incluido el español, por supuesto. Incluso en el año 2008, el diseñador Mike Vollmer lanzó un pequeño juego basado en la historia que se cuenta en esta leyenda, y titulado como ella, La Galería de Henri Beauchamp. El juego no recibió demasiadas buenas críticas, sobre todo por lo pobre de su desarrollo. Vollmer era un principiante y se tomaba este juego como una pequeña prueba para ver hasta dónde podía llegar. El juego atrajo a mucha gente que ya conocía la historia, y eso es una señal de que la fama de este tipo de creepypastas siempre ayuda a sacar adelante cualquier proyecto en el que se tomen en cuenta, como ya hemos podido comprobar en otros casos.

Una historia diferente, deliciosamente escrita y con un final algo desconcertante, que supone uno de los hitos en cuanto a la narración de creepypastas, una verdadera historia de terror que conecta con lo más profundo de nuestro ser.

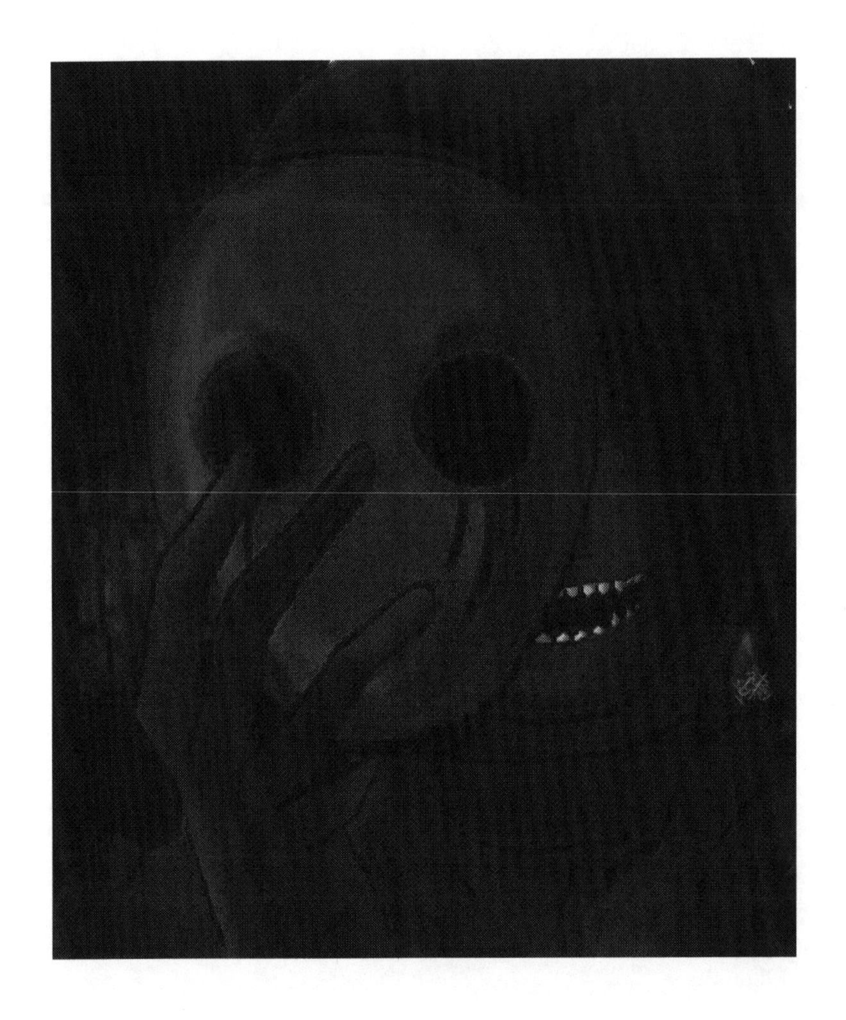

EYELESS JACK

Centralia, Pennsylvania (Estados Unidos). Marzo de 2011

Danny Balzano llevaba más de dos años investigando los lugares más misteriosos de Estados Unidos para su nuevo libro, el sexto que escribía. Había visitado decenas de casas encantadas, cementerios presuntamente embrujados y hasta un parque de atracciones abandonado en Carolina del Norte, consiguiendo historias increíbles que ningún otro había contado antes. Sabía que el libro sería un éxito y los programas de la televisión se lo rifarían. A todos nos gusta pasar un poco de miedo, y el propio Danny lo comprendió muy joven, cuando comenzó a investigar fenómenos paranormales.

Ahora era uno de los investigadores más reputados del país, y estaba dispuesto a crear la obra magna de los lugares encantados de Estados Unidos. Eran muchos los libros que hablaban sobre el tema, pero ninguno sería como el suyo. Él había recorrido muchas veces el país en busca de esas historias, llevaba su propio material, sus fotografías, sus textos, entrevistas exclusivas... Su libro se iba a convertir en la nueva referencia para todos los amantes del misterio por historias como la de Centralia.

En 1981, Centralia era una pequeña pero próspera comunidad de cerca de 1.000 habitantes, sin paro, con buenos servicios, supermercados, tiendas y hasta una preciosa iglesia, de las más bonitas de todo el condado. Sin embargo, algo terrible ocurrió aquel año debido a un supuesto incendio que se generó por un cortocircuito, pero que fue creciendo en intensidad hasta alcanzar una mina de carbón que estaba bajo el suelo del pueblo. Esto provocó que la mina se incendiase y que desde entonces, el pueblo se vea sumido en las cenizas, habiéndose levantado prácticamente todo el pavimento por el calor. El incendio fue sofocado, pero el gobierno local mandó desalojar el pueblo, ante la imposibilidad de seguir viviendo en aquel lugar mientras el fuego ardiera.

Esa era la historia oficial, y como toda historia oficial, tenía una parte de verdad, y otra gran parte de mentira. Danny sabía que algo más raro había ocurrido allí, que aquel incendio no pudo crearse solo por un pequeño cortocircuito. Fascinado por la historia desde hacía tiempo, estaba decidido a desentrañar sus misterios. Logró contactar con Cheryl Mason, una mujer de 50 años que había vivido en Centralia antes de aquel desastre. Fue a verla a su casa en Scotsdale, Arizona, y ella misma le contó que la versión oficial no era del todo real. Que se habían ocultado cosas.

Cheryl le habló a Danny sobre una misteriosa congregación que existía en Centralia desde mucho antes de que ella naciera. Su abuela, que tenía miedo de aquellos hombres y mujeres, afirmaba que aquella congregación había surgido a mediados del siglo XIX, junto con el propio pueblo. Se reunían en una gran mansión victoriana a las afueras, y nunca iban a la iglesia ni a los oficios. Cheryl recordaba que de vez en cuando se les veía caminar por la ciudad, envueltos en capas negras, y que sus miradas helaban la sangre.

En Centralia todos decían que aquella congregación era una secta muy peligrosa, e incluso una vez, al desaparecer una niña de diez años llamada Lori Matson, los vecinos insistieron al sheriff para que la buscase en aquella casa. No encontraron absolutamente nada extraño, y Lori no volvió a aparecer. Los vecinos, sin embargo, seguían pensando que aquellas personas eran las responsables de la desaparición de la pequeña, y cada cierto tiempo pedían de nuevo a la policía registrar aquella casa. Al cabo de unos años, las autoridades ya no se tomaban en serio aquellas quejas. Y mientras tanto, la congregación seguía haciéndose más y más grande...

Cheryl recordaba muy bien lo sucedido aquel 17 de Noviembre de 1981, el día en el que el infierno se abrió bajo Centralia. Era poco más de las seis de la tarde cuando escuchó pasar al coche del sheriff a toda velocidad junto a su casa. Alarmada, Cheryl se asomó y vio que a lo lejos, en una zona cercana a la mansión donde se reunía la congregación, había muchísimo humo, una gran columna en un tono gris oscuro que se alzaba hasta el cielo. Poco a poco, Cheryl empezó a tener más y más calor y al decírselo a su madre, las dos salieron a la calle para saber qué estaba ocurriendo. Todo el pueblo hizo lo mismo.

Las horas iban pasando y aquel incendio no se extinguía. El calor empezaba a resultar insoportable, y el suelo parecía quemar. Muchos se reunieron en la plaza delante del ayuntamiento para pedirle explicaciones al alcalde, pero este no se encontraba allí. Indignados, los vecinos de Centralia acudieron a la zona de donde provenía el humo. Sin embargo, se les impidió el paso a menos de un kilómetro, aduciendo que era imposible estar allí sin la protección necesaria. Varios coches de bomberos se afanaban en vaciar sus camiones cisternas contra el fuego, producido cerca del bosque, por una zona en la que Cheryl solía jugar en muchas ocasiones.

Sin saber exactamente qué estaba pasando, los vecinos volvieron a sus casas para intentar pasar la noche. No fue posible. A las pocas horas, casi de madrugada, el propio ejército llegó para evacuar la ciudad. Al parecer, había prendido el carbón de una mina subterránea y era imposible seguir allí por mucho tiempo. Al salir a la calle, Cheryl notó que el suelo estaba ardiendo, como con ascuas, y que el humo salía de las grietas en la carretera. Tenía mucho miedo y no se separaba de sus padres y hermanos. Todo el mundo estaba asustado, pero había una mujer especialmente aterrada en ese momento, y no precisamente por el fuego.

April Nyras corría de un lado para otro, preguntando a todo el mundo por su hijo Jack. Decía que había salido esa mañana de casa pero no había vuelto, y no lo encontraba por ninguna parte. April era una joven madre soltera que desde el primer momento se había ganado la antipatía de algunos de los vecinos más conservadores. Ahora, estos ni siquiera la miraban, casi satisfechos por la noticia de que aquel chico hubiera desaparecido. Y es que Cheryl sabía que Jack no era precisamente un ejemplo a seguir.

Tenía diecinueve años y era mayor que ella, pero a Cheryl siempre le había causado una sensación extraña, entre el miedo y la pena. El chico iba siempre solo, parecía no tener amigos, no encajar demasiado bien en aquel lugar. El señor Burton le dio trabajo en su heladería, pero le despidió a los pocos días, por hacer llorar a varios niños e insultar a los clientes. A Jack parecía no importarle nada, y vagabundeaba solo por las calles de Centralia y los bosques de alrededor, enfundado en aquella sudadera negra que parecía no quitarse nunca, con la capucha tapando gran parte de su cabeza.

Jack parecía no gustarle a nadie, y tal vez por eso, nadie se preocupó demasiado cuando April suplicaba que le ayudaran a encontrar a su hijo. Los vecinos de Centralia tenían cosas mejores que hacer, como irse de la ciudad para no ser engullidos por aquel fuego infernal que se cernía bajo el suelo, por ejemplo. Nadie prestó atención a April Nyras. El ejército tuvo que llevársela a la fuerza para que abandonara la ciudad, y aunque buscaron a Jack, el chico nunca apareció.

Lo más extraño de todo, según recordaba Cheryl, era que ninguno de los miembros de la congregación fueron vistos aquella noche siendo evacuados como los demás. De hecho, nadie supo nada más sobre ellos a partir de ese momento. Cheryl pensaba que era todo demasiado extraño, que no podía ser casualidad. Según la versión oficial, el incendio se había producido por un cortocircuito, pero no existían máquinas ni nada parecido en el lugar donde ella vio aquella gran columna de humo. Era un bosque, en donde solo había árboles pelados en aquel momento, y un pequeño arroyo, nada más. Que estuviera tan cerca de la mansión donde la congregación se reunía tampoco debía de ser casualidad…

Después de aquello, cada familia buscó refugio en un lugar diferente y Centralia quedó totalmente vacío desde ese momento. Y así lleva más de treinta años, todavía con el fuego bajo el cemento, ardiendo como si fuera un infierno en la Tierra. Un infierno que Danny estaba dispuesto a visitar, siendo el primero en hacerlo después de tanto tiempo, aunque tuviera que vérselas con aquellos gases tóxicos. Iría preparado, porque una historia así no podía dejarla escapar.

Y de esa forma, Danny avisó a su amigo Tony de que iba a realizar ese viaje a Centralia, solo por si las moscas. Podía ocurrirle algo y si nadie sabía dónde estaba… El investigador recogió su equipo, se llevó trajes ignífugos para protegerse de las posibles quemaduras, y también una máscara especial para no tener que respirar aquellos gases tan dañinos. Nada podía fallar. O al menos eso pensaba él.

Tardó un poco en encontrar aquel sitio, un desvío a tres kilómetros del pueblo, donde ya aparecían los carteles de peligro por los gases y los posibles daños del asfalto quemado. Danny dejó su coche al borde del camino y se puso el equipo ignífugo para continuar andando. Comprobó que a su izquierda había un bosque, no demasiado grande, y haciendo memoria del relato de Cheryl Mason, pensó que podía ser el lugar donde se había originado el incendio. Así que decidió ir para ese sitio, seguro de que por allí descubriría algo interesante.

Caminando por entre los árboles, tratando de no perder la referencia del pueblo, que se podía ver a los lejos, Danny comprobó que muchos de ellos estaban quemados, pero nada más. Algo normal en un sitio que había sufrido tal incendio, que había quedado devastado. No tardó en llegar a un enorme claro en el que los árboles directamente estaban carbonizados. No había más que tierra y ceniza en aquel lugar, piedras y plantas muertas. Era como el centro de una explosión. Aquel claro en particular estaba mucho más devastado que el resto del bosque, y aquello llamó la atención de Danny, porque si bien seguramente sería el sitio donde se originó el incendio, el fuego debió haberse expandido de igual forma por todos lados. Y sin embargo, aquello parecía más una especie de explosión que había dañado los alrededores, pero se había cebado con aquel lugar.

Danny sacó su cámara y comenzó a tomar fotos del sitio. A través del visor, se percató de que a unos veinte minutos había una especie de piedra grande puesta en pie, de modo vertical, con otra encima algo más pequeña en horizontal. Era una especie de T que debía medir algo más de un metro de alto, y que estaba cubierta por las hojas y la vegetación. Danny pensó que aquello no podía ser fruto de la naturaleza, que alguien había construido allí esa pequeña escultura, tal vez para jugar, como si fuera una mesa.

Se acercó a fotografiarlo y de pronto, sintió un escalofrío a su espalda. Era esa sensación que tantas veces había tenido, que conocía muy bien. Como si alguien le estuviera mirando, como si desde alguna parte, le vigilaran. Miró en todas direcciones pero no podía ver absolutamente nada extraño ni anormal. Ni un movimiento, ni el más mínimo ruido. Danny decidió seguir sacando fotos de aquellas piedras, y al retirar un poco la maleza sobre ellas, se dio cuenta de que en la parte alta había un símbolo, un extraño símbolo que le resultaba familiar.

Cuando has leído tantísimos libros sobre ocultismo, satanismo y sectas, es normal que cojas mucho conocimiento sobre esos temas. Y aunque Danny no era el mayor experto del país en ello, sí que sabía reconocer aquel símbolo. Era una representación minimalista de Astaroth, uno de los príncipes de los infiernos. Se supone que

Astaroth era uno de los demonios de mayor jerarquía, y aquel símbolo solía utilizarse para invocarlo. Normalmente, las sectas llamaban a Astaroth a través de sacrificios, a veces incluso humanos...

Un ruido de ramas partiéndose, a la izquierda. Ahora no había sido una simple sensación, Danny lo había escuchado perfectamente. Se volvió enseguida y se echó la mano al bolsillo, donde guardaba su navaja. Tal vez solo fuera un animal salvaje, pero aun así, tenía que estar preparado.

Otro ruido más, esta vez a su espalda, y acompañado de la misma sensación de antes, alguien le estaba mirando, solo que esta vez era más intensa. Danny se volvió rápidamente y comenzó a lanzar fotografías para deslumbrar a lo que fuese que estaba allí. Por desgracia, no funcionó, y cuando quiso darse cuenta lo tenía encima. Su cámara cayó al suelo segundos antes que su cuerpo inerte y lleno de sangre.

El cadáver de Danny Balzano fue encontrado tres días después por el sheriff del pueblo de al lado, alertado por Tony, que veía que su amigo no respondía a sus mensajes ni llamadas. El sheriff no pudo evitar vomitar al encontrarse el cuerpo del investigador, por el estado en el que estaba. Y no es que se hubiera descompuesto demasiado. Estaba totalmente destrozado, como si un animal salvaje se hubiera ensañado con él. De hecho, lo que más impresionó a aquel hombre fue encontrar los órganos de Danny esparcidos como un reguero por todo el claro del bosque. Estaban a medio devorar.

La policía recuperó la cámara de Danny, que parecía estar en buen estado, por si podía darles alguna pista de lo que había pasado. La principal teoría es que el investigador había sido atacado por una fiera salvaje, tal vez un lobo, aunque no se habían visto por allí en años. Sin embargo, lo que descubrieron en las fotos de Danny les dejó helados. Empezaron a revisar las últimas, porque sabían que podían ser las más aclaratorias. Y allí, en esas últimas cuatro fotografías, podía verse a un tipo vestido de negro, con una gran capucha cubriendo su cabeza y una especie de máscara de color azul.

A cada fotografía, aquella cosa se iba acercando más y más, blandiendo un cuchillo de enormes dimensiones. En la última imagen está a menos de medio metro de distancia, preparado para atacar. No se le ve el rostro, puesto que la máscara lo cubre por completo, salvo por los dos grandes agujeros para los ojos. De aquellos agujeros parecía salir un espeso líquido negro, muy desagradable. Los policías temieron enfrentarse a un asesino psicópata… o a algo mucho peor.

Danny acabó sus días en Centralia, en aquel bosque maldito de ceniza y fuego. Pero al menos sus deseos se cumplieron, y su libro, editado póstumamente, fue todo un éxito de ventas.

La historia

A medio camino entre la psicopatía de Jeff y los poderes sobrenaturales de Slenderman se encuentra Eyeless Jack, una tenebrosa criatura que se ha convertido en uno de los personajes más famosos del universo creepypasta, a pesar de que la historia con la que su autor le presentó no es precisamente tenida como una de las mejores.

Y es que el caso de Eyeless Jack es muy curioso porque, tiempo después de publicar la historia en el año 2012, su propio autor decidió hacerla desaparecer del sitio Creepypasta Wiki, donde la había estrenado, puesto que no se sentía orgulloso del resultado final de la misma. Fueron muchos los usuarios que comentaron que, si bien la idea de un asesino sin ojos que se alimentaba a base de los órganos de sus víctimas era muy buena, el desarrollo de la historia no hacía honor al personaje.

De esta forma el autor, un usuario llamado Azelf5000, explicaba en Noviembre de 2014 su decisión de retirar la creepypasta del sitio web:

Meses después de postear esta historia, he decidido comentar en mi propia pasta que mi opinión ha cambiado de forma drástica desde entonces. No estoy muy orgulloso de esto y estoy de acuerdo con que es horrible.

Estoy de acuerdo con un reciente comentador cuando dice que, desde que Jeff ha sido quitado de esta wiki, esta debería serlo también. Es porque no alcanza el mínimo de calidad seguido por aquí.

Yo ahora estoy avergonzado por haber escrito esto y desearía haber hecho un mejor trabajo cuando decidí escribirlo.

Una decisión drástica que se tomaba dos años y medio después de haber publicado la creepypasta original, en Febrero de 2012, y tras haber conseguido muchísimos seguidores que hicieron de Eyeless

Jack uno de los personajes más queridos del nuevo terror en Internet. A pesar de todo ello, Azelf5000 no se sentía a gusto habiendo escrito una historia que pensaba que no tenía la suficiente calidad, y por eso la borró del sitio, como ya hicieran con la de Jeff el Asesino, por decisión de la propia comunidad de Creepypasta Wiki, un par de meses antes, por el mismo motivo, falta de calidad.

Azelf5000 entendió que había creado a un personaje carismático, que conseguía conectar con los lectores, pero no lo había presentado de la mejor manera. La historia original era algo floja, bastante simple y a la vez irreal. En ella se hablaba de un chico llamado Mitch que, tras irse a vivir con su hermano Edwin, recibe la visita de una especie de criatura misteriosa, encapuchada y con una máscara azul tapándole el rostro. Ese ser no posee ojos, y eso es lo que más aterroriza a Mitch. Tras conseguir huir del ataque de Eyeless Jack, Mitch tropieza con una piedra y pierde el conocimiento. Al despertar en el hospital, el médico le dice que de alguna forma, le han extirpado un riñón. Además, su hermano ha sido asesinado por aquella criatura.

La historia se volvía increíble, en el peor de los sentidos, en algunas situaciones. El autor no supo jugar con la tensión de encontrarse con una criatura de este tipo. Por ejemplo, el protagonista, al ver a Eyeless Jack en su cuarto dispuesto a atacarle, lo primero que hace es… sacarle una foto. Es la fotografía que acompaña a la creepypasta original, y que ha convertido a Eyeless Jack en un personaje famoso en toda la red. Pero desde luego no es la mejor manera de introducir a una criatura como esta, y menos si la reacción del protagonista es tan estúpida. Este tipo de fallos "condenaron" a Eyeless Jack e hicieron que el propio autor tomara conciencia de la poca calidad de su historia, hasta el punto de borrarla.

Eso sí, la historia ya se había expandido lo suficiente para llegar a otros muchos foros, tanto en su versión original en inglés como en las traducidas al español, por ejemplo. Esto hace que la creepypasta original de Eyeless Jack se siga pudiendo encontrar en muchas webs y foros, así como otras historias que hablan sobre el posible origen de este personaje, al que el autor ni siquiera da un trasfondo ni explicación alguna en la historia original. Esa parte del misterio ha permitido que otros muchos autores escriban sobre los supuestos orígenes de este ser, qué es, cómo ha llegado a convertirse en semejante abominación de la naturaleza…

Azelf5000 decidió entonces arrojar un poco de luz sobre el asunto en su perfil en Creepypasta Wiki, en donde explicó, con algunas frases muy breves, la historia secreta de Eyeless Jack. Según el autor, este ser es un chico de nombre Jack Nyras, de origen americano, que tiene 19 años (no se sabe si actualmente o en el momento en el que pasó a ser Eyeless Jack). Se convirtió en esta abominación humana después de ser víctima de un rito de sacrificio por parte de un culto semisatánico. Le sacaron los ojos y procedieron a sacrificarle, pero algo salió mal, convirtiendo a Jack en lo que es hoy en día. Siempre va con su sudadera negra y su capucha, además de la máscara azul que solo deja ver sus dos cuencas vacías, donde debían estar los ojos. Se ha convertido en un feroz asesino que necesita de alimentarse con los órganos de sus víctimas.

A pesar de que el propio autor parecía estar interesado en reescribir la historia de Eyeless Jack con algo más de calidad, hasta ahora no ha subido ningún tipo de nueva versión. La que se recoge en este libro es un relato de inspiración libre tomando como base al personaje de Jack y su trasfondo, y colocándolo como antagonista en una situación inspirada en la serie de videojuegos de Silent Hill, debido a que ambas historias tienen puntos muy similares.

Si bien la historia original de Eyeless Jack no consiguió el agrado de todos los lectores de creepypastas, el personaje ha logrado hacerse un hueco entre los más conocidos, gracias a su particular presencia, a todos los trabajos artísticos que diferentes dibujantes han creado sobre él, y a su inclusión en juegos indies, cortos y demás como un personaje habitual del nuevo terror cibernético del siglo XXI.

SLENDERMAN

Golspie, Escocia (Reino Unido) Invierno de 1999

La mirada de Eric se perdía en las danzarinas formas del fuego de la chimenea. Entre sus manos sostenía el viejo álbum de fotos, uno de sus pocos objetos realmente queridos. Cuando se mudó con Diana fue lo primero que llevó a casa. Incluso antes que el cepillo de dientes. Ella nunca había visto las fotos de aquel álbum, porque Eric era muy celoso con esa parte de su intimidad. Solo sabía que allí, en ese álbum ya viejo y desgastado, estaban las únicas fotografías que su marido conservaba de Aaron, su hermano desaparecido.

Diana estaba empezando a preocuparse al ver a Eric así, sentado en el sofá y simplemente mirando al fuego, con el álbum de fotografías en sus manos, durante toda la tarde. Llevaba siete años ya con aquel hombre, que siempre se había portado muy bien con ella. La amaba y la respetaba en todo momento, era dulce y muy cariñoso. Siempre que ella no quisiese indagar en su pasado, en su infancia y, sobre todo, en cómo desapareció Aaron. Al principio, ella quería saber más, porque Eric nunca le hablaba de aquello, aunque estaba claro que le había marcado profundamente. Cada vez que le preguntaba, él se ponía de mal humor y le contestaba con muy malos modos. Y así ella dejó de preguntarle, porque lo último que quería era molestar a su marido con algo que, a fin de cuentas, ya no se podía arreglar.

Todos los años, en las mismas fechas, Eric se volvía raro, huidizo, callado e introvertido. Era una especie de enclaustramiento mental que le duraba solo un par de días, y del que salía como si de un sueño se tratara, poco a poco y con dificultad para volver a la normalidad, al menos en los primeros días. Aunque Diana no le había preguntado, por miedo a ofenderle, sabía que aquello tenía que ver con su hermano. No le costó mucho atar cabos y entender que Aaron posiblemente habría desaparecido en esos días. Eric se sumía en el silencio para rememorar aquel trágico suceso, como si de un aniversario se tratara. Y ella había aprendido a respetarlo de aquella manera, a darle su espacio esos días y a tratar con más tacto y delicadeza.

Sin embargo, lo que más le preocupaba a Diana es que Eric se comportara igual, incluso cuando estaba con Lizzy, en esos días de invierno. El padre amoroso y embelesado con su hija de cuatro años desaparecía en aquellos días, y todo eran malos modos, gritos y desprecio cuando la pequeña quería jugar con él. Por eso Diana trataba de mantenerla distraída, para que no fuera a molestar a su padre.

—¿Por qué papi se ha enfadado conmigo, mami?

—No... no está enfadado contigo, cielo. Está… triste. Pero se le pasará.

—¿Y por qué está triste?

—Pues… a veces los mayores nos ponemos tristes sin ninguna razón. ¿A ti nunca te ha pasado?

—Sí, a veces. Pero se me pasa cuando me dais las buenas noches y me duermo con Waldo —dijo dulcemente la pequeña, sosteniendo a su osito de peluche— ¿Si le dejo a Waldo, papá se pondrá más contento?

A Diana le costaba contener las lágrimas ante el sincero y cándido ofrecimiento de su hija, que estaba realmente preocupada por su padre. Sin embargo, sabiendo que aquello podía ser peor, contestó:

—Seguro que él prefiere que lo tengas tú, cariño. No te preocupes y verás cómo en un par de días, papá está otra vez contento.

Lizzy sonrió creyendo a pies juntillas lo que su madre le decía, y volvió a su habitación para seguir con sus juegos. Diana decidió volver también a sus tareas, porque de todas formas, no iba a arreglar nada quedándose allí y viendo como su marido pasaba por su martirio anual.

Aquella noche, después de acostar a la pequeña Lizzy asegurándole que mañana su papá iría a contarle un cuento, como siempre, Diana bajó de nuevo salón, donde Eric parecía estar medio dormitando en el sillón frente a la chimenea. El álbum estaba sobre la mesa, abierto de par en par. Diana sintió un deseo intenso por acercarse a él y contemplar por fin cómo era el hermano pequeño de su marido. Había tenido multitud de oportunidades para ver aquel álbum y siempre había respetado el derecho de Eric a su privacidad, pero aquello estaba yendo demasiado lejos, y la curiosidad le podía más.

Sigilosamente, Diana atravesó el salón con el corazón a mil por hora en su pecho, como si fuera a escaparse por su boca en cualquier momento. Al llegar a la mesilla, ni siquiera tuvo valor de coger el álbum. Simplemente se encorvó para poder distinguir mejor las figuras que aparecían en las fotos del mismo. Eric y Aaron, los dos hermanos, disfrutando plácidamente de una tarde en el parque. Debía ser cerca de Oban, el sitio donde Eric se crió. Reconoció a su marido al instante por ese pelo rojizo tan llamativo, el mismo que había heredado Lizzy. Pero entonces fijó su mirada en Aaron.

Era más pequeño que Eric, eso lo sabía, y parecía no tener más de cuatro o cinco años en esas fotos. Seguramente fueron tomadas poco antes de que desapareciera, ya que lo único que sabía sobre el tema es que el pequeño Aaron no llegó a cumplir los seis años. Era moreno, con unos brillantes ojos grises y una sonrisa muy dulce, que en cierta manera le recordaba a la de su propia hija. Vestía un jersey de lana verde pistacho y unos pantalones color crema, y sostenía una cometa multicolor en sus manos. Estaba al lado de su hermano, que lo miraba con ternura, posando su mano izquierda en el hombre del pequeño Eric. En aquella foto, Eric era la viva imagen de la felicidad.

Sin embargo, una punzada de terror recorrió la espina dorsal de Diana cuando fijó su vista en la parte del fondo de la fotografía. Allí atrás, a varios metros de los dos hermanos, se podían ver grandes árboles, de fuertes y gruesos troncos, que cubrían prácticamente todo el fondo. Agazapada entre ellos, como si fuera una de tantas sombras, Diana logro discernir una figura esquelética, extremadamente alta y muy, muy delgada. Podría haber sido cualquier sombra, o algún efecto de la fotografía, pero era demasiado humana, en el sentido más básico de la palabra. Tenía brazos muy largos que casi llegaban al suelo, y en el lugar donde debería estar el rostro, solo una mancha blanca, donde no se podían distinguir ni ojos, ni nariz ni boca. De haber sido cualquier persona, incluso disfrazada, aquella figura debería medir más de dos metros y medio, calculó Diana. ¿Qué demonios era aquello?

Eric dejó escapar un leve gruñido a la vez que cambiaba de posición para acomodarse en el sillón. Aquello sobresaltó a su mujer, que dio un respingo hacia atrás. Por suerte, Eric no se había despertado. Seguro que si la hubiera pillado fisgando en aquel álbum le hubiera dicho de todo, y más estando en esos días, tan irascible como se ponía. Diana pensó que ya había tenido suficientes sustos aquella noche y subió a acostarse, sin poder quitarse la imagen de aquella esquelética figura de la mente, como si al igual que parecía estar vigilando a Eric y Aaron, hiciera lo mismo con ella.

Diana todavía trataba de conciliar el sueño cuando su marido entró en la habitación. Sin decir una sola palabra, se desnudó y se metió en la cama. Ella tampoco dijo nada. Tal vez era mejor fingir que estaba dormida. Temiendo que su marido hubiera hecho lo mismo en el salón y ahora estuviera más enfadado que nunca con ella, Diana siguió sin poder dormir, cada vez más angustiada. Eric había guardado celosamente aquel álbum, y hasta ese día, ella no imaginaba que pudiera tener alguna buena razón para hacerlo. Sin embargo, después de haber visto aquella fotografía, deseo con todas sus fuerzas no haberlo hecho.

Existe un estado de semiconsciencia entre el sueño y la vigilia, un estado que suele durar unos pocos segundos, en el que nuestro cuerpo ya está prácticamente dormido del todo, pero a veces, algunos estímulos se cuelan por nuestros sentidos, especialmente el oído. Diana estaba a punto de caer en brazos de Morfeo cuando escuchó un portazo que le hizo abrir los ojos de repente. Se quedó así, con los ojos muy abiertos, acostumbrándose a la oscuridad, mientras agudizaba el oído por si escuchaba algo más. Tal vez solo había sido parte del sueño incipiente que su mente comenzaba a crear, o tal vez…

Al mirar al otro lado de la cama, Diana comprobó que Eric no estaba. Aquello, lejos de tranquilizarla por encontrar una posible fuente de los ruidos, la dejó aún más extrañada. No era normal que su marido saliese de la cama en mitad de la noche, ni siquiera en aquellos días donde su humor cambiaba y parecía impredecible. Asustada, salió de la habitación y vio que la de su hija estaba abierta. Otro escalofrío recorrió su cuerpo, y corrió hacia el cuarto de Lizzy. Ni siquiera tuvo que encender la luz para comprobar que la pequeña no estaba allí.

Terriblemente angustiada, Diana bajó las escaleras, llamando a su marido y a Lizzy, sin encontrar respuesta alguna. Su corazón volvía a bombear a toda potencia mientras buscaba por las habitaciones, sin encontrar ni rastro de ellos. Al llegar a la cocina, se dio cuenta de que la puerta trasera de la vivienda estaba abierta. Cogió una linterna que siempre tenían para los imprevistos, bien al alcance de la mano en el trastero, y no dudó en salir aún en pijama. El frío le erizo la piel al instante, pero ella no lo notaba. Solo quería encontrar a su hija y a su marido.

Enfocó con la linterna en todas direcciones, pero no había rastro de ellos. En un momento dado, el haz de luz alumbró a lo lejos la figura inconfundible de Waldo, el osito de Lizzy. Estaba tirado en medio del camino que desembocaba en el bosque, a unos doscientos metros. Diana ya no tenía tiempo ni siquiera para pensar, solo para actuar, así que salió corriendo en aquella dirección, segura de que encontraría a su hija por ese camino. En ese momento no podía tener otro pensamiento en su cabeza.

Siguiendo el haz de luz, Diana llegó a la entrada del bosque, donde los árboles comenzaban a devorarlo todo. En ese preciso instante, la linterna empezó a fallar, y se apagaba de forma intermitente. Aun así, Diana pudo reconocer la figura de su marido, tirado en el suelo en posición fetal, con las manos en la cabeza. Corrió hacía él llamándole a gritos, pero no le respondía. Tan solo repetía una y otra vez:

—No te la lleves, por favor, no te la lleves. Otra vez no, por favor, no te la lleves.

Por más que Diana lo intentó, Eric no decía más que eso, no respondía a ningún estímulo, ni siquiera cuando ella empezó a empujarle para que reaccionara. Estaba en shock, llorando desconsoladamente, y daba igual lo que ella hiciera, era como si no estuviese allí.

La linterna de Diana volvió a encenderse y de nuevo comenzó a enfocar a todas partes, en busca de su hija. La encontró a los pocos segundos, a unos treinta metros de ella, en la espesura del bosque. Pero no estaba sola.

A su lado había un niño pequeño, más o menos de su edad. Tenía el pelo moreno y una sonrisa muy dulce que, por una fracción de segundo, tranquilizó a Diana. Hasta que lo reconoció. Tal y como estaba en las fotos que había visto unas horas antes, en el álbum de la infancia de su marido.

Paralizada por el terror más indescriptible, Diana pudo comprobar como en medio de los dos niños había una figura extremadamente delgada y muy alta. La misma de la fotografía, con unos brazos que parecían infinitos, tomando las manos de los dos pequeños. Su rostro era totalmente blanco, y resplandecía al contacto el haz de luz de la linterna.

Había una parte de Diana que deseaba salir corriendo para rescatar a su hija y abrazarla. Pero otra, todavía más poderosa, no le permitía ni siquiera pestañear. Congelada por el miedo, Diana solo reaccionó cuando la luz de la linterna se volvió a apagar.

—No… Lizzy… -susurró tan bajo que apenas ella misma se pudo oír.

La luz de la linterna volvió a los pocos segundos. Diana seguía apuntando hacia el mismo lugar donde había visto a su hija. Ahora no había nada más que la espesura del bosque y la oscuridad honda, tenebrosa, intensa, como solo el dolor que una madre puede sentir en ese momento.

La historia

"Nostros no queríamos ir, no queríamos matarlos, pero su persistente silencio y sus extendidos brazos nos horrorizaban y confortaban al mismo tiempo..."
1983, fotógrafo desconocido, posiblemente muerto.

A veces una simple frase, como la que tenemos arriba, puede dar inicio a algo tan grande e intenso que se haga real, a pesar de no serlo. Cuando el usuario del foro Something Awful Victor Surge colocó esta frase junto a la fotografía que había creado para el concurso de imágenes terroríficas, seguro que no podía imaginar hasta donde iba a llegar aquello. Acababa de dar inicio al mito más grande del siglo XXI. Aquel 10 de junio de 2009 nacía Slender Man.

Los antropólogos y sociólogos siempre dicen que es fascinante estudiar los mitos y ver cómo han ido evolucionando a lo largo del tiempo hasta llegar a nosotros. Ahora, gracias a creepypastas como Slender Man, no solo tienen la oportunidad de ver esa evolución, sino que pueden rastrear el propio inicio del mito, de donde surge la leyenda, para reconocerla de una manera mucho más fehaciente. Y es que en apenas unos pocos años, Slender Man se ha convertido en un mito viviente, una figura tan "real" como los vampiros u hombres lobo, que nos llevan aterrorizando siglos. Y hemos tenido el privilegio de verlo nacer.

Slender Man es, con mucho, el personaje más conocido dentro del mundo de las creepypastas, el más popular sin duda alguna, ya que ha traspasado sus propias historias para llegar al gran público. Y lo ha conseguido gracias al aporte de decenas de creadores, sobre todo en YouTube en foros y blogs de Internet, que han ido creando un universo complejo alrededor de la figura de Slender Man, dotándolo de una meleabilidad que muchos consideran parte de éxito. Slender Man puede ser todo aquello que tememos, puede desarmarnos y volvernos locos con su sola presencia. Y lo que más miedo da es que sus intenciones, lo que quiere, nunca está claro. A veces solo está ahí, medio escondido, mirándonos o vigilando, y no sabemos si es todo lo que quiere en ese momento, o ha venido a por nosotros...

Origen en Something Awful y rápida expansión

El día 8 de junio de 2009, el usuario Gerogerigegege inició un nuevo post en el famoso foro norteamericano Something Awful, a través del cual proponía al resto de usuarios un reto: realizar los mejores montajes de imágenes espeluznantes, imágenes trucadas que parecieran absolutamente terroríficas. Los usuarios se tomaron bien el reto, y fueron aportando sus imágenes. Y el día 10 de junio, el usuario Victor Surge sube dos fotografías, acompañadas de un pequeño texto cada una.

En la primera podemos ver a un grupo de jóvenes que parecen ir caminando tranquilamente, aunque sus caras reflejan mal humor, especialmente el que aparece a la derecha en primer plano. Es una fotografía en blanco y negro que no parece tener nada de especial, salvo por una figura que sobresale entre los jóvenes. Es mucho más alta que ellas, parece vestir un elegante traje negro, pero donde debería estar su rostro solo hay una especie de máscara blanca. Además es extremadamente delgado. El usuario complementa esa primera foto con el texto que hemos puesto al principio de esta sección, ubicándola en 1983 y aduciendo que el fotógrafo que tomó la imagen es desconocido, aunque se le da por muerto.

La segunda de ellas tiene un estilo parecido, también en blanco y negro, aunque es un encuadre mucho más amplio. En esta ocasión, los protagonistas de la instantánea son niños mucho más pequeños, que juegan y disfrutan junto a un tobogán. Al fondo de la imagen se puede ver como otros niños están sentados en torno a una figura que les supera en altura, y que al igual que la de la primera fotografía, es extremadamente delgada. De hecho, todo hace indicar que es la misma figura, que a pesar de tener un aspecto humanoide, no se puede identificar como ningún ser humano. Su anatomía es más delgada y parece como si estuviera estirado hasta límites imposibles. Esta fotografía también viene acompañada de un breve texto, que dice así:

"Una de las dos fotografías recuperadas por el incendio de la Biblioteca de la ciudad de Stirling. Notable por haber sido tomada el día en el que desaparecieron catorce niños, y por lo que es referido como "El Hombre Delgado". Deformidades citadas como defectos de la película por los oficiales. El fuego en la biblioteca se originó una semana después. Fotografía confiscada como evidencia. 1986, fotógrafa Mary Thomas, desaparecida desde el 13 de junio de 1986"

Es cierto que una imagen vale más que mil palabras, y si son dos complementarias, mucho mejor. Pero lo que realmente lo inicia todo, lo que hace que Slender Man no se quede solo en un par de fotografías sino que traspase la línea hasta convertirse en una auténtica leyenda, es la aportación del texto por parte de Victor Surge (cuyo verdadero nombre es Eric Knudsen). El usuario decide agregar esa pequeña historia con respecto a las fotografías, enlazándolas con un supuesto suceso real en el que catorce niños desaparecen, y aludiendo directamente a la figura, llamándola The Slender Man, que traducido vendría a ser El Hombre Delgado.

Preguntado por sus influencias a la hora de crear este personaje, Knudsen apunta a H.P. Lovecraft, maestro del terror moderno, y también a Stephen King y su relato La Niebla. De Zack Parsons y su obra Esa Bestia Insidiosa también afirma haber tomado algo de inspiración, así como de algunos juegos de survival horror como Resident Evil o Silent Hill. Incluso reconoce estar influenciado por otro de los relatos que se publicaron tiempo antes en el mismo foro de Something Awful, llamado The Rake (El Rastrillo), que también hemos incluido en este libro.

La intención de Surge era crear una criatura cuyas motivaciones o intenciones no estuvieran en absoluto claras, y tratar así de diseminar el horror por la población. Convertir a Slender Man en una criatura de la que no se sabe apenas nada, con unos poderes que van más allá de lo imaginable y, sobre todo, que no se presenta como un monstruo horripilante, sino como una figura extraña, que parece estar siempre vigilando, y al que nunca se le ve atacar directamente. Tal vez, la mejor representación de esa falta de información, del desconocimiento de la motivación por parte de Slender Man, sea su propio rostro, blanco, inanimado, inexpresivo. No sabemos si ríe o llora, si nos mira de manera maliciosa o tierna. No tiene expresión, no puede transmitirnos nada, y eso es lo más escalofriante de todo.

Al día siguiente, 11 de junio, Surge continuó su historia con otra fotografía, además de una reseña en la que se recogen, a modo de notas fechadas, la historia de dicha fotografía, en la que aparece de nuevo Slender Man. El sujeto que la tomo podría ser un interno en un hospital psiquiátrico, y asegura no haber visto al ser al tomar la fotografía. Las pruebas y análisis resultan inconcluyentes. Al cabo del tiempo, el sujeto que toma la foto desaparece sin dejar rastro junto con otros 33 pacientes y personas a cargo del hospital psiquiátrico.

El 12 de junio, el usuario LeechCode5 sube a ese mismo hilo una fotografía de un edifico en llamas, en la que también aparece la figura de Slender Man. Sería la primera vez que un usuario que no es su propio autor la utiliza en una de sus imágenes. El siguiente en hacerlo es TrenchMaul, otro usuario de Something Awful, solo dos días después, y creando su propia historia del mito del personaje, comenzando así lo que luego se denominaría el Slenderverse, o Universo Slenderman.

El Universo Slenderman: vlogs, creepypastas y mucho más

Prácticamente desde el mismo día en el que Surge subió sus fotografías a Something Awful, los usuarios de aquel foro supieron que algo grande iba a pasar con aquella criatura. Slender Man era un ser que provocaba un terror genuino, indeseable, misterioso... No sabes si viene a matarte o solo a vigilarte, no puedes entender sus intenciones... Tiene una parte de psicología tremendamente intensa que su autor ya empezó a plantear en su tercera fotografía, llevando a la criatura cerca de un psiquiátrico, e insinuando que podía volver locos a aquellos que, por su mala fortuna, se toparan con él.

Y por supuesto, aquella figura con tanto trasfondo no podía quedarse solo en un simple foro de internet. El 19 de junio, tan solo 10 días después del "nacimiento" de Slender Man, Troy Wagner crea un canal de YouTube llamado Marble Hornets. Al día siguiente publica el primer vídeo, alegando que eran cintas viejas que un amigo suyo, Alex Kralie, que desapareció misteriosamente después de abandonar el proyecto cinematográfico en el que trabajaba. A través de los vídeos supuestamente grabados por Alex nos encontramos como el chico es testigo de sucesos paranormales, y conforme vamos avanzando, conocemos la figura de The Operator (El Operador), un ser sobrenatural, alto y muy delgado, representación fiel de la imagen de Slender Man. Marble Hornets sería el primer vlog de Internet que trataría la figura creada por Victor Surge, y desde luego es el más conocido. A día de hoy cuenta con más de 400.000 suscriptores de todo el mundo, y cerca de 80 millones de visitas.

Pero no es la única serie web centrada en una figura similar a Slender Man. En marzo de 2010, solo unos meses después, se crea el canal EverymanHYBRID, en el que unos estudiantes deciden incluir una parodia de Slender Man en sus prácticas audiovisuales. Algo extraño comienza a ocurrir, y es que una figura muy parecida a Slender Man pero totalmente real les persigue y les vigila. Pronto se desatan otros sucesos sobrenaturales que dan lugar a una de las series más extensas del universo Slender Man. Con muchos toques de ARG (Alternate Reality Game o Juego de Realidad Alternativa), la serie ha logrado expandirse a otros canales, a blogs y a todo tipo de foros, a lo largo y ancho de internet, convirtiéndose en una auténtica experiencia inmersiva.

Poco después, en abril de ese mismo 2010, se crea el tercer canal que forma parte de ese Big Three del universo Slender Man en YouTube, Tribe Twelve. Una de las más intensas y terroríficas, esta serie trata la historia de Noah, quien descubre, después de la muerte de su primo Milo, que estaba siendo acosado por una entidad sobrenatural. Su tío le habla del mito del Großmann, una figura del folklore alemán, alta y delgada, que solía aterrorizar a los niños, según las leyendas germánicas de la época. Noah sigue investigando y se da cuenta de que algunas leyendas pueden convertirse en una aterradora realidad, sintiendo de cerca la presencia de una figura tipo Slender Man, al que llama The Observer.

Estas tres webseries han conseguido miles de suscriptores y millones de visionados de sus vídeos, logrando aportar, cada una a su manera, algo distinta al mito de Slender Man, una figura presente en todas ellas, con este nombre o con otro. Especial atención ha recibido la primera, Marble Hornets, que iba a convertirse en película y cuya grabación se paró en 2014, debido al salto de Slender Man a la prensa internacional después de los ataques de Wisconsis y Ohio, que trataremos más adelante. El proyecto para que sigue en pie, aunque no se sabe con seguridad en qué momento podrá ser estrenada esta película basada en la serie de YouTube.

No es la única película que se centra en la figura de Slender Man, utilizándola como base para crear el terror en el espectador. En febrero de 2013, el cineasta AJ Meadows estrena la película The Slender Man, rodada gracias al dinero conseguido a través de la red de crowfunding Kickstarter. La película se puede encontrar en Internet de forma gratuita, y utiliza el estilo metraje encontrado para contar la historia de una familia que es acosada por un ente sobrenatural del que apenas saben nada, pero que no deja de vigilarles.

También hay que citar la película Entity, dirigida por Christopher y Jeremy Jaddalah, en la que la figura de Slender Man tiene una importancia central, y que fue uno de los primeros proyectos pensados para llevar a la gran pantalla esta leyenda urbana. Igualmente, la película The Slender Man, dirigida por Eric Tremaine, es un film de bajo presupuesto que sigue la investigación de un periodista en busca de la verdad tras la desaparición de varios niños, descubriendo lo peligrosa que puede ser la verdad.

El potencial de Slender Man como villano terrorífico ha quedado más que demostrado, y si en tan pocos años ya se han llevado a cabo tantos proyectos entrados en si figura, parece evidente que esta criatura del folclore moderno se puede convertir en un mito a la altura de los que pueblan las películas clásicas de terror. De hecho, las creepypastas sobre el personaje han corrido como la pólvora por Internet en estos años, gracias también a la naturaleza incierta de esta figura, que permite colocarla en muchos escenarios diferentes.

Han sido muchos los autores que han decidido aprovechar la figura creada por Surge para que protagonice sus propias creepypastas, a veces simples y cortas, otras en formato diario, como ocurre con algunos blogs en los cuales sus autores hacen un repaso de sus extraños encuentros con una criatura muy similar a la que aparece en las fotos de Victor Surge. Entre todas estas historias, blogs y creepypastas se ha ido modelando el mito de Slender Man, evolucionando desde ser solo una figura en una fotografía a una verdadera criatura terrorífica, con un modus operandi relativamente claro.

A destacar, por ejemplo, la creepypata Experimento 84-B, que cuenta el supuesto origen de Slender Man, como pasa de convertirse en un chico normal a una bestia deforme y sin rostro que trata de acercarse a la gente, pero de la que todos huyen. Al no existir un creepypasta oficial de Slender Man, aparte de los pequeños retazos de historia dejados por Victor Surge con las fotos de Something Awful, cada autor ha podido indagar en una parte del mito, aportando su propia idea a la figura del Hombre Delgado, convirtiéndolo en lo que es hoy en día.

A ello también han colaborado los juegos indies basados en el personaje. En una época en la que el género de terror psicológico estaba más vivo que nunca en el mercado de los videojuegos, muchos aprovecharon la creciente popularidad de la figura de Slender Man para incluirlo como protagonista en sus juegos, la mayoría de ellos aventuras gráficas en las que tenías que encontrar ciertos objetos mientras tratabas de huir de Slender Man, ya que si te encontraba... habías perdido. Uno de los juegos más importantes apareció en verano de 2012 y se tituló Slender: The Eight Pages. El juego ganó varios galardones, a pesar de que según sus propios creadores, solo era un prototipo, una beta no acabada del definitivo, que sería Slender: The Arrival, aparecido en marzo de 2013, con una historia mucho más intensa y más larga que su antecesor.

Estos son los dos principales exponentes de la figura de Slender Man en los videojuegos independientes, aunque se han hecho muchos otros juegos en los que esta leyenda forma parte central de la historia. Gracias a la gran cantidad de descargas de estos videojuegos, el mito ha llegado mucho más lejos y se ha engrandecido adaptándose a todas las plataformas audiovisuales posibles, llegando también a esos gamers que tal vez no habrían conocido la leyenda de no ser por ellos.

Al haberse expandido por tantos sitios y plataformas, es complicado entender en toda su extensión el universo Slender Man. Sin embargo, gracias a páginas como SlenderNation, que recopila todos los sitios dedicados a esta criatura, o The Slender Wiki, una enciclopedia donde encontramos toda la información acerca de este personaje, cualquier internauta con interés y paciencia puede ver la evolución del mito en estos seis años, en los que Slender Man se ha convertido, como reconoce la propia BBC, en la leyenda urbana más importante de nuestro siglo.

Aspecto y cualidades de Slender Man

Si hay algo que caracteriza a los mitos surgidos en Internet (y Slender Man es un vivo ejemplo de ello) es ese concepto de creación colectiva a través del cual cualquier usuario puede coger la figura de la criatura y añadirle una nueva y aterradora característica, ya sea física o mental, para engrandecer así su background. No todas estas ideas permanecen luego como parte del mito, por supuesto, así como no todas las creepypastas logran la aceptación suficiente para convertirse en populares. Pero es cierto que, como una figura global en una era global, Slender Man es el fruto de la imaginación no de uno, sino de varios autores.

Por supuesto, es Eric Knudsen quien pone las bases para darle forma a la criatura, nunca mejor dicho. Sus fotografías en Something Awful nos ofrecen la primera "evidencia" de la existencia del mito de Slender Man. En estas fotografías, la criatura aparece como un ser extremadamente alto y delgado, con unas extremidades muy largas, vestido con una especie de traje de chaqueta negro y corbata, como si fuera un ejecutivo. Otro de sus rasgos característicos, seguramente el más aterrador de todos, es que no tiene facciones en su cara. Su rostro es totalmente blanco. Suele aparecer entre las sombras, camuflado entre grandes árboles, y normalmente, cerca de niños. Surge también da otra pista sobre los supuestos poderes parapsicológicos de Slender Man en su tercera fotografía, cuando lo sitúa junto a un psiquiátrico.

Aunque su autor nunca ha dado una explicación cien por cien clara de porqué el aspecto de Slender Man es así, las citadas influencias de Stephen King y H.P. Lovecraft son una buena base. Tampoco ha explicado el porqué del traje de ejecutivo, aunque hay teorías que apuntan a que sería una especie de crítica hacia la cultura moderna en la que la sociedad trata de convertirnos a todos en seres exactamente iguales, bien vestidos y con los menores rasgos personales. De ahí que el rostro de Slender Man sea impersonal y no tenga facciones.

Sea como fuera, desde el primer momento la criatura parece relacionada con los niños. En las dos primeras fotografías está rodeado por ellos, y no parece que le tengan miedo, al contrario. Eso encaja en la historia que Knudsen deja entrever en su breve texto, cuando explica que el ser los asusta y reconforta a la vez. Según la propia historia de Knudsen, estos niños desaparecerían poco después sin dejar rastro. Obviamente, todo apunta a que el ser pudo raptarlos o matarlos. Pero lo interesante es la forma que tiene el autor de contar pequeños retazos para que el propio lector se haga una idea propia de lo que sucede. En ningún momento se dice que Slender Man sea una criatura maléfica ni que se lleve a los niños. La historia no lo aclara de forma directa, pero lo deja entrever, añadiendo un halo aún más misterioso si cabe.

Con el tiempo, Slender Man se expandió por toda la red y dejó de ser solo la criatura de un solo autor para convertirse en un fenómeno global. Una de sus características añadidas más notables son sus tentáculos, que rápidamente pasaron a ser parte indisoluble del personaje, otorgándole un toque más lovecraftiano. Aparentemente, dichos tentáculos aparecían desde su espalda, a voluntad de la propia criatura, que puede controlarlos para intimidar o cazar a sus víctimas. Otra de las facultades de Slender Man es su capacidad para provocar interferencias o dañar aparatos electrónicos, tales como cámaras de vídeo, televisiones o radios. Esta es una de las señales de que la criatura se encuentra cerca, y es especialmente llamativa en los videojuegos, ya que en la mayoría de ellos, al encontrarte con Slender Man, la pantalla se llena de ruido de estática, como si se hubiera perdido la conexión. Aparentemente, sería una habilidad telepática con la cual esta criatura puede no solo controlar los campos electromagnéticos, sino entrar en nuestro propio cerebro, para torturarnos psicológicamente.

En este punto hay que matizar que, si bien hay muchas diferencias en la manera de actuar de Slender Man según que tipo de parte del mito escojamos, existen dos vertientes mayoritarias. Unos son los que piensan que esta criatura puede atacar y matar directamente a sus víctimas de manera física, como una bestia cualquiera. Sin embargo, la gran mayoría de los adeptos a Slender Man lo ven más como un torturador psicológico, una criatura que puede hacerte desaparecer (aunque no se sabe exactamente cómo) o también puede perseguirte durante toda tu vida, consiguiendo que te vuelvas loco. Esta teoría es un punto central en la historia de Marble Hornets, por ejemplo.

Es también muy interesante el comprobar como Slender Man aprovecha ese poder psíquico con el cual puede controlar a sus víctimas para convertirlas en sus sirvientes y que hagan su "trabajo sucio". Una persona bajo el control de Slender Man se convierte en un proxy, término ideado por Darkharvest00 para explicar cómo esta criatura es capaz de influir en las personas que tiene a su alrededor. A lo largo de los distintos ARGs que tienen que ver con Slender Man, tanto en las series de YouTube como en los blogs, este concepto se ha utilizado en muchas ocasiones para explicar cómo una persona "normal" comienza a comportarse de una manera extraña, entorpeciendo la investigación que puede llevar hasta Slender Man, por ejemplo. En TribeTwelve existe un buen ejemplo de este concepto, ya que hay una serie de personajes controlados por la criatura que conforman El Colectivo. También aparece en Slender: The Arrival, videojuego en el que uno de sus personajes, Kate, es descrita como un proxy de Slender Man, estando a sus órdenes.

Aunque las historias referentes a Slender Man se situan en lugares muy diversos, sí que parece una constante su relación con los bosques. Lugares frondosos, donde esta criatura puede camuflarse entre los altos árboles, esperando a que alguna desprevenida víctima caiga en sus redes. En este sentido, Slender Man conecta directamente con muchas otras leyendas terroríficas anteriores, en las que el bosque siempre ha sido un lugar oscuro y tenebroso donde encontrar a criaturas demoníacas, como brujas, hombres lobo y otros seres legendarios, en muchas ocasiones relacionados con espíritus de la naturaleza.

De igual manera, Slender Man también está relacionado con el fuego, sobre todo en las primeras creepypastas del personaje, las escritas por Victor Surge y otros usuarios normalmente en Something Awful. El fuego suele ser un elemento común en cualquier avistamiento de Slender Man, antes o después. De hecho, ya en la segunda fotografía sobre el mito se deja una pista sobre esto, al asegurar que dicha imagen fue recuperada del incendio en una biblioteca en Stirling (California).

Se dice también que Slender Man tiene el poder de aparecerse a aquellos que desea, siendo totalmente invisible para los demás. Esta visibilidad selectiva es especialmente útil en el caso de los niños, que sí podrían verlo, aunque cada vez que hablaran de ello con los mayores, estos pensarían que es solo un amigo imaginario y no le darían mayor importancia. Eso da lugar a una teoría muy interesante, acerca de quién puede o no puede ver a Slender Man, si realmente es la propia criatura la que elige a sus víctimas o son estas las que tienen la capacidad especial de verlo. Esto encaja igualmente en el pensamiento de que los niños podrían tener dicha capacidad especial para ver cosas que los adultos no podemos, gracias a que su cerebro todavía no está del todo desarrollado por completo. Es como si fueran capaces de discernir cosas que están ahí, pero que los más mayores no pueden ver. Slender Man sería una de esas cosas.

Enlazando con esto, con las habilidades y cualidades que tendría Slender Man, se han lanzado a través de Internet muchísimas teorías para entender su origen, porque al fin y al cabo, ni siquiera sabemos exactamente qué es Slender Man. Muchos lo califican como un ente demoníaco. En otras creepypastas, como hemos visto anteriormente, hablan de él como un extraño experimento fallido. De entre todas las teorías que encontramos en la red hay dos que han tomado especial ventaja sobre las demás a la hora de explicar de dónde viene realmente Slenderman.

La primera de ella nos habla del efecto tulpa. Este término proviene de las religiones orientales, sobre todo del budismo. Se dice que, en un estado máximo de concentración, un monje budista convenientemente entrenado para ello es capaz de generar un objeto, animal o figura totalmente real y tangible con su propio pensamiento. Así, algo que solo existe en la mente de una persona pasaría a convertirse en algo real, que en un principio obedecería a los designios de su creador, pero que en un momento dado podría alcanzar independencia y tener vida propia. Según esta teoría, Slender Man habría surgido como un mero pasatiempo inventado en un foro de Internet, pero gracias a que tantas miles personas han creído en él, la entidad ha terminado haciéndose totalmente tangible, como nosotros. De ahí que muchos aseguren haber visto a este ser en la vida real, encuentros que no son creepypastas ni historias inventadas, que han sucedido realmente. Muchos de estos testigos ni siquiera conocían la existencia de esta entidad hasta después del encuentro, cuando decidieron investigar sobre ella.

La otra teoría enlaza con un campo muy en boga últimamente en las ciencias, la física cuántica. Según esta teoría, Slender Man sería una especie de sustrato cuántico, tangible y formado aparentemente por muchos millones de partículas, como nosotros, pero que en realidad posee las capacidades y cualidades de una sola partícula, de ahí sus poderes supranaturales, especialmente la teletransportación. Esta teoría trata de dar una explicación totalmente científica al hecho de que un ente como Slender Man pueda existir realmente, aunque está claro que no explica muchas de las cualidades que supuestamente posee la criatura, sino simplemente su forma de aparecer en los encuentros que se tienen con él.

Otras posibles teorías del origen de Slender Man arguyen que podría ser un ser extraterrestre, o que sería una antigua deidad que ha existido desde siempre, acompañando al hombre. La teoría de que Slender Man podría ser igualmente un ser supradimensional, procedente de una dimensión superior a la nuestra, explicaría también sus poderes sobrenaturales, aunque está claro que se aleja bastante de la intención puramente científica de explicar cómo una criatura así puede ser real.

Algunos pensarán que es imposible, que un ser de estas características solo existe en la ficción y jamás podría ser real. Sin embargo, muchos cambiaron de idea en el verano de 2014.

Ataques en nombre de Slender Man, cuando el mito se hace real

El 31 de mayo de 2014, dos jóvenes de doce años de edad convencieron a una de sus compañeras de clase para ir juntas a un bosque cercano a la localidad de Waukesha, en el estado de Wisconsin. Una vez allí, las dos niñas atacaron, golpearon y propinaron hasta 19 puñaladas a su compañera de clase, que quedó gravemente malherida en el lugar. Para su fortuna, un ciclista que pasaba por la zona pudo escucharla, y seguramente eso le salvó la vida. El caso conmoción a la pequeña población, pero se hizo mucho más grande cuando las niñas confesaron haberlo hecho para satisfacer a Slender Man.

Según el testimonio de las dos jóvenes, habían estado leyendo historias sobre Slender Man en Internet y se habían obsesionado con el personaje, creyendo totalmente que era real. Ambas querían convertirse en agentes de Slender Man, algo así como personas de su séquito de confianza. Y se les ocurrió que, para ganarse la confianza de este ente sobrenatural, necesitaban asesinar a una persona. Escogieron a una de sus compañeras de clase, a la que invitaron a una fiesta de pijamas. Tras pasar la noche las tres juntas, salieron a jugar al escondite, y las dos niñas aprovecharon para asaltar a la víctima y apuñalarla en brazos, piernas y torso. Según la declaración de estas jóvenes, su intención después de matar a su amiga era refugiarse con Slender Man en la mansión que tenía en lo más profundo del bosque.

En un principio las dos niñas fueron acusadas de homicidio intencional en primer grado, y serían juzgadas como adultas. Sin embargo, debido a los evidentes problemas de estabilidad emocional que mostraban, el juicio se pospuso hasta su recuperación. Una de ellas confesó que habría conocido a Slender Man en persona, que podía teletransportarse y leer la mente. Además, aseguró haber hablado igualmente con Lord Voldemort, el villano de la saga de Harry Potter.

La noticia alcanzó rápidamente la primera plana de todos los medios estadounidenses. Unas niñas de 12 años apuñalan a una compañera inspiradas en un monstruo creado en Internet. El morbo del asunto era un imán irresistible para los medios y para los lectores y televidentes curiosos. Los diarios más grandes del mundo, a ambos lados del charco, se hicieron eco de esta noticia. Desde el New York Times a The Guardian, pasando por la BBC inglesa o el diario ABC en España, todos se interesan por la figura de Slender Man, convirtiéndola en algo mucho más grande, sacándola de Internet y consiguiendo que, por primera vez, muchos oyesen hablar de este hombre del saco moderno, nacido en la era de la información.

Una semana después, concretamente el 6 de junio, otra noticia muy parecida surgía en Hamilton, Ohio, donde una mujer no identificaba aseguraba que su hija adolescente la había atacado con un cuchillo, igualmente inspirada en las historias sobre Slender Man. El ataque había sucedido días antes, y la madre lo tomó como un ataque de locura transitoria de su hija, que la estaba esperando en la cocina con un gran cuchillo, y una siniestra máscara cubriendo su rostro. Sin embargo, al escuchar los informes sobre la noticia anterior, este mujer comenzó a atar cabos y descubrió que su hija también estaba obsesionada por Slender Man y otras figuras de las creepypastas.

Tras estos ataques, algunas páginas webs dedicadas a difundir estas historias quedaron en el punto de mira, como posibles causantes involuntarios de estos ataques, ya que las propias adolescentes aseguraban haberse inspirado en las historias leídas en estas páginas. Creepypasta Wiki y Creepypasta.com colgaron sendos comunicados en su portada, alegando que solo eran sitios donde se escribía y se podía leer ficción, y en ningún caso estaban alentando crímenes ni rituales de ningún tipo. El propio Eric Knudsen, creador de la criatura, salió al paso informando a los medios de que se sentía muy triste y apesadumbrado por estos ataques, y que en ningún caso creo a Slender Man para nada más que divertirse y hacer algo diferente en Internet.

A principios de septiembre de ese mismo año, concretamente el día 6, una joven de 14 años de edad residente en Port Richey, en el estado de Florida, prendía fuego a su casa, estando su madre y su hermano pequeño dentro todavía. Un hecho que aparentemente nadie explicaba, salvo por el hecho de que la joven había estado leyendo muchas creepypastas en esos tiempos, y estaba especialmente interesada en la figura de Slender Man. La policía, conociendo los antecedentes de Wisconsin y Ohio, relacionó el ataque de la joven con su obsesión por estas historias, aunque el caso no quedó tan claro como los anteriores.

Después de conocer estos sucesos, de entender cómo Slender Man ha calado tan hondo en la mente de muchas personas, especialmente jóvenes, que lo tienen como un ser totalmente auténtico, ¿cómo no reconocer que es real? Desde el momento en que pensamos en él, desde el momento en que puede afectarnos mentalmente, en que puede hacernos cometer delitos como los anteriormente mostrados, Slender Man es un ser totalmente real. Tal vez no lo podamos ver, o en caso de encontrarnos con él, sea solo producto de nuestra imaginación, pero está ahí, queramos o no, agazapado entre las sombras, vigilando como siempre…

BIBLIOGRAFÍA

BLACKMORE, SUSAN. *La máquina de memes*, Ediciones Paídos, 2000

BRUNVALD, JAN HAROLD. *Tened miedo…mucho miedo. El libro de las leyendas urbanas de terror*, Alba Editorial, 2005

BRUNVALD, JAN HAROLD. *El fabuloso libro de las leyendas urbanas*, Alba Editorial, 2001

CAMACHO, SANTIAGO. *Leyendas urbanas, ¿qué hay de cierto en ellas?*, EDAF, 2005

DAWKINS, RICHARD. *El gen egoísta*, Salvat, 2005

GRANADOS, ALBERTO. *Leyendas urbanas: entre la realidad y la superstición*, Punto de Lectura, 2010

LOVECRAFT, H.P. *El horror sobrenatural en la literatura y otros escritos*, Ícaro, 2007

RAMÍREZ, CARLOS. *Maestros del terror interactivo*, Editorial Síntesis, 2015

RODRÍGUEZ, DELÍA, *Memecracia*, Gestión 2000, 2013

SWOPE, ROBIN. *Slenderman, From fiction to fact*, Createspace, 2012

SITIOS WEB INTERESANTES

En estos enlaces se pueden encontrar multitud de creepypastas e información muy interesante sobre ellas. En la versión electrónica de este libro se incluyen también decenas de enlaces adicionales en cada creepypasta.

En español:

- http://creepypastas.com/
- http://es.creepypasta.wikia.com/wiki/Portada
- http://www.creepy-pastas.com/
- http://es.wikipedia.org/wiki/Creepypasta
- http://www.creepypastas.es
- https://www.youtube.com/user/iTownGamePlay
- https://www.youtube.com/user/DrossRotzank
- https://www.reddit.com/r/nocturnas/

En inglés:

- http://knowyourmeme.com/memes/creepypasta
- http://www.creepypasta.com/
- http://creepypasta.wikia.com/wiki/Creepypasta_Wiki
- http://www.creepypasta.org/
- http://urbandictionary.com/define.php?term=Creepypasta
- http://tvtropes.org/pmwiki/pmwiki.php/Main/Creepypasta
- https://www.youtube.com/user/MrCreepyPasta
- http://boards.4chan.org/x/
- http://www.somethingawful.com/
- https://www.reddit.com/r/nosleep/
- https://www.reddit.com/r/creepypasta

CRÉDITOS DE LAS IMÁGENES

Los derechos de las siguientes imágenes incluidas en este libro corresponden a sus autores, tal y como se detalla a continuación:

Candle Cove – Kristentc77 (Flickr)

Polybius – Sen Akuna (Devianart)

Tails Doll – Ss2sonic (Devianart)

The Rake – TheHeponen (Devianart)

Hide & Seek Alone – ChibiDoodlez (Devianart)

Zalgo – Cheezyspam

Experimento Ruso Sueño – Masatotaiki

Seed Eater – AlenaHyena

Abandonado por Disney – Sabamaru

Lolita Slave Toy – Jaavitaa

The Hands Resist Him – Bill Stoneham

The Bunnyman – Wolvaria

Suicide Girl (Princess Ryuu) – Robert Chang

Eyeless Jack – Vikhop

Slenderman – Igzlz

El resto de imágenes son de autor desconocido y pueden encontrarse libremente en la red.

AGRADECIMIENTOS

Han sido muchos meses de trabajo en este libro, con una ilusión tremenda por hacer que un tema tan interesante tuviese por fin el lugar que se merece en nuestro idioma. He escogido las creepypastas que, a mi modesto entender, mejor representan este fenómeno, las más impactantes, las más llamativas, también las más curiosas y por supuesto, las más conocidas.

Agradecer a todos aquellos que han colaborado conmigo en la realización de este libro. A Javier Gómez Ferri, Carlos Ramírez, Diego Marañón, Ian Vincent, Jeff Tolbert, Jack Werner, Juanja Torres, Miguel Ortiz y Álvaro Herreros, por darme un poco de ese tesoro tan preciado que es el tiempo, y ayudarme con sus experiencias y conocimientos a alumbrar un poco más este oscuro mundo de las modernas historias de terror de internet.

A mi familia y amigos, que no han dejado de preguntarme por este libro durante meses y han tenido que sufrir ese maldito secretismo que imponía en cada conversación. Ahora ya podéis disfrutar de él, como yo quería.

A Antonio Jiménez por el trabajo en la espectacular y terrorífica portada, la mejor carta de presentación que un libro puede tener.

A Amparo Díaz, por su experiencia, su tiempo y su buen gusto, por hacer realidad mis pesadillas para el booktrailer.

A todos los que hicieron de Escocia Misteriosa, mi primer libro, un auténtico sueño cumplido, desde la gente de Almuzara (en especial a Pepe Arévalo) a los medios y programas que se hicieron eco del mismo (La hora de Kayako, Camino del misterio, La noche más hermosa, Voces del misterio, Espacio en blanco…). Mención especial para José Manuel García Bautista, un maestro del misterio que siempre ha tenido palabras de ánimo y consejos para este humilde principiante.

Y por supuesto, a ti, que has puesto tus esperanzas en este libro para que te entretenga y tal vez te asuste. Espero haberlo conseguido.

Muchísimas gracias.

SOBRE EL AUTOR

Manuel Jesús Palma Roldán (El Viso del Alcor, 1987) es licenciado en Periodismo por la Universidad de Sevilla, y actualmente trabaja como redactor freelance para varias webs y blogs de Internet. Ha presentado y dirigido el programa Estado de Gracia (2009-2011) en Radio Alcores, y es colaborador habitual del programa Vox Populi en Canal 12 TV. Su primer libro, Escocia Misteriosa (Almuzara, 2014), recibió la atención de programas como Espacio en blanco, La Noche más hermosa o Voces del misterio. Con este segundo libro quiere dar a conocer el fenómeno de las creepypastas en los países hispanohablantes, otorgándoles la importancia que merecen como parte de la cultura del terror contemporáneo.

Para más cualquier sugerencia al autor:
Mjpalma1987@gmail.com

Más información en www.creepypastas.es

Made in United States
Troutdale, OR
05/22/2025

31591410R00159